吉原十二月

JN304439

吉原十二月　目次

【細見】
舞鶴屋内

小夜衣《さよぎぬ》（禿名〝あかね〟、新造名〝初桜《はつはな》〟）
舞鶴屋でお職を張る呼出し昼三の花魁。どこかぼんやりと見えた禿の頃から一転、白磁の肌、黒々とした眼、まさに﨟長けた風情で婉然と微笑み、一世を風靡している。

胡蝶《こちょう》（禿名〝みどり〟、新造名〝初菊《はつぎく》〟）
同じくお職の呼出し昼三。幼い頃から機転が利き、禿時代は生来の闊達さを愛でられた。はっきりした目鼻立ちとさっぱりした気性で、特にお武家に多くの贔屓を得ている。

正月は持ち重りのする羽子板

今は昔と申しますが、あれは一体いつの話になりますかなあ。そう。わしがここ新吉原京町の大籬《おおまがき》、舞鶴屋庄右衛門《まいづるやしょうえもん》の四代目を名乗ったばかりだから、早やふた昔前にも遡りましょうか。

頃は明和の末から安永、天明にかけ、世間がそこそこに落ち着いて、今のように世知辛くはなかったあの頃……。

いえね、年寄りはとかく昔を恋しがるというが、この二十年来し方の様変わりには心底たまげております。当時は今から思うとまるで嘘のように吉原《ここ》が繁盛《はんじょう》しました。時にはわしらが引き止めにかからねばならんほど、無茶な祝儀《おはな》のばらまき方をなさる客人があり、お武家の衆も町人に負けず劣らず、よう遊んでおいでだった。

ところが、にわかに天変地異が相次ぎ、未曾有の大飢饉にはなるわ、浅間山の噴《おお》火《やけ》があるわで、江戸の町はそこら中で打ち壊しが起きて、天下がひっくり返りそうな騒ぎとなった。

そこでお出ましになったのが白河藩主の松平定信侯。泥の田沼に代わる清き白河様の世になったはいいが、するとこんだァとたんに金のめぐりが悪くなっちまった。お武家の足は一斉に廓《くるわ》から遠のき、質素倹約のお触れでお店《たな》の衆は皆しみったれて世間はがらっと不繁盛《ぶはんじょう》になり……いやはや、長生きをすれば、世のさまざまな移り変わりを見るもんですねえ。

ともあれ、こういう不景気な世の中だと、かえって大らかな昔を偲び、色気のある話で憂さ晴らしをしたくなる。あなたもそうじゃござんせんか？　歌麿の大首絵が今に流行るのも、きっとそういうことなんでしょうよ。

されば、わしもまた、遠い昔からふたりの花魁《おいらん》を呼び返して、あなたのお目にかけましょう。と申しても、よく芝居でやるように、反魂香《はんごんこう》を焚いて当時の姿をあらわすというわけにも参りませんで、まあ、話を聞くだけで辛抱なさいまし。

ふたりはこの舞鶴屋でわしが育てた飛びきりの花魁、わしにとっては一生忘れがたい女たちだ。女はひとくくりにゃァ語れません。同じ廓《さと》の、同じ妓楼《みせ》で、一、二を競う女たちが、気性から何からこうもちがうのかと知った上で、わしは女というものをいくらかわかったような気がしました。いや、所詮わからんのを悟った、というほうが当たっております。

話だけでは物足りぬとあらば、ここにこうして絵をお目にかけましょう。これはまだ北川豊章を名乗っておった歌麿の筆によるもんで、春信が描《か》いた絵もあるが、こっちのほうが面影をよく伝えております。春信の絵ではふたりのちがいがようわからん。そこへ行くと歌麿の絵はみな似ておるようでいて顔の癖をしっかりと描き分け、そこから性根のちがいが透けて見えます。

この右方の、翡翠《ひすい》色の前帯に黒地の裲襠《しかけ》を着て、うつむき加減に描いた絵が小夜《さよ》衣《ぎぬ》。左方の紅い襦袢に扱帯《しごき》を締めた気楽な形《なり》で、ちょいと斜《はす》を向いたのが胡蝶《こちょう》。

ナニ？　ぱっと見ただけではちがいがわからん。ハハハ、そんなに慌てちゃァいけません。わしの話に耳を傾けてじっと見ておれば、おのずとちがいが明らかになりましょう。

豊かな黒髪を小夜衣は天神髷《てんじんまげ》に、胡蝶は勝山《かつやま》に結っております。小夜衣はきれいな富士額で頬の張らない瓜実顔。片や胡蝶は高頬のあたりがふっくらしてる。共に鼻筋は通っているが、胡蝶は小鼻がやや張って見える。共にきれいな柳眉に整えてはいても、小夜衣のほうは置墨《おきずみ》をして、胡蝶は常に剃っておりました。

何よりちがったのは眼でございます、小夜衣はいとも涼しげな切れ長のまぶたを伏せがちにして、胡蝶のほうはくりっとした愛嬌のある眼をいつもよく動かしておった。

ほら、この絵を見ても胡蝶は唇が半開きで、今にも何かしゃべりだしそうじゃありませんか。小夜衣のほうがきゅっと固く結んでおるのとは大ちがいで、さすがに歌麿は女をよく見ておりますねえ。

ところで小夜衣や胡蝶といった源氏名はたいがい妓楼《みせ》の主《あるじ》がつけてやります。三浦屋には高尾、松葉屋《まつばや》には瀬川、舞鶴屋には葛城《かつらぎ》という代々続いた名もあるが、本来はその妓《こ》にふさわしい名を見つくろってやるもんで、幼い禿《かむろ》の時分からずっと見ておれば、ふと閃《ひらめ》いたりもします。能の仮面《おもて》のように、初めはどこかそぐわない気がしても、たいがいは当人が名乗り続けるうちに、だんだんそれらしく見えて参ります。

ふたりの名付け親になった当時のわしはまだ二十《はたち》そこそこで、急に死んだ親父の跡目を継いで大籬の主になったばかりでした。日々の銭勘定や何かは親の代からいる番頭がみてくれておりますから、どうのこうのといちいち指図するこたァまずない。主としては楼主仲間の寄合に参ったり、大切《だいじ》なお客人にご挨拶を申しあげたり。中で一番肝腎のお役目は女の鑑定《めきき》でしょうかねえ。女衒《ぜげん》が連れてきた娘の品定めをするのはもちろん、どの妓をどうやって売りだすかは主の腕しだいだから、日々よく女たちを見ております。

思えばわしは小さいころから女子《おなご》好きで、よく見ておりましたねえ。いえいえ、あなた、遊女屋に生まれた男子がみなそうとはかぎりません。わしの倅《せがれ》はどういうわけだか女に見向きもせず、二十になった今も衆道にうつつを抜かし、女房を持とうとしないのが頭痛の種。わしの代で五丁町《ごちょうまち》一の誉れを取った舞鶴屋も、この先どうなることやらでして。

ああ、こりゃつまらん内輪の愚痴ですが、左様なわけで、わしがガキの時分は年の変わらぬ禿たちとも一緒に遊んでおりました。正月には四、五人で寄って追い羽根をしたもんだ。羽根の突きようでその子がぼんやりか、慌てもんか、真っ正直か、小ずるい子か、まあ色んな性根がよく見えます。もっとも小夜衣と胡蝶が禿の時分は、わしも、まさか一緒に羽根突きはできず、ただ眺めるばかりでしたがね。

ふたりは深山《みやま》という花魁の二人《ににん》禿でした。位《くらい》の高い花魁には禿がかならずふたりは付くもんで、当時全盛の深山にはなるべく可愛い子を選んでおりました。

そういえば今は妓楼《みせ》の若い者も、客人までもがみな花魁と呼ぶようになったが、ありゃもともと禿が「おいらの姉様」と呼ぶのを縮《つづ》めたもんでして、当時まだわしらは昔通りに「太夫《たゆう》」と呼んで、今どきの花魁とはひと味もふた味もちがった、大名のお側女《そばめ》にすぐにでもなれそうな、品のいい﨟長《ろうた》けた風情の妓が多かった。中でも深山はいい客人が付いて一番よく稼いでくれた太夫、今でいうお職《しょく》の花魁でございます。

小夜衣の禿名はたしか「あかね」で、胡蝶は「みどり」だったか。ひとまず対《つい》にはしてあるが、末はきれいな蝶となって羽ばたくか、ぶきみな蛾になっちまうかは毛虫を見てもわからんから、ハハハ、まだいい加減な名付けようでして。

ただ、あかねにも、みどりにも、わしには忘れがたい正月の想い出がございます。

ここでは暮れの二十五日から松飾りをいたし、面白いのは千客万来の縁起かつぎで、門松の正面を、世間と逆《さか》さまに家側《うち》へ向けて立てることでしょうか。

見世は早くも二日から開けますが、元日だけはさすがにどこも休んで、明け七ツ（午前四時）に初湯を焚き、女たちを順々に入れてやる。湯を済ませた女たちは正月用の晴れ着を身につけ、ふだんは二階の部屋でめいめいに食事をする花魁たちも、この日ばかりは階下《した》の板の間に打ちそろって祝いの膳に着きますから、そりゃァ華やかで賑やかなことはこの上もございません。

花魁は黒漆《くろぬり》の蝶足膳《ちようあし》で、若い新造《しんぞ》や何かは木地剝きだしの膳なれど、膳にのった蛤の吸い物や雑煮は変わりませんで、雑煮にはかならず葱《ねぶか》が入れてある。葱は病除けになるが、臭みがあってそうしょっちゅう口にはできませんので、休みの日にたっぷり取るというわけです。

禿は給仕役で、姉女郎にお屠蘇《とそ》を注いだり、雑煮のお代わりをよそったりする。大勢が一堂に集った板の間は狭くて身動きもとれないほどだが、お椀を手にして器用にあちこちへ配ってまわる禿がいた。それが後に胡蝶となる、みどりでした。

左様、わしは源氏名をつけるにあたって、そのときの様子をふと想いだしたんですよ。百花と咲き乱るる花魁や、堅い蕾《つぼみ》の新造を尻目に、ひらひらと飛びまわるあの子の姿はまさしく胡蝶だった。

みどりの姉女郎は一番上座に就く深山だから、何もほかの花魁の給仕までしてやることはなかったはずだが、とかく日ごろから気が利きすぎて、用事をいいつけられるとだれかれなしに気安く引き受けていたらしい。腰が軽すぎるのもよしあしで、ときどき調子に乗って他の花魁にはしゃいでしゃべる声が聞こえると、深山は少し不機嫌そうに顔をしかめます。

片やあかねは深山のそばから離れず黙って静かに座っているが、こちらは逆に屠蘇を催促されて、やっと銚子を持ちあげるというありさまで、ちと、ぼんやりした子に見えました。

見世を開ける二日は、年礼と申しまして、花魁が引手茶屋へ挨拶に出向くしきたりです。茶屋のほうも真新しい青簾《あおすだれ》を軒に吊るし、家にあるだけの燭台を表座敷に並べ立て、黄昏《たそがれ》どきの仲之町を真昼のように明るく照《て》らしだします。そこへ正月用の豪勢な衣裳で着飾った花魁が次々とあらわれて道中初めを披露するので、近所はもとより遠方からの見物人もどっと押し寄せ、中には浅草の観音詣りや恵方《えほう》詣りの帰りがけに立ち寄る夫婦連れ、親子連れの姿もあるのが、正月ならではの風景でございます。ハハハ、親子連れはちと妙な眺めですが、ありゃ花魁を生身《しょうじん》の菩薩と見立て、一家で拝むつもりなんでしょうかねえ。

その年の深山は、黒羽二重《くろはぶたえ》に二羽の舞鶴《まいづる》を大きく刺繡《ぬいとり》した裲襠《しかけ》で、深紅《しんく》の前帯を締めまして、たしかに拝まれてもおかしくない、いかにもめでたい衣裳でございました。

道中に付き添う禿の衣裳は、姉女郎が自分の衣裳に合わせた柄で仕立ててやりますが、正月の松の内にかぎっては、どこの妓楼でも若松の染め模様をお仕着せにする習いでして。あかねとみどりは目も覚めるような緋色の地に、鮮やかな緑をあしらった振袖を着ております。共に髪は奴島田に結い、顔は花魁よりも真っ白に塗りたくっておりますから、目鼻立ちが霞んでどちらがどうとも見分けがつきません。

共に抱え持つのはこれまた二羽の舞鶴を描いた大きな羽子板で、いつもはあかねが市松《いちま》人形を、みどりが花魁の守り刀を持つはずなのに、道中初めにかぎっては羽子板を持つのが決まり事。それは昔の対馬《つしま》という太夫が仲之町で羽根突きをしたのに始まる習わしだとかいいますが、道中に使うのはとても羽根突きができるような代物《しろもん》じゃァございません。なにせ丈が三尺もあろうかという、分厚い樫の木でこしらえたもんだから、小さな禿は抱え持つのもひと苦労といったところ。

深山が先に門口を出て、二人禿があとに続いたときに、ひとりがちょっとよろけて門松へぶつかりそうになったから、わしは思わず「おっと、気をつけなよ」と声をかけた。そしたら向こうはこちらに顔を向けてゆっくりとうなずいたが、眼が不安そうに瞬いて、どうにも心もとない様子だ。そばにいた番頭に「あの子は大丈夫かい？」と訊いても返事はしない。いよいよ道中が始まって、もうだれも禿に構う暇なんざなかった。

道中の先頭に立つのは定紋付きの箱提灯《はこぢょうちん》を提げた若い者。次に若い振袖新造がふたり先立って花魁の露払いをつとめ、花魁と禿のうしろには遣手《やりて》や番頭新造や見世の者が大勢ぞろぞろとくっついて参ります。その年の道中初めに、わしは急な病で倒れた親父に代わって裃《かみしも》姿で初の付き添いをいたしておりました。

深山が無事に道中初めを果たすかどうかよりも、わしが気になったのは先ほどよろけた禿のほうで、あの大きな羽子板はだんだん持ち重りがするにちがいなく、門口を出たばかりで腰がふらつくようでは先が思いやられました。見ているとふたりとも羽子板を斜《はす》に抱えて肩に担ぐような姿で、ときどき持ち替えております。背恰好はふたり同じのはずが、どうも持ち方がちがうのか、片っぽの羽子板が可哀想なくらいに大きく見える。

わしはその子のそばを歩きながら、ときどき声をかけてやった。案の定でかい羽子板に振りまわされて、声をかけると余計にふらふらするようで危なっかしい。わしが何かと声をかけるもんだから、沿道の見物人もしだいにそちらへ目が移って「おっと、危ねえ、しっかりしろよ」「負けんじゃねえぞ。あと、もうちっとだ」などとこぞって加勢をいたします。ハハハ、肝腎の花魁より禿が人気をさらったというおかしな道中は、後にも先にもございません。

なんとか無事に道中を終えると、その子は大きく肩を弾ませて、周りの見物人にやんやとはやし立てられました。力んで火照ったのか、恥ずかしかったのか、真っ白な顔がぽうっと薄紅色に染まって実に美しく見えた。

左様、わしにとってはそれが小夜衣を見初めたときと申せましょう。

大きな羽子板を担いださまは「さなきだに重きが上の小夜衣《さよごろも》」という歌の文句を想いださせて、面映ゆげに目を伏せた顔が、なんともいえずいじらしかった。

前を歩いていた深山は周りの様子が少しおかしいとは思っても、あかねを叱るまでのことはなかったようだが、ここにひとり機嫌を悪くしたのがいた。「よくやった」とわしがあかねを賞《ほ》めたら、横のみどりが唇を尖らせてこっちをにらんだ。何か文句をいいたそうに唇が半開きになるも、声は出しません。たぶん同じ働きをして、あかねだけが賞められるのは理屈に合わない気がしたんだろうと思い、それもまた女の子らしくて可愛いかったが、しっかり者のみどりには、ぼんやりでひ弱なあかねがお荷物なのかもしれん、とも思われました。

その日からしばらくして、実に面白いことがありましたんで、こりゃまあ話の続きと思ってお聞きなさいまし。

正月に羽根突きの音が聞こえると、わしは今でもガキの時分を想いだして、胸がこそばゆくなります。一緒に追い羽根をして遊んだ娘らが、こっちを置いてけぼりにして、どんどんおとなの女になってゆくのが廓《さと》の習い。相手が禿から新造になり、花魁となっても、こっちはまだ女を知らないガキだったりしますんで、若いころは幼なじみの花魁に廊下でバッタリ会うと、妙に気恥ずかしいというか、気おくれすることが多かった。ハハハ、それも今は懐かしい想い出になりますがねえ。

妓楼《やかた》には広い中庭があるが、羽根に付いたあの堅いむくろじの実がコンコン鳴ると花魁の耳障りだもんで、禿はたいがい表で羽根突きをします。その日わしがたまたま表に出たら音がして、おやっと耳を澄ましたのは、いつもと少々ちがった音色に聞こえたからで、羽根突きの音にしてはずいぶんと間延びがして、重い響きだもんで、ついつい姿が見たくなりました。

大きな天水桶が目の前をふさいでたから、まわり込んで見たところ、あかねとみどりが木綿縞に紅い綿繻子《めんじゅす》の襟をかけたふだん着の姿で突っ立っております。急にわしが姿をあらわしたもんで、共にびっくりした顔つきでした。

ふたりが手に抱え持つのは道中の飾りに使う例の大羽子板だから、まさかとは思いつつ、

「それで羽根突きをしてたのかい？」

と、やさしく訊いてみた。

ふたりはぴたりと息を合わせたように首を大きく横に振った。

「道中の稽古をいたしておりいした」

と、みどりがはきはきした声で答え、これにあかねが黙ってうなずいておる。

「ほう、そりゃ熱心なこった。深山太夫もさぞかしお喜びだろうよ」

ふたりはにっこり微笑《わら》って、またぴたりと息を合わせたようにふかぶかとお辞儀

をした。わしも思わずつられて下に目を落とすと、黒い地面に一瞬ちらっと紅いものが見えたような気がしたが、小さな草履ですぐに隠されてしまった。

わしがいったんその場を離れ、近所でちょいとした買い物をしてもどってくると、またしてもさっきと同じ音が聞こえる。ご承知の通り、天水桶の上には小さな手桶が杉形《すぎなり》に積んでありますから、こんどは身を隠して手桶の隙間をそっと覗き込んでみた。するとどうだ、やっぱりふたりは羽根突きをしてるじゃないか。例の大羽子板を振りまわすから、音もコォーン、コォーンと鈍く間遠に響くんですよ。

道中飾りの羽子板をそんなふうに使ったのがわしにバレたら、あとで遣手にきつく叱られて折檻されるかもしれない。頑是《がんぜ》ない子どものすることった。ここは大目に見て、知らん顔を通してやろうと行きかけたところで、危うくアッと大きな声が出そうになった。

手桶と手桶の隙間をもう一度よく覗いたら、向こう側にいる子はやっぱりあかねの顔にまちがいない。あかねがあの大羽子板を両手でしっかりとにぎりしめて振りまわしておる。

なら、こないだのあれは一体なんだったんだろう……。

いくら稽古を積んだといっても、抱え持つのさえやっとだった羽子板で、羽根突きができるまでになったとはとても信じられん。ハハハ、わしはどうやらいっぱい喰わされたようでした。だが、すぐにそうとは気づかず、当座はただただ目を丸くして見ておりました。

うっすら汗をかいたあかねの肌は日にきらきらと輝いて、化粧っけのない素顔はすっきりと美しく、身のこなしも伸びやかで勢いがありました。

とどのつまり、あかねはけっして見かけほどひ弱でもなければ、ぼんやりした子であろうはずもなかったというわけです。

さりとて、あかねは最初《はな》からわしをだますつもりだったとは思えなかった。門口を出しなにたぶん敷居で蹴つまずいたか何かしたのを見て、わしがうっかり余計な声をかけちまったから、もしかしたらこちらの心配に応えようとして、わざと頼りなく見せたのかもしれん。なにせ十やそこらの子どもだから、道で転んだ子が親の同情をひくためにわんわん泣いてみせるのとさしてちがいはなかったんでしょうよ。

とにかくあかねはとっさに嘘の芝居を始めちまった。一度《ひとたび》それをしたら、大勢の見物人の目を惹いて、みなが自分の身を案じてくれた。たぶん、それがうれしくてたまらず、とうとうお終《しま》いまでやり続けたというところでしょうなあ。

これぞまさしく栴檀《せんだん》は二葉《ふたば》より芳《かんば》し、竜は一寸にして昇天の気あり、とでも申しましょうか。花魁の雛《ひな》には打ってつけの心映えだと、わしは感じ入りました。

左様。世に無きものは傾城《けいせい》の誠と玉子の四角というように、花魁は人をだますのが商売でございます。それも初手からだますつもりはなく、ついつい男の気を惹こうとして、次から次へと嘘を重ねるはめになるといった塩梅《あんばい》で、ハハハ、いわば女《おな》子《ご》の中の女子を絵に描いたようなものかもしれませんねえ。

わしはまずあかねの将来を大いに見込んで、この子に賭けてみようという気になった。

そもそも容貌《きりょう》なんてェものは磨けば光るし、化粧や衣裳でも多少のごまかしはきく。したが性根ばかりは花魁に向くのと向かぬ者がはっきりと分かれる。男《ひと》の目や気を惹くのが心底うれしくてたまらないという子でないと、勤めは辛いばかりでたまりません。この苦界《くがい》でほんの少しなりとも喜びを見つけるとしたら、それは男の気を惹いて、心を蕩《とろ》かすのが面白いと思うことしかない。そもそも花魁たる者は男の情にほだされたと見せかけて、自らは男に惚れさせる気でいてもらいませんと、わしらの商売は成り立ちません。

まあ左様な事の次第で、あかねに最初に惚れた男はこのわしというわけだが、もうひとりの、みどりのほうも捨てがたかった。

道中で大羽子板を持つあかねが辛そうに歩くのを、みどりはむろん芝居だと見破りながら、わしがあかねを賞めたときに唇を尖らせはしたが、嘘を訴えるような真似はしなかった。それは朋輩《ほうばい》をかばったというよりも、たぶん話したところでだれが得するものでもないと、幼な心に悟っておったんでしょう。

禿はふたりひと組の勤めだから、ひょっとしたら、みどりはそれまでにもあかねにしてやられたというか、何かと割を喰うようなことがあったのかもしれません。

大きな羽子板を片手で振りまわしてカーン、カーンとあかねに容赦なく打ち込む姿には、あの子なりに日ごろの屈託を晴らそうとする気持ちがかいま見えた。

みどりは機転が利いて、とても利口な子だ。自分が今どういう役まわりなのかをよく存じておりました。あかねの茶番にだまされたわしのことを、ハハハ、存外甘口のぼんくらな若旦那だと呆れてたにちげえねえ。が、その場で嘘をばらして、こっちに恥をかかせるような真似はしなかったのが何より利口な証拠だ。穿《うが》って考えれば、子どもながらに男というものを見きって、扱いを心得ていたともいえます。

それから間もなく、ちょうど巧い具合に深山が身請けされたのを好機《しお》とみて、わしはふたりを内所《ないしょ》に引き取って育てることにした。禿はふつう喰いもんや着物や何から何まで姉女郎が面倒をみてやりますが、十三くらいの歳になると、これぞと見込んだ子は内所に引っ込ませて当分のあいだ見世には出さないようにする。下働きはさせずにおいて、わが子も同然に大切《だいじ》な扱いと躾《しつけ》をし、大名の姫君にも負けぬありとあらゆる習い事をさせます。

廓で遊ぶ客人は年齢も身分もさまざまなれど、うちのような大籬にはそれこそお大名のご隠居様やお旗本の若様あり、名だたる大店《おおだな》の旦那や世に知られた粋人が沢山お見えになる。左様な方々のお相手は並大抵の女郎につとまるもんではない。何が話に出ようと、受け答えにそつもなければ、水茎の跡うるわしき手紙《ふみ》をしたためて、末尾に歌の一首も添えられるような妓がお相手をいたさねば、たとえ馴染《なじ》みになれても仲が長続きはいたしません。されば妓楼のほうでもこれぞという娘を禿のうちから見いだして、花も実もある「呼出し」の花魁をこしらえます。

女郎の揚げ代はピンからキリまであって、一番の高直《こうじき》は昼に会うだけでも三分かかるから「昼三《ちゅうさん》」と申しますが、昼三の飛びきりが呼出しで、道中もこの呼出しにかぎってできること。世知辛い当節では、一軒の大籬に、ひとりでもいたらよしとせねばならんほどの贅沢な代物でございます。

呼出しの花魁をこしらえるには、習い事ひとつさせるにも一流の師匠を選びますから相当な物入りで、当座はすべて妓楼の持ちだしになりますが、いずれ妓楼を背負って立つほどになるならお安いもんでお釣りがきます。

したが、へたをすりゃ丸損にもなりかねない。まず親元に悪党がひとりでもいたら、後々その子は金をむしられて、勤めにも差し障りが出ようから、そこはきっちりと確かめねばならん。身売りのときはかならず親の判をもらうんで、女衒に訊けばその居所もたいがい知れます。

女衒は出羽や奥州など相当の遠方まで出向いて娘を仕入れてくるが、幼い子は江戸生まれが結構いて、幸いふたり共に親元はわしが自ら足を運んでこの目で見られました。

みどりの家は下谷《したや》のごみごみした裏長屋にあって、絵に描いたような貧乏暮らし。破れ畳に寝かされた子と、ほかに洟垂《はなた》れのガキがふたりもいて、金に換わる娘はさっさと手放したといったところだ。娘にとっちゃそのほうが幸せだったはずでして、わしはさらに人助けをするような気持ちで、みどりを養女にしたいと申し出て、十両の金で片を付けた。実家に縁切りをさせないと、洟垂れのガキが大きくなって姉を喰いもんにしかねないとみたんですよ。

あかねの親元は京橋辺の裏長屋だが、こちらはわりあいこざっぱりした住まいで、どうやら独り暮らしの様子だった。飾職《かざりしょく》だという若い男の話を聞けば、あかねを産んだのはその男の妹で、奉公先の若旦那に手をつけられ、家にもどってあかねを産んだあと、しばらくして先立ったらしい。遺された子の始末に困って廓に叩き売ったという薄情な野郎でして。わしはそこでも十両の金を置いて、すっぱりと縁を切らせた。

お聞きの通りで、小夜衣と胡蝶は共に誇るものとて何もない、むしろ恥じ入るような生まれだが、廓に入れば左様なことはすべて帳消しと相成ります。

人は氏より育ちと申して、いかに貧《ひん》なる生まれつきでも、その身に持って生まれた器量と才覚があり、きちんとした勤めをして、いい客人とめぐり逢えたら、氏なくして玉の輿に乗るのも夢ではないのが廓の習い。ふたりは運よく玉の輿に乗れたかどうか、さて、あなたはどう思われます？

　ふたりを見込んでこの手で一から育てようとしたわしでさえ、将来《さきざき》のことなぞまるで見当もつかなかったというのが正直なところ。ふたりもまた常に目前《めさき》の橋を渡りきるので精いっぱい、橋の先がどこにつながるかなぞ考えてもいられなかったでしょうよ。

　人だれしも一寸先は闇の世の中。まして浮き河竹の勤めの身は、絶えず浮きつ沈みつして何処《いずく》へ流れゆくかも知れません。

　多くの者が病に斃《たお》れ、あるいは自害や相対死《あいたいじに》に身を果たし、無事に生きてここを出るさえ難しいといわれる廓《さと》で、ふたりは果たして女子《おなご》の果報に恵まれたか。それとも運拙《つたな》くして哀れな最期を遂げたのか。まあ、わしの話をひと通りじっくりとお聞きなさいまし。

如月は初午《はつうま》の化かし合い

　さて、十三で内所に引っ込ませたふたりの禿《かむろ》、あかねとみどりは日々さまざまな稽古事をいたします。茶の湯、生け花は申すに及ばず、聞香は御家《おいえ》流の組香をひと通り習わせ、箏は継山《つぐやま》流の吉田勾当《こうとう》にお出ましを願い、三味線は杵屋《きねや》喜三郎に頼み、とまあ、何事も習うなら一流の師匠に学ぶがよかろうというわけでして。

　なかでも書と歌は、わしと同じく佐藤千蔭《ちかげ》先生に教えを請いました。

　先生と申しても、お歳はわしよりお若いくらいでして。ただし代々の歌詠みで知られた橘氏の出とかで、御父上も歌や国学をよくなされ、ご自身は十歳にして荷田《かだの》在満《ありまろ》先生に入門なされた、いわば神童でございます。もっとも目から鼻に抜ける秀才といった人相でもなく、やや下がり眉なのがご愛嬌のおっとりしたお顔立ちで、おやさしいお人柄だから私どもには付き合いやすい。わしはお互い狂歌を嗜む縁でお親しくなった口だが、先生の本業と申すはちとおかしないい方ながら、これも御父上の跡を継いで南町奉行所の吟味方与力《ぎんみかたよりき》をなさっておられます。町方の与力はわりあい裕福なお武家が多くて、それゆえときどき先生のように風流なお侍が出るんですよ。

その千蔭先生に、ふたりが直に教えを受けたのは新造になってからのことで、禿のうちは先生にお借りした古今切れや万葉切れの手本をもとに、わしが自ら手を取って教えました。これは書を習いながら古歌を諳《そら》んじて、歌の道にもつながる一石二鳥の習い事でございます。

古歌を諳んじるのはあかねのほうがはるかに上で、一見ぼんやりしておる風でも、物覚えはよかった。囲碁を習わせても、あかねのほうは一度見た盤面を忘れないのか、みどりが太刀打ちできません。負けず嫌いのあの子は悔しがって幾度となく対局を重ね、とうとう勝ったときのうれしそうな顔といったらなかった。将棋はみどりのほうがよく勝って、あかねは案外あっさり引き下がったが、双六《すごろく》は見ているこっちが根負けするくらい、互いにしつこく勝負を繰り返した。

箏や三味線でもあかねが師匠に賞められたら、みどりが向きになって稽古をする。

逆さまに間奏《てごと》の難しい曲をみどりが巧みに弾いたりすると、あかねは独りで何度もさらいます。

はい、左様。ふたりの競《せ》り合いはそういうかたちに始まって、花魁になってからもそれが延々と続いた。わしがわざと競わせにかかったことは申すまでもありますまい。どちらかに不得意な習い事があれば、もう片方の出来をわざと大げさに賞めてやればよい。そうしてふたりはなんでもこなすようになっていった。

手習いの字を見れば、隠れた性分がよくわかって面白い。物静かで一見おとなしそうなあかねが意外と思いっきりのいいのびのびした筆遣いをして、片や跳ね返りにも見えるみどりがお手本通りに几帳面な文字を書くといった寸法で、ハハハ、やはり女子《おなご》は幼いうちから奥が深うございました。ほかの習い事や囲碁の勝負でもそのちがいがはっきり見えたが、そいつァどうも艶っぽい話にならないから、はしょるとしましょうよ。

ところで手習いといえば、初めて寺子屋にあがる日は二月の初午《はつうま》と決まったもんで、あなたもご同様じゃござんせんか？

初午はもう梅がほころぶ時分で、冷たい西北風《にしならい》とも縁が切れ、町は人出がぐんと増えてにぎやかになりますが、ここ吉原にも毎年太神楽《だいかぐら》の連中が大勢にぎやかしに押し寄せます。

連中が見世の前に立って、笛や太鼓のお囃子入りで傘の上に玉をのっけてくるくるまわしたり、輪鼓《りゅうご》をぽーんと高いとこへ放り投げて下で巧く受け止めたりするのを、若い新造や禿たちが格子越しにぼうっと見とれるのも、春先ならではの風情でして。

それより初午といえば人も知ったるお稲荷様のご縁日で、夜見世になれば花魁の名を書いた夥《おびただ》しい数の奉納提灯が軒にともされて、廓にぎわいが一段と増します。

そもそも廓内には四隅《よすみ》にお稲荷さんがござって、大門を入ってひと筋目を右に折れたら榎本稲荷。左に曲がれば明石稲荷。大門通りをまっすぐ奥へ進んで、舞鶴屋《うち》のある京町通りの右手には松田稲荷が小さな鳥居を構え、左には九郎助《くろすけ》稲荷の大きな祠《ほこら》と紅い幟旗《のぼりばた》が見えます。ここはその昔、千葉九郎助という人のお屋敷にあったお稲荷様を勧請《かんじょう》したとやら、今戸村の百姓が田の畦《くろ》から移し替えたとやら、さほどの謂《い》われがあるとも思えんが、縁結びに御利益があるとされて、今や一番人気のお社《やしろ》ですから、初午には担ぎの小間物屋がやたらと群がって、お詣りにきた女たちのふところを狙います。

　そういえば、近ごろはあそこに地口行灯《じぐちあんどん》を飾るのが流行りまして、ハハハ、ありゃしらふで見たら実にばかばかしうてなりませんなあ。ぶさいくな女がねじり鉢巻きをした絵は「岡目八目」ならぬ「おかめ鉢巻き」だとか、満開の桜の下でお腹を抱える男の絵が「花が見たくば」ならぬ「腹が痛くば吉野へござれ」だとか。まあ、くだらん洒落ですが、地口が流行りだしたのはわしがまだ若いころでして、舞鶴屋《うち》にもたいそうお好きな客人がございました。

　そのお方をわしらは「たんき様」とお呼びしておりましたが、けっして短気なお方ではございませんで。丹後屋《たんごや》の喜左衛門《きざえもん》様と申して、日本橋辺に大店を構えられた、見るからに恰幅のいい、福々しい笑顔をした鷹揚なお大尽《だいじん》でございます。ただ時につまらん地口の洒落で、他人までむりやり笑顔にさせようとなさるのが困りもの。

　一時は三日にあげずお越しになって、しばしば居続けもなされるので、店のほうからお迎えが来たり、お友だちが直にここへ訪ねて来られたりもします。

　中で瀬戸物問屋の小兵衛さんというお人がよくあらわれるのは、半分たかりだから丹喜《たんき》様もいささか閉口ぎみでして。とはいえ来られたら店の若い者は取り次がないわけにも参りません。

「へい、旦那。いま階下《した》にまた例の瀬小《せこ》様がおみえでして。お通ししてもようござんすか？」

丹喜様すかさず答えて曰く、

「なんじゃ、猫が来た？　猫が来たら栗鼠《りす》じゃといえ」

これで一座がどっと笑いませんと、ご機嫌斜めと相成ります。ナニ？　その地口は腑に落ちんと仰言《おっしゃ》るか。ハハハ、いやですねえあなた、「猫」は「瀬小」、「栗鼠」は「留守」のもじりじゃありませんか。地口の謎解きをさせるとは、野暮に過ぎて、もっと困ったもんですよ。

ともあれ、この丹喜様の敵娼《あいかた》は唐橋《からはし》という、深山のあとがまに座ったお職の花魁でして、内所でひと通りの仕込みを済ませたあかねとみどりは、この唐橋の下《もと》で振袖新造となりました。

新造名はあかねが初桜《はつはな》、みどりが初菊《はつぎく》で、内所に引っ込ませてから三年の月日がたち、ふたりは早や十六の春を迎えております。

十ではまだ月の障りを知らない子どもとて、十三ではもう立派な娘。十六ともなれば世間では嫁入りしておかしくない年齢ながら、わしはもっとふたりが熟すのを待つつもりで、ひとまず振袖新造に据え置きました。世知辛い当節はもっと手っ取り早く花魁に仕立てますが、当時は万事がゆったりとして、一年のあいだ全盛の花魁のそばで見習いをさせておけましたので、ふたりはそこで何かと得ることも多かったはずでして。

いっぽう唐橋には禿から子飼いの振袖新造がいたのを座敷持ちの花魁にしてやり、それに代わってふたりの姉女郎を引き受けさせて、新造出しの面倒まで見るように頼みました。

新造出しは、姉女郎がまず心安い馴染みのお客七人から鉄漿《おはぐろ》代と称して金品をかき集めます。妹分の振袖新造が鉄漿の付け初めをする日に、馴染みの茶屋や船宿に蕎麦切りを配ったり、見世先に錦や緞子《どんす》の反物を山ほど積んで飾ったり、うちの若い者へも扇や煙草入れや手ぬぐいを祝儀にやらなくてはなりませんからねえ。おまけに鉄漿初めのあと七日間は花魁が新造の揚げ代をもつ習わしで、毎日ちがった衣裳《ものいり》を着せて仲之町の茶屋へ引きまわします。つまり姉女郎にとってはえらい出費で、それゆえ世話になった新造のほうもひとかたならぬ恩義を感じて、せっせと尽くすようになるんですよ。

新造出しのあとは妓楼《みせ》によっても、またその妓《こ》によっても扱いがちがい、早々に客を取らせるのもいるが、ふたりは一年たったら突き直しをして、呼出しの花魁に仕立てるつもりだから、おぼこのままにしておかねばならず、けっして客はとらせるなと唐橋にいいつけました。

振袖新造は道中で花魁の露払いをするほかに、衣裳替えの介添えやら何やら、日々身のまわりの世話をあれこれといたします。座敷では客人にお酌をしたり、煙草盆を上手に差しだすのはもちろんのこと、花魁が席をはずしたときは話し相手にもなり、また花魁と客人がしっくりゆかぬときは、座が白けぬようにせねばならん。

馴染みの客になると食事のときも箸紙にちゃんと自分の名が書いてあるのがうれしいもんですが、初桜はあるときうっかり取り違えてほかの客の箸紙を渡したから、あとで唐橋に大目玉を喰らったといいます。

座敷の生け花はほぼ一日置きに取り替えて、これを花屋に注文して選ぶのも振袖新造の役目だが、初菊が選んだ花はなぜかすぐ枯れてしまうので、よく叱られたらしい。

　あるとき唐橋はわしにこぼしました。

「あのような気の利かぬ振新《ふりしん》を抱えたわたしの身にもなっておくんなんし。部屋もおちおちあけてはおれんせん」

　唐橋が文句をいうのはもっともで、しばらく座敷へ出さずにおいたふたりは気がつかないことが多すぎた。が、そこをがまんしてしっかりと教えてやるのがお前の役目、自らの過去《こしかた》を振り返ってみろとわしは唐橋にいってやりました。ふたりにもまた唐橋の叱言《こごと》を大切《だいじ》に聞いておれ、きっと将来《さきざき》の役に立つはずだといい聞かせております。

　いくら立派に習い事をさせても、ふたりを長らく内所に引っ込ませていたのは誤りかと申せば、それは案外そうでもない。まだ分別もつかない小娘がずっと花魁のそばにおれば、妙にこまっしゃくれてひねこびた鼻持ちならない妓になりやすい。また悪い駆け引きばかりを覚えて、すれっからしの女郎にもなりかねない。そうなればそれなりの客がついたとしても、たいした客ではないから、数で稼ぐしかなくなる。結句だれかれなしに身を売る殺風景な女郎ができあがります。

かりにも大籬の花魁は、ただ身を売るばかりの女郎と同じにしちゃァいけません。客人に本気で惚れられて、自らは嘘でも恋心が湧かないと身をまかせないくらいの意気地と張りがほしいところ。吉原《ここ》はそういう花魁がいてくれてこそ、「源氏」の昔を今に叶える桃源の郷《さと》と相成ります。

ただし常に七、八人からのお馴染みがいて、それだけあれば十分に見える花魁が次々と新規の客人を迎えますのは、いくら深い馴染みでも、いつ何時ふっつりと縁が切れないとはかぎらないからでして。とかく金の切れ目が縁の切れ目というもまた廓の習い。また男は浮気性だから、まめに通ってくるうちはいいが、足がちょっとでも遠のいたら、せっせと手紙《ふみ》を出してつなぎ止めなくちゃならんし、ほうぼうへ目配りも欠かせません。

「付断《つけことわり》」というのをご存じで？　客人が同じ妓楼《みせ》でほかの妓に手を出すのは断じてご法度だが、よその妓楼に乗りかえられてもむろん面白くはない。されば馴染みの客人がよそへ行ったのがわかると、そちらの花魁の元へ「私の客をよろしう頼みまする」と書いた手紙をやる。つまりは、うちへ断りなしでは困るぞとやんわり文句をいうわけでして。手紙に菓子など添えて晴れ着をきせた禿に持って行かせると、向こうもその客人が登楼《あが》ったらこちらに報せをよこし、ふつう馴染みにならないのは、いわば花魁同士の仁義立てとでも申しましょうか。

　厄介なのは向こうがそうした義理を欠いたり、根っから浮気者の客人が本気で乗りかえそうになったときで、そうなるとたいがい大騒動が持ちあがる。唐橋ほどの花魁にも一度それがありましたが、フフフ、騒動の渦中にいたのは唐橋よりも初菊で、客人は例の地口がお好きな丹喜様でございました。

　丹喜様は浮気者というよりも根っから廓好きの御仁で、これぞという評判の妓はひと目見たくなるんでしょうなあ。松葉屋で何代目かの瀬川が誕生してからほどなくして、一度そちらに登楼されたことがありました。ちょうどその日は初午の前夜に当たり、どこの通りも奉納提灯で明るく照らされておりますから、登楼はたちどころに知れて、すぐにうちの耳にも届きました。

　唐橋は無邪気な物好きの病と知って、はじめは放っておくつもりだったようで。なにせ相手はすっかり茶びん頭になった旦那だから、別に妬《や》きもちも起きなかったんでしょう。

　ところがどういうわけか初菊が妙な忠義立てをして、断然これを懲らしめねばならんといきり立ったらしい。

そのころの初菊は背丈が伸びだして、当人はそれをちょっと気にしておりましたくらいで。顔立ちも急におとなびてきたが、まだ禿のときと変わらぬくりっとした可愛い眼をしております。丹喜様のお覚えもめでたかったはずでした。

いつぞやわしが座敷へご挨拶に顔を出した折、唐橋が何かのことで「そりゃ残念でありりんすのぅ」と申したら、丹喜様がすかさず「残念のことをいえば鬼が笑うぞ」と例によってのつまらん地口で、初菊ひとりがおかしそうにけらけらと笑いました。箸が転んでもおかしい年ごろだけに無理して笑うわけでもないから、丹喜様のご機嫌は至ってよろしい。以来、何かと用事をいいつけて、そのつど小遣いを与えてらしたようで。初菊も今宵は丹喜様がご登楼と聞けば、ぱっと目が輝いて、ハハハ、当の唐橋よりもうれしそうな顔をしたとか。

ああ、そういえばこんな話もありました。

廓は吸い付け煙草が付きもんで、キセルの吸口や羅宇《らお》にはよく煙脂《やに》がたまります。キセルの掃除も振袖新造の受け持ちで、花魁に恥をかかせないよう、こまめに紙縒《こより》を通しておりますが、それでもふとした折には急に通りが悪くなったりもする。

ある晩、唐橋から吸い付け煙草を受け取った丹喜様はひと口吸ったあと、おやっと首をかしげて、吸い直そうとしたので、ふたりは青くなった。丹喜様の手から先にキセルを受け取ったのは初菊でして、自分でもやはり吸えないもんで、こんどは顔を真っ赤にしておる。

初桜のほうは存外落ち着いたそぶりで懐紙を裂いて、するすると紙縒を一本よりあげると、初菊の手からキセルをそっと取りあげて吸口に紙縒を差し込んだ。すぐにまたそれを初菊がもぎ取ったが、紙縒は吸口に巧く通らず、あわてて火皿から入れようとして中折れしてしまった。その間に初桜は二本目の紙縒をよってキセルを取りもどす。またしてもそれを初菊が引ったくろうとしたところで、丹喜様はポンと手を打ち鳴らします。

「おーい、だれか来やれ」

とたんに廊下の若い者が顔を出して、

「へい、旦那、御用はなんでござんしょう?」

「ほかでもない。煙脂がいっぱい詰まったキセルをもう一本ここへ持ってきてくれんか。二本あれば、このふたりに一本ずつ通してもらえる」

これには唐橋もふっと吹きだし、初菊と初桜は真っ赤になってうつむいたとか。ハハハ、こうなると丹喜様の洒落も悪くはございません。

若いころから色男にはほど遠い人相だったとご自身でも仰言る通り、ずんぐりした躰《からだ》つきで、丸いお顔に団子っ鼻、笑うと眼がしわに埋もれますが、お人柄でその顔になんともいえぬ愛嬌がある。唐橋も初会は振ろうとしたが、馴染みになって心底よかった客人のひとりだと申しておりました。

若い者やほかの女郎衆にも至って評判がよかったし、禿にまでえらく人気があったのは、居続けをなされた日に大勢の子を呼び集めて鬼ごっこや隠れんぼをしたり、お菓子を配ったりなさるからでして。よく若い子のそばにいると自分も若返るなぞと申しますが、わしもこの歳になって、丹喜様のお気持ちがよくわかりますよ。

いっぽう丹喜様にかぎらず、年寄りの客人はふしぎと若い新造や禿に人気がある。そりゃ若い男とちがってぎらぎらした刃物を見るような怖さはないし、世間話も年の功で面白いから、早くに親元を離れた娘たちにすれば、お父つぁんに甘えるような気分になれるんでしょうなあ。

丹喜様が松葉屋に登楼なすったことで、初菊がいきり立ったのは、こりゃ当人が気づいてたかどうかは知らんが、丹喜様と仲良しだったればこそではないか。唐橋に忠義立てしたというより、自分が裏切られたような気がして、ついかっとなったんじゃねえか、と、わしはみておりました。可愛さあまって男を懲らしめようとするのは廓にかぎらぬ女子《おなご》の常で、ハハハ、こりゃどこのお内儀《ないぎ》やお娘御も変わりませんよ。

その朝の初菊は初桜と二人禿を引き連れて大門《おおもん》の手前にじっと佇んでおりました。廓はまだ昼見世が始まる前で仲之町の通りも閑散とし、ぱらぱらと大門口《ぐち》へ向かう帰り客の中に、丹喜様の姿がすぐ見つかった。一同はばっとそばに駆け寄って、初菊がいきなり大音声を張りあげます。

「浮気者の成敗じゃァ」

丹喜様が棒立ちになると、禿がまず羽織の紐をほどいて、初菊が後ろから脱がしにかかる。あっけにとられた丹喜様はなす術《すべ》もなく、左右から禿に手を取られたところで、初菊が帯の結び目を解き、するりと抜き取ってしまいます。こりゃいかんと気づいた時すでに遅しで、前がはだけて大門を出るにも出られず、

「待て待て、子ども衆、悪ふざけもほどほどにしたがよい」

と叱りつけても無駄なこと。初菊から初桜の手に渡った帯は仲之町をひらひらと飛んでゆき、丹喜様は取りもどすのをあきらめて、大門の外へ出ようとするも、初菊が着物の袖をしっかりつかんで逃しません。

「さあ、おいでなんし。唐橋花魁がことのほかご立腹で、すぐに来て詫び言なさんせねば、面当《つら》てに死んでのきょうと仰せじゃ」

大げさなことをいい立てて、片袖を強く引っ張ったとたんに縫い口がびりっと裂け、丹喜様はますますぶざまな恰好で逃げまわるはめになる。仲之町から江戸町の筋にもどってひとまず天水桶の陰に隠れると、初菊は上に積んだ手桶で水を汲んでざんぶりと頭から浴びせる始末。こりゃたまらんと逃げだすのを追っかけて、一行はまたわらわらと仲之町に出て参ります。

初菊に右腕を取られ、ふたりの禿に左手を握られた丹喜様はなんとかこれを振り切ろうとしてぐるぐるとまわる。振りまわされた初菊は通りに並んだ誰哉《たそや》行灯へまともにぶつかるわ、下駄の鼻緒が切れて片裸足になるわ、髷はもうむちゃくちゃに崩れて見る影もないありさま。茶屋の女房や若い者が通りに出てきてあきれ顔で見物し、その笑い声がだんだん高まるなかで、丹喜様と初菊もついにはげらげらと笑いだし、共に滅茶苦茶な恰好で仲良く手をつないで暖簾《のれん》をくぐって舞鶴屋の一同をびっくりさせました。

さあ、そこからがまた大変だ。丹喜様はすぐさま二階に連れて行かれて、唐橋の座敷でなぶられるはめになる。関《かか》り合いのないほかの女郎衆までどっと押しかけて一緒になぶるのは気の毒ながら、これも廓のご定法とあきらめて戴くしかありません。扱帯《しごき》で後ろ手に縛られて、元結《もっとい》を切られたザンバラ髪で、顔には墨でいたずら書きをされます。新造らにキセルの先で小突かれたり、大勢の禿によってたかってくすぐられたりと、さんざんな目に遭わせられる上に、飲まず喰わずで小便もできないからたまりません。

まあ、こういうときは、こちらも見て見ぬふりで放っておくんですよ。いくら止めたところで聞く耳を持ちませんからねえ。とかく女は気がのぼせあがると油紙に火が付いたようになって、理屈も分別も見境も何もあったもんじゃないが、ひとりでも厄介なのに、群がって束になったら、もう手の打ちようはありません。ひとりがキャーッと叫べばたちまち地獄の阿鼻叫喚、ひとりが泣けばお葬《とむら》いの寄合所帯。ひとり大勢の女を抱えた商いには、それなりの覚悟も要れば、巧みに操る便法も心得ておかねばなりません。

思えばここにいるのはいずれも哀れな女たちで、日ごろ身を売る勤めの憂さ辛さが積もり積もって、みな胸中にでかい癇癪玉《かんしゃくだま》をこしらえております。それが一時にどんと破裂したら、ここにいて甘い汁を吸うわれらは即座に吹っ飛んでしまいましょう。されば折に触れて小出しで憂さ晴らしをさせておく。浮気の成敗でなぶられる客人はたまったもんじゃなかろうが、妓楼《みせ》のほうはそれでちったァ女郎衆の憂さ晴らしにもと……へへ、こりゃあんまり人には聞かせられぬ内輪話でございました。

丹喜様も廓のわけ知りだけに、そこらあたりは承知の助で、野暮なお腹立ちはなさらずに、人気の裏返しだと合点して、おとなしくなぶられておいでだった。いや、様子を見に行った若い者の話では、ハハハ、あのお歳で大勢の女郎衆にキャアキャアいわれるのがむしろうれしそうだったとか。

その日は初午の紋日《もんび》に当たって、唐橋はほかに大切《だいじ》な客人があったから、丹喜様は夕方には許されて舞鶴屋を出られました。門口を出しなに初菊と初桜を誘って九郎助稲荷にお詣りをなさると、祠のまわりに群がった小間物屋に声をかけ、ふたりにそれぞれ気に入った簪《かんざし》を仲直りのしるしに買ってやるという、まあ太神楽が品玉を操るように若い子のご機嫌を取るのもお上手だった。

初菊はわが名の菊模様をほどこした銀の平打《ひらうち》を買ってもらい、帰ってからそれを大いに見せびらかしておりましたそうな。

雨降って地固まるのも男女の仲で、花魁は時に客人と派手な喧嘩をしないと深間《ふかま》にはならんと申しますが、初菊は仲之町で丹喜様と派手に取っ組み合って、共に笑いものになってから余計に親しみが増したんでしょう。二、三日してこんなことがあったといいます。

二月いっぱいここらをうろつく太神楽の連中が見世先に立ち、太鼓や笛を鳴らしはじめると、初菊がにわかに格子に取りついて外を指さしながら叫びました。

「あれあれ、丹喜様があのように器用な真似をして」

そばにいたほかの新造がつられて外を覗いたところ、やや離れた場所で老けた男が品玉を操っております。丸顔でたしかに少し似ているような気がしなくはないが、とり立てていうほどのことでもなさそうだった。

ポーン、ポーンと高く放り投げた玉を男が下で巧く受け取るたびに、「丹喜様、お上手」と初菊はさかんに囃し立て、淋しい懐《ふところ》から小銭をつかみだしてその男に取らせると、立ち去る後ろ姿をしばし見送っておりましたとか。

それからどうも様子がおかしい。さっきまで陽気にはしゃいでおった妓が急に鬱《ふさ》ぎ込んだようになって、格子に取りついたまま黙って青い空の彼方をぼんやり見あげております。気が走り過ぎる妓だったはずが、その夜は唐橋に用事をいいつけられても聞き直しをするくらいに心がお留守で、遣手の婆さんや若い者も首をかしげる始末でした。

次の日は昼飯が済んで見世をそっと抜けだしたから、心配した若い者があとをつけたら、九郎助稲荷にお詣りをして何やら熱心に念じていたとか。あそこは縁結びで知られるだけに、ひょっとしたらだれかに岡惚れしたんじゃねえか、若い者の中でだれか心当たりはねえかと陰で噂になりました。

初菊と初桜のふたりは唐橋付きの新造になって早や一年が過ぎようとしており、月が替われば突き直して呼出しの花魁で売りだすと決まっておる。その前に変な虫でもついたら事だから、周りは何かと詮索をいたします。

妓楼には若い者が大勢いて、客人や女郎衆のお世話をするいっぽうで、しっかり見張り役も務めております。一軒の家に若い男女が顔を突き合わせておれば、間違いがあってもふしぎはないから、互いを見張ってもおります。若い者と女郎の色恋は断じて御法度で、そうしないとわれらの稼業は成り立ちませんし、若い者もそこはよく心得て、勤め先の女にはけっして手を出さない、というより、まずその手の気が起こらないのかもしれません。まあ正直申して、きれいに装った表の顔とはかけ離れた女の裏の顔ばかり見せられておれば、なかなかそういう気にもならないし、女のほうも日ごろあけすけになんでも見せちまう相手だから、懇意にはなれても、色恋を共にする仲にはなりにくいんでしょうよ。

もっとも、まだおぼこな振袖新造は身近な男についつい心を惹かれがちだから、用心するに越したことはないと、わしは親父に教わりました。

素人の生娘は役者絵を見てでさえぽおっと顔を赤らめたりもするらしい。さすがに廓育ちだから、絵姿に惚れるというほど幼くはないだろうが、猫も恋する季節とあって、初菊は雌猫のようにむずむずする気持ちを抑えかね、つまりは恋に恋するといったふうなのではなかろうか。

女は好きな相手ができると、だれを見てもその男の面影を見つけようとするようなところがあるといいます。太神楽の話と思い合わせて、わしはひょっとしたら丹喜様がその恋に恋するお相手ではなかろうかと存じました。

ハハハ、そう思ったとたんに自分でも笑いだしたくらいでして。相手はわしよりも年輩で、初菊とは父子どころか祖父と孫に近いくらい年齢が離れております。おまけに顔や風采もおよそ若い娘の色恋とは結びつきそうにない御仁だし、われながら突飛な話で、まさかとは思いつつ、どうも気になる。初菊は親父のように甘えられる相手と仲之町で派手な取っ組み合いをして、共に恥をかいたことで絆が深まり、親しみが増した。それが恋に恋する相手に仕立てあげたきっかけではないかという気がしたんですよ。

もっとも当時その話はだれにもしておりません。なにしろ丹喜様が初菊の恋のお相手と聞けば、お釈迦様でも腰を抜かされそうでして。若い男の目から見れば、およそ色恋とは最も似つかわしくないお方でございました。

だが女の目はやはり侮れないもんでして、唐橋だけはなんとなく気づいておったのかもしれません。

ある日こういうことがありました。ああ、その前にひとつ忘れずに申しておかねばならんことがございます。

　売れっ子の花魁には客人がかち合うときもめずらしくない。初会の客と馴染みの客なら、初会の方には、ほかの妓を見立て直しくださるようお願いする。馴染み同士が鉢合わせをすれば、花魁の心任せにいたします。どちらの顔を立てるかで、心の靡《なび》きようがはっきりわかるとお思いかもしれんが、花魁がみな左様に浅々しい分別をするとはかぎりません。

　たとえばふたりきりでしみじみと逢瀬を楽しむか、幇間《たいこもち》や女芸者を座敷に呼んでにぎやかに騒ぐかで、廓の費用《かかり》は相当ちがうから、花魁も時には妓楼の稼ぎや朋輩の手前もあって、ぱあっと派手に遊ぶ客人をわざと選ぶときがあります。また深い馴染みのほうがかえって話をつけやすいので、お引き取り戴くということもある。

　お断りした客人には花魁が自らの名代《みょうだい》を差しだします。客人がかち合ったときばかりでなく、病気や月の障りでも名代の妓がお相手をする習いで、その妓には花魁と同じ揚げ代を払っても、客人はまず手を出すという野暮はしないもんでして。蒲団の上に枕ふたつ並べながら何もしないで夜を明かすんじゃ、ハハハ、なんだか踏んだり蹴ったりのようでお気の毒に存じますがね。

名代はたいがい花魁付きの振袖新造がつとめるもんで、初桜と初菊も唐橋の名代を何度かつとめておりました。

緋縮緬《ひぢりめん》の蒲団を敷いた小部屋に男女がふたりっきりで一夜を過ごせば、お互いおかしな気持ちにならないほうがふしぎですが、唐橋の客人ともなれば皆さん気が通ってらっしゃるから、すぐに床祝儀《とこばな》を置いて、

「ここでちったァ寝《やす》むがいいよ」

とやさしく声をかけながら、速やかに障子の外へ出られます。

夜の勤めは寝不足になりがちで、ことに若い妓はいつでも眠いから、客人の言葉に甘えて朝まで独りでぐっすりと寝られるのは、まあ、名代の役得とでも申せましょうか。

もちろんそう巧くはいかないときもある。せっかくだから話し相手になれといって、花魁の日ごろの様子をこと細かにたずねられたり、逆さまに愚痴や自慢話をあれこれ聞かされたりもしますんで、名代をつとめる妓はなるだけ口の堅いほうがよろしい。唐橋が初菊より初桜を名代に立てるほうが多かったのも、ひとつはそのせいだったかと存じます。

例の丹喜様にはお気に入りの初菊が名代をつとめたこともあったが、部屋からひと晩中けらけら笑い声がして、ハハハ、隣の客人はえらく気が散ったとかで、唐橋があとでさんざん文句をいわれたような話も聞きましたよ。

その夜は丹喜様と、唐橋に身請けの約束をしておられた大切《だいじ》なお馴染みがかち合って、また丹喜様のほうへ名代を差しだすことになり、唐橋は敢えて初桜を名指したらしい。それはひょっとしたら何かまちがいがあってからでは遅いという分別が働いたのかもしれません。初菊が淡い恋心を持ったのは、どことなくそぶりにもあらわれて、唐橋はそれを勘づいたんじゃないか。もしそうなら、丹喜様といえど男たるもの据え膳を喰う気が起きないとはかぎりませんので、唐橋の判断は正しかった。

したが、それは思いがけないことに……いや、まあ、話は順を追って致しましょう。

ところで前に申した通り、道中ができるのは廓でもごくわずかな呼出しの花魁にかぎられますから、道中の評判は花魁の人気を大きく左右いたします。あの重い道中衣裳を着て、高さ八寸もある桐の駒下駄で外八文字を踏むのはなまなかなことではなく、始めは皆それなりの稽古を積まねばなりません。初桜と初菊は月が替われぱすぐにも披露せねばならんとあって、昼どきは廊下で稽古に余念なく、遣手や若い者はもとより、わしも暇があれば覗いて、何かと姿に注文をつけます。

その日はどうも初桜の様子がおかしい。何やら腰つきが頼りなさそうで、足の踏みだしようもおぼつかなく、ともすれば右へ左へとよろけて見える。初桜は、ほら、例のあかねでして、禿の時分は大羽子板を抱えてよろよろする芝居をした子だが、今はそんな芝居をする理由《わけ》もなく、あと何日かでお披露目だというのに、いくらなんでも心もとないと存じました。

「あの妓はあれで間に合うのかい？」

と思わず唐橋に訊いたら、やっぱり少し首をかしげながら、

「昨日はもうちっとしっかりして見えんしたに、今日はまたどうしたことじゃやら……」

といいさして、アッと声をあげそうになる口を押さえます。わしは訝《いぶか》しげにその横顔を黙って見ておりました。

初桜の歩きようがどうもおかしいのはだれの目にもあきらかで、一緒に稽古をす

る初菊もじろじろと見て、

「あんよはお下手、転ぶは上手」

とずっけりいう。

幼子がよちよち歩きをすると「あんよは上手、転ぶはお下手」と囃すのを逆さまにした悪洒落でした。初菊はもともとなんでもはっきりものをいう妓だが、そのときはずいぶん嫌みに聞こえたから、わしは初桜を呼んで、わざとやさしくたずねてやった。

「今日はめずらしく不出来のようだが、何かあったのかい？」

いつもの初桜なら目を伏せがちにして答えるところだが、そのときはこれまためずらしく、こちらの眼をまともに見て、ちょっとはにかんだように笑いながら、

「あい、昨夜《ゆんべ》はよう眠れなんだせいか、廊下がゆらゆら揺れて見えんす」

その声が妙に堂々としてというか、自信ありげに聞こえるのもふしぎだった。

唐橋に昨夜の様子を訊いたら、何喰わぬ顔つきで、

「眠れんことはままある習い。いちいち気にしてもおれんせん」

と、こちらはやけにそっけない返事だ。

そこでふたたび遣手にたずねると、昨夜の初桜は名代で丹喜様と一緒だったのが知れましたから、わしはまた例のつまらん洒落を延々と聞かされて寝不足になったもんだとばかり……ハハハ、われながらなんともおめでたい話でして。

唐橋はさすがにすぐ気づいたらしい。あとでさんざんとっちめられたと、丹喜様がわしに打ち明けられました。

えっ、何をだって？　ハハハ、お前さんもたいがい野暮なお人でござんすねえ。ここまで話せば、おおよそ見当はつきましょうが。

唐橋は丹喜様をつかまえて、こうなじったそうだ。

「ぬしは見損のうたお人でありんすなあ。まさかあの初桜に手出しをなさるなぞとは思いも寄りませなんだ。楼主様《おやかた》にも申しわけが立たず、わしの顔は踏みつけにされ、あんまり情けのうて涙もこぼれんせん」

丹喜様はその場で両手をついて、

「面目ない。謝った。何もかもわしが悪かった。あの妓のことは責めんでやっとくれ」

と初桜をかばったのは、当然といえばまあ当然です。

唐橋にしてみれば、馴染みを寝取った若い娘に腹を立て、憎んでも仕方がないが、そこは立派な呼出しの花魁だから、般若の角をにゅっと出すようなはしたない真似はしなかった。ハハハ、こう申してはご無礼ながら、なにせ相手が丹喜様では妬きもちの火もめらめらと燃え盛りはしなかったのか、初桜を責めたり陰で意地悪するようなことはなかったらしい。

さて初桜が摘《つ》まれた経緯《ゆくたて》は、フフフ、こりゃわしも見てないもんで嘘か真実《まこと》かわかりませんが、丹喜様から聞いた通りにお話しするしかございません。

その夜の丹喜様は唐橋に会えるつもりで、襦袢には香を燻《た》きしめ、下帯も真新しい緋縮緬に取り替えて、むろん月額《さかやき》や髭もきれいに剃り、房楊枝で念入りに歯を磨いてお越しになった。

いや、あなた、笑っちゃいけませんや。呼出しの花魁と一夜を共にしようと思えば、左様な身だしなみも欠かせません。いくら人を笑わせるのがお好きな丹喜様とて、閨《ねや》の作法まで嗤《わら》われるわけにはいきませんからねえ。

ところが通されたのは唐橋の座敷ではなくて、うすら寒い名代部屋だったから落胆も甚《はなは》だしい。夜具も唐橋の部屋にある豪勢な三つ重ねではなく、色落ちのした一枚蒲団だし、煙草盆はと見れば蒔絵《まきえ》が剝《は》げかかっておる。妓楼は敵娼の格に応じて調度の類《たぐい》まで異なり、名代の新造が相手なら扱いがたちまち貧相になります。かと申して、ひとたび登楼したらさいご、取り消して帰るというような野暮はできないのが馴染みの辛さで、ここは辛抱して名代の妓があらわれるのを待つしかない。

しばらくすると襖《ふすま》がそっと開き、敷居の前でおとなしくお辞儀をした新造の顔を見て、丹喜様は意外の面もちだ。せめて初菊が名代に来てくれるものと思いのほか、あらわれたのはどうやら馴染みの薄い妓のほうで、こちらに目も合わさず恥ずかしそうにうつむいておるばかりだから、どうも最初《はな》から勝手がちがって困ったらしい。

初菊は話をすればなんでも面白そうに聞いてくれたが、もうひとりは笑い声を聞いた覚えもなければ、陰が薄くて顔すらはっきりしなかった。九郎助稲荷で簪を買ってやったときも、初菊はあれこれと迷って騒いだのを想いだせるが、片方には買ってやったかどうかもわからないくらいだ。それゆえちと物好きの血が騒ぎ、隅にあった角行灯《かくあんどん》をわざわざそばに近づけて、

「今宵の名代はそなたか。どれ、顔をしっかりお見せ」

わりあい強い口調でいうと、うつむいた顔が静かにもちあがり、刹那、白い額が

まぶしいほどに輝いて美しく見えたといいます。

丹喜様にとってはいわば初桜の見初めでして、ふだん気にも留めなかった妓だけに、胸が一瞬どきついたとか。が、それはその場かぎりのことで、まさか孫のような年ごろの娘をつかまえて、どうこうする気が起こるはずもなく、ひと夜の暇つぶしには、初菊にしたのと同じように、蒲団の上であぐらを組んで何か面白い話を聞かせてやろうとなされた。

「されば桃太郎の昔噺の続きをしてやろう。鬼ヶ島の手柄に味をしめ、ふたたび例のきび団子を腰にぶら下げて歩いておれば、また例のごとく猿がやって来て『桃太郎殿、いずこへござる』『此度《こたび》は竜宮城へ玉取りに参る』『腰につけたは何でござる』『こりゃ申すまでもない日本一のきび団子』『ひとつ下さい。お供いたす』。これにて桃太郎が団子をひとつ与えたら、猿は手に取ってつくづくと見ながら、『もし、旦那、こりゃ前より少し小さいぞ』」

こうしたつまらん小咄をいくつ披露しても、初桜は相変わらず伏し目がちで、くすりともいたしません。ハハハ、初菊ならちゃんと笑ってくれたんでしょうなあ。

初桜にはまるでその手が通じず、話す自分がだんだん恥ずかしくなる始末。さりとて若い新造を相手に淫らな破礼《ばれ》話をするのもどうかと思われ、しんみりした身の上話を語って聞かせるような柄でもないから、ほとほと弱ってしまい、

「どりゃ、もう寝ようか」

と、ふて寝よろしく身を横たえて枕に頭をつければ、初桜はすっとそばに寄って掛け布団を整えてくれます。それでふと情のようなものが湧いて、「そなたは寒うないか」と訊いてやった。

春とはいえ夜風は冷たい。むろん蒲団はひとつだが、親子よりも歳がちがう相手を気にするのはかえって大人げないように思われて、

「一緒に入らぬか」

と蒲団の端をめくったところ、初桜は黙ってするりと入ってきた。

ひんやりしたつま先が足に触れて、どんな寒いときでも足袋《たび》を穿《は》かない女郎の境涯に哀れを覚えながら、足は動かさずにおいてそっと寝返りを打った。お互い背中合わせで寝めばよいと思いのほか、初桜はこちらに覆いかぶさるように身を寄せてきたので、生温かいふわふわしたものが背中にあたり、紅《べに》脂や白粉や鬢付油《びんつけあぶら》の入り交じったなんともいえぬ匂いが鼻腔《はな》をくすぐって、乙な気分になった丹喜様はなか

なか寝つけません。

これではいかんとまた寝返りを打てば、まともに面と向き合った。伏し目がちにした初桜は眉も整えず、額や鬢の生え際に産毛が混じって、まだどこかに幼さが残る顔だが、肌はぴんと張って鮑貝の殻の裏を見るようにつやつやしております。

唐橋の肌とはこうもちがうのかと見とれるうちに、何不自由ない今の暮らしが急につまらなくなった。何やら妙に切ない気分で、苦労が多かったあの若い時分に、もう一度戻れるなら戻ってみたいという思いにすらなる。

「若いうちは眠たかろう。ここでゆっくりと寝むがよい。どりゃ、早う寝んと、こうするぞ」

子どものような悪ふざけで脇腹をくすぐると、初桜がかすかに声を立てて笑った。丹喜様は初めて聞く笑い声にうれしくなり、はしゃいでくすぐり続けると、初桜はすっかり息があがって耳たぶやのど元まで紅く染めながら苦しそうに笑っておる。折しも中庭に乱れ咲く沈丁花の香りが鼻をついた。めくれた裾から娘の真っ白な脛《すね》が飛びだすと、どうにも我慢ができなくなった。自分でも驚くような素早さで扱帯を解き、気がつけば肩口をぎゅっと押さえ込んで、緋色の襦袢から覗いた可愛らしい乳房をついじっと見てしまう。

ヒャッという悲鳴を聞いて急に頭がくらくらとした。自分はなんと馬鹿なことをしておるのかと恥じ入りつつも、近ごろめったとない勢いで猛り立つものには抑えがきかない。手荒な真似をするのは痛々しいが、遠からずだれかの手で散らされる花ならば、いっそ自分がその花盗人の悪党を引き受けてやろう。けっして恨むまいぞと心でつぶやきながら、こんどはじいっと顔を見据えれば、長い睫毛が大きくもちあがり、濡れ光りした漆黒の眸《ひとみ》が怖いほどにきらめいて、奈落の淵に吸い寄せられる。

「目を閉じたがよい。大船に乗って揺られる気でゆったりと構えていやれ」

と、やおら腰紐を抜き、襦袢のうちへ手を差し込めばまたギャッと悲鳴をあげて、初桜の躰は蒲団の下へ転がり落ちた。こうした手を焼くのは女房を娶《めと》って以来のことかと思えば、自分が若返ったようで妙にうれしい。

「けっして怖がるまい。しばらくじっとしておれば済むことじゃ」

なだめすかして、ふたたび躰を蒲団の上にあげ、しばらく肩を抱きすくめておれば、相手も覚悟を決めたようにもう抗うことはなかった。が、肌に手を触れるとく

すぐったそうに身もだえするのはさすがに生娘で、

「これ、笑うてはならぬ」

丹喜様らしからぬせりふをつぶやきながら、柔肌を掌でゆるゆると撫でさすり、だんだんと下のほうへ手を伸ばしてゆくが、肝腎のとこで、アッという悲鳴があがってまた逃げられてしまう。さすがにいい加減うんざりしてきて、柄にもない真似が恥じられた。

「もうよい。済まなんだ。わしは帰るゆえ、そなたは安心して眠るがよい」

起きあがって身仕舞いをしかかると、ちょんちょんと裾を引かれた。下には相手の顔がにっこりと笑って見える。どういうつもりか、こんどはまるで誘われておるようだから、逆に弄ばれる気分だ。こっちが焦らされてかっかとなれば、向こうはかえって気が落ち着いたのか、ほんのわずかの間に床あしらいを会得でもしたように腕を伸ばして脚をからめてくる。女子は幼くともやはり魔性だと思うしかない。

内股やふくらはぎも肉のしまりがよすぎるから、これを丹念に揉みしだき、甘噛みなどして十分にほぐした上で、いざ足首を持ちあげて事に及ぼうとしたが、貝はぴしゃりとふたを閉じて銛《もり》を刺すのが容易でない。とてもひと晩では片づきそうにないとあきらめかけたところで、ふいに軽く脇腹をくすぐってやると、相手の力が抜けてするりとふたが開いた。が、鋭い悲鳴を聞くと、なんとも切なげな顔を見続けるのは忍びなく、奥の院まで至らずにはやばやと抜き身を外し、あとの始末は自分でつけて、ようやく人心地がついたところで、丹喜様は急に味けない気持ちになったのだとか。

片や初桜のほうはいつの間にか床の上に起き直って、またにっこりしておる。悪びれる様子は微塵もないどころか、むしろ凄みがあるほど艶っぽい眼差しをして、表情《かお》には自信めいたものすら浮かんでおるではないか。青いさなぎがみごと美しい蝶に生まれ変わったのをぽかんと見とれておりますと、その蝶はこちらをからかうような声をあげた。

「わたしが笑いんすに、ぬしは笑いんせんのか」

これはなんとも末恐ろしい妓だと恐れ入って、たちまち味けない気分も吹っ飛んだ。丹喜様は腹を抱えて大いに笑われ、ひと夜の祭がめでたく幕を閉じたといいます。

ふたりの仲はむろんそれっきりで二度と閨を共にすることはなかった。

月が替わると初桜は小夜衣《さよぎぬ》を名乗ってみごとな花魁道中を披露した。丹喜様は黙ってそれをまぶしそうにご覧《さと》になっておりました。ふたりの夜のことをお話しくすったのは、唐橋がこの廓から根曳《ねび》きをされて、小夜衣が唐橋の跡を継ぐお職の花魁になろうとするころでした。

聞いたときはその話を真に受けていいものやらどうやら。ハハハ、なにせ相手が洒落のお好きな丹喜様だし、とかく男はいい女を見れば、手ひとつ握ったことのない相手ですら、自分とわけありのように吹聴したがる癖がありますからねえ。丹喜様もご自身で、

「初午ではないが、なんだか狐につままれたようで、われながら本当のこととは思えんのじゃ」

と仰言っておりました。

狐につままれたようだったのは、丹喜様が例の夜のすぐあと唐橋の座敷で初桜と顔を合わせたときのこと。ここまでしらばっくれるもんかと驚くほど相手は素知らぬ顔つきだったが、自分はついそちらをじろじろ見てしまう。唐橋に気づかれて、さんざんとっちめられたのも無理はなかった。

気づいたのは唐橋ばかりではなかったようで、初菊が妙によそよそしくなり、もうどんなに洒落をいっても無邪気に笑ってくれなくなって、実に淋しい思いをしたといいます。いやはや小娘といえど女子の勘は侮れずと思われて、丹喜様は後悔しきりだったとか。

初菊にしてみれば、淡い恋とまでは申さずとも、お父つぁんに甘えるようにして心を許した相手からとんだ裏切りに遭い、男はつくづく信用がならんと娘心に悟ったかもしれません。

初菊はそれまでに初桜の様子がおかしいのをちゃんと気づいてたんでしょうなあ。そりゃ廓育ちなら当然のごとく耳年増にもなり、男女のあいだで何があったかの察しくらいはつきましょうよ。

思えばあの日、廊下で道中の稽古をした折に、「あんよはお下手、転ぶは上手」と意地悪く毒づいたのも、初桜が丹喜様に転んで身をまかせたのをそれとなく諷したんじゃねえか、と、わしはあとになって気づきました。

初桜が小夜衣となり、初菊が胡蝶になってからは互いにしのぎを削ってしっかり稼いでくれましたが、胡蝶はとりわけ小夜衣と張り合う気持ちが強くて、陰じゃときどき「あの九郎助めが」とか「あれはお狐《きつ》のコンコンだから」と罵っておったらしい。ハハハ、澄ました顔でいっぱい喰わされたという苦い思いが、何かほかのことでもあったのかもしれません。

ともあれ初手にしてやられたという気持ちを起こさせたのがあの丹喜様だったとすれば、ハハハ、こりゃ臍《へそ》が茶を沸かすほどおかしい。茶釜ならぬ茶びん頭のぱっとしない見てくれでも、若い振袖新造がふたりして取り合ったんだから、大《てえ》した色男ですよ。男は断じて見てくれじゃァございませんねえ。

ならば女は見てくれだけかといえば、これが案外そうでもない。

初桜と初菊を比べたら、むろん好みにもよるだろうが、当時まだ初桜はぼんやりした幼な顔に見えたし、初菊のほうがずっと大人びて男心をそそる顔立ちだったように存じます。

丹喜様は見てくれで初桜のほうへ靡いたというわけではなく、ひょんな成りゆきで初桜の流れに乗って竿を差すはめとなった。初菊とはむしろ互いに親しみがあったからこそまちがいが起きなかったわけでして、ハハハ、そこらが男女の間柄の面白いところでしょうか。

初菊はなまじ丹喜様とまちがいがなかったからこそ、親父よりも年上のような男に嫉妬の炎《ほむら》らしきものを燃やせたんじゃねえか。

それにしてもふしぎなのは初桜の気持ちでして。本気で逃げようとすれば逃げられたはずなのに、丹喜様にあっさり身をまかせたのは一体どういうつもりだったのか。いずれだれかの手で散らされる花なればという、あきらめをつけたのかもしれんが、相手が相手だけに、いささか腑に落ちん気もいたします。

ひょっとしたら初菊が丹喜様に淡い恋心を持つと知って、わざと横取りしたくなったんだろうか。いやはや、女心には得てしてそういうとこがありましてねえ。そりゃ長年こうして大勢の女と暮らしておれば、女心の色んな綾も見えて参りますよ。

初桜は初桜で、当時は自らも淡い恋心を抱く相手があったはずなんだが……ああ、この話はまたあとでゆっくり申しましょう。

ただ、かりに丹喜様の話が本当だとして、小夜衣にはそれが初めてとはかぎらんかもしれん。そりゃどういうこったって？　小夜衣の初穂を摘んだのは本当は自分だと仰言る客人がほかにもおいでになったからですよ。ハハハ、つまりおぼこなはずの振袖新造から突き直して花魁になったばかりの小夜衣は、実に立派な生娘だったというわけでして。

ひょっとしたらあの妓は道中の稽古をするように、丹喜様と閨の稽古をするつもりだったのかもしれん。フフフ、稽古の相手にはもってこいだと見たんじゃねえかと、もちろんこれはあとになって思ったことでした。

小夜衣ならそういうこともやりかねんと、あとからは振り返れても、まさか十六、七の小娘が左様な大それた真似をしようとは思いも寄らず、わしはすっかりだまされたままで初桜を呼出しの花魁に仕立てた。唐橋と初菊もその件については口を拭って何も申しません。そこらは廓に暮らす女同士の怖いところでして、肝腎のことになると知らず知らず手を取り合って、男の手から朋輩を守ろうといたします。

丹喜様の話がもし本当だとしたら、わしは知らぬ間に掌中の大切な玉に瑕《きず》をつけられたわけだから、もっと腹を立ててもよさそうなところだったが、ハハハ、聞いた当座はこちらも狐につままれたようにぽかんとするばかり。あとからもただただおかしさが込みあげて、怒る気にならなかったのは、あの方のお人柄でしょうなあ。

もう亡くなられてずいぶんになるが、九郎助稲荷で初午のにぎわいを見ると、今でも懐かしう想いだされます。

弥生は廓の花を咲かせる佐保彦《さおひこ》

三月弥生は満開の桜がこの廓を文字通り華やかにして、今ではもうなくてはならぬ名物となりましたが、吉原に桜を植えはじめたのは、わしが生まれる十年ほど前、寛保元年酉歳のことだと聞いております。

それ以前は仲之町の引手茶屋がめいめいで鉢植えを表に飾ったそうでして。あるときだれかが音頭をとって、大門口から水戸尻《すいどじり》にまっすぐ伸びる大通りの真ん中へ青竹で矢来を組んで、その垣の内に四季折々の草木をまとめて植えることにしたらしい。陽が落ちれば垣の内外に置いた行灯に火を入れて、みごとな夜桜が通りを一段とにぎやかにいたします。

海の彼方の唐土《もろこし》では花街とか花柳苑とか申して、色里に花はつきものだとか。傾城傾国《けいせいけいこく》の名花と共に、満開の桜はここを訪れる客人の目を慰むるのみならず、苦界の勤めをする女郎衆もまた、憂き節《ふし》をしばし忘るる桜かな、といったふぜいでござんしょう。

あの桜は二月の半ばに箕輪《みのわ》あたりの土手から文字通り根曳きをして、ここで花を咲かせ、花が散ったら悪い虫がつかないうちにまたさっさと引っこ抜いて元にもどしますそうで。何やら花魁と似た身の上とでも申せましょうか。

もっとも本物の桜を客寄せに使うようになってはここもおしまいだと嘆く古老方もおりまして、吉原でみごとに咲くのはあくまでも花魁だというのを忘れちゃ困りますがね。

中でも大輪の花を咲かせるのは昼三と呼ばれて、昼に会う客人からでも三分の大金を頂戴するという、まさに高嶺の花でして。

昼三が初めて客を取る突出《つきだ》しのお披露目は五節句に限られて、とりわけ雛の節句はいずこの妓楼《みせ》も、これぞという勝負をかけた妓《こ》を売り出しにかかります。禿名《かむろな》をあかねといった妓が初桜《はつはな》から小夜衣《さよぎぬ》と変わり、みどりが初菊から胡蝶《こちょう》を名乗るようになったのも、たしかに雛の節句でござりました。

新造出しのときに馴染みの茶屋や船宿に蕎麦切りを配ったのと同じく、突出しのお披露目では竹村伊勢の餅菓子をほうぼうへお配りしたあと、中が空になった蒸籠《せいろう》を見世の前になるだけうずたかく積んで、その妓を売り出す勢いを見せます。若い者らに祝儀を出すのはもちろん、これから座敷で何かと世話になる幇間《たいこもち》や女芸者の連中にも、定紋入りの羽織や仕着せを贈るんですよ。

昼三でしかも道中をする呼出しの花魁ともなれば、三間続きの部屋に住み、部屋に置く箪笥《たんす》長持《ながもち》や文庫、文箱といった調度の類もみな黒漆や朱漆《しゅぬり》で、凝った蒔絵や螺鈿《らでん》がほどこしてあります。茶の湯に使う丁子《ちょうじ》釜や、囲碁、将棋、双六盤も高位の客人を相手にするにふさわしい品を誂《あつら》えねばなりません。琴、三味線、胡弓に名器を選ぶのは申すもさらなりで。もとより衣裳の誂えは一番力が入るところで、道中に見映えのしそうな柄を見立てて、何枚も新調をいたします。

胡蝶が初の道中に用いた裲襠《しかけ》は濃い萌葱《もえぎ》の絖《ぬめ》地で、細やかな刺繡《ぬいとり》をした黒揚羽の蝶があちこちに飛んでおりました。

片や小夜衣の裲襠は黒の綸子《りんず》で、右肩から左裾にかけて銀の縫箔《ぬいはく》で枝垂《しだ》れ桜を大きくあしらってあります。共に袘《ふき》は緋色で裾綿を多めにして、そりゃア見るからに伊達な衣裳でございました。

これらすべて併せると、ひとりにつき三百両は下らぬ大きな費用《かかり》となりますから、馴染みの客人や茶屋の祝儀を多少はあてにしても、よほど元が取れると踏まないかぎり、舞鶴屋《うち》としてもそこまで注ぎ込むわけがございません。ふたりに素質があると見込んだのはこのわしで、見込みが外れたら大損をかけることになるのは、当人らもよく承知しておりました。

さりとて、つい昨日《きんの》までお揃いの仕着せで花魁の世話をしていた妓たちが、今日から互いに豪勢な裲襠をまとって花魁道中をしようてんだから、考えてみれば実にふしぎなもんですよ。もし、あなたがそういう目に遭ったら、平気でおられますかい？　わしならとても心静かにはおられませんねえ。ふたりはその難所をすんなり通ったんだから、それだけでも立派なもんでした。

思えばこの世は大きなひとつの芝居小屋で、人それぞれが天から授かった役をこなすだけなのかもしれません。殿様やお姫様のような、いいお役もあれば、幕が開いたときから閉じるまで貧乏なその日暮らしという、悪い役まわりもある。世間では一度天から振られた役を取り替えるのは並大抵ではないが、二丁町の芝居小屋と並んで、ここ吉原は役替えがしばしばあって、皆がそのつど右往左往しながら、なんとか無事に舞台の幕を開けております。

どんな大役を振られても、生まれながらにしてその人物に見えるというのがいい役者なら、花魁にも同じことが申せましょう。生まれ育ちはどうであれ、ひとたび大籬で昼三の呼出しとなったからには、たとえ百万石のお大名が来られても、怖《お》めず臆せず堂々とお相手をするようでなくてはならん。

まず、そうした花魁の心意気は道中の姿にあらわれます。あなたはあの歩き方を何と見ますね？　ゆったりとした外八文字で躰を斜《はす》に泳がせながら、ありゃ左の足を踏みだすときは右手の方に、右の足を踏みだすときは左の方に、「どうぞこっちをご覧なんし」というふうに自分の姿を見せつける。皆がまわりを取り囲んだら、さあ遠慮なく、もっともっとあたしをご覧というふうに胸を反らせて歩くんですよ。そういう心持ちになれないと、呼出しの花魁はつとまりません。

振袖新造から花魁になれば化粧の仕方もがらっと変わります。まず常に鉄漿《かね》をつけて歯を黒く染め、眉を剃って描眉《かきまゆ》にしますが、これで大きく変わったのは小夜衣の顔でした。前にもお話しした通り、新造のころは胡蝶のほうがずっと大人びて、小夜衣がぼんやりした幼な顔に見えたのは、生まれつきの眉《まみえ》がやや下がりぎみで薄かったせいでしょう、描眉をきれいに整え、お歯黒にすると、実にまあ﨟長けたふぜいで、ぐっと男心をそそる顔になりました。

小夜衣の道中着は黒の綸子だから、宵闇に溶け込んだ綸子の光沢が、化粧映えのした顔をいやが上にもくっきりと浮かびあがらせます。そのみごとな姿には今を盛りと咲く夜桜も顔負けしたようにはらはらと散り、花びらの降り注ぐ道中は、まさに夢路をたどる天女のごとくで、数千人《すせんにん》の女護ヶ島《にょごがしま》に生まれ育ったわしでさえ、思わずうっとり見とれてしまいましたよ。

ハハハ、それゆえにちと厄介な事が起きた話をお聞かせしましょう。

その前にまず、呼出しの花魁がどのような客人を迎えるかについても話しておかねばなりますまい。呼出しは昔でいう太夫だから、わしらは当時まだそう呼んでおりました。昔の太夫はそれこそ大名にも身請けをされたし、町人とて当時のお大尽の座敷遊びは半端なものではなかったと申します。

名にし負う紀文大尽がさる大籬で月見をしたら、ご朋友の贈り物で小山ほどな大きさの饅頭が届けられた。段梯子《だんばしご》の手すりまで壊して、なんとか二階の座敷に運び込み、それを割ったら中から百人分の饅頭が出てきたという話がございます。

そのお返しに、こんどは紀文大尽のほうからご朋友の座敷に黒漆の文箱が届けられた。開けたら中から豆粒ほどな蟹がわっと飛びだして、座敷一面が蟹だらけになった。甲羅が妙にぴかぴか光るので、つかまえてよく見れば、小さな蟹の一匹一匹に朋友と敵娼の定紋が金泥《きんでい》を使って描き入れてあったという、嘘か真実《まこと》かわからんような話もあります。いやはや、もう、古人のやることはみな桁《けた》はずれ、不景気な当節では思いもつかない豪勢な遊びではございませんか。

もっとも、小夜衣と胡蝶を売りだした当時はまだ今よりずっと景気がよくて、吉《こ》原《こ》にはいいお客人が大勢お越しでした。

数々の戯作で知られたかの山東京伝先生は、呼出しの花魁を買うのは武家ならお屋敷の御留守居《おるすい》役か大名のご隠居様。町人なら江戸きっての大店の旦那衆くらいしか買っても長続きはせず、あとはたまに江戸を訪れた田舎のお大尽が土産話の種に会って帰るか、自慢話にいっそ根曳きをして連れ帰るくらいのものだと書かれております。それも概ねはずれてはおりませんが、正直申して、そう年寄りの金持ちばかりを相手にしてたら、若い花魁には逢瀬の楽しみがなくなって、客人に情が移らなくなってしまいましょう。

岡場所や小見世《こみせ》なら身を売るだけで事は済んでも、吉原の大籬ともなれば、嘘でも相惚《あいぼ》れの気分を作りませんと、高い金を払って登楼をなさる客人に申しわけが立たない。花魁も年季が入れば嘘偽りの恋を仕掛けられるようになるが、初手は本気の恋心が少しは芽生えぬと、手練手管《てれんてくだ》にも真実《まこと》らしさが欠けてしまう。そこでふたりが突出して間なしのころに、わしは年相応の客人も迎えてやったほうが、後々のためには得策だとみました。

もちろん、ただ若いというだけでは困ります。親が今にも死にそうで、跡目を譲られたらすぐに身請けをしてくれるような大金持ちの若旦那なら一番いいが、ハハハ、そこまで都合のいい話はめったにない。ただ親元がしっかりして、万が一にもへたな駆け落ちや心中なんぞしないような相手でないと、こっちは気が揉めてたまりません。

近江屋《おうみや》の若旦那の話を聞いたときは、おお、これぞ待ち設けたお誂え向きの御仁だと思うばかりでして。その話を聞かせてくれたのは、うちとは古い付き合いがある引手茶屋、桔梗屋《ききょうや》の先代亭主で、めっぽう愛想のいい、口上手の人でした。

「あたしは目が腐るほど見ておりますが、ここ十年で、あれだけみごとな道中はござるまいと吹聴しております。その手の評判が江戸の町々をかけめぐるようでして。ひっきりなしに予約《かねやく》が入り、半年待ってもまだ会えぬ方がたんとございます」

と手放しで賞めちぎられたら、話半分と聞いてもまんざらではなかった。うちのような大籬に登楼するにはかならず引手茶屋を通しますから、ふたりが茶屋の亭主《ごて》さんに受けがいいのは何よりでした。

茶屋の受けがよければ、筋《すじ》のいい客人をまわしてくれます。客人は金の支払いも茶屋を通すので、茶屋の亭主は客人のふところ具合や素性にも詳しいし、こっちはその鑑定《めきき》をあてにして、時には他《よそ》の妓楼に出入りする客人の噂もそれとなく聞かせてもらうことにしております。その日は亭主が何げなく洩らしたひと言が、ふと耳に留まりました。

「いやもう、あれには近江屋の若旦那でさえ、ぼうっと見惚《みと》れてたくらいで」

「近江屋の若旦那……そりゃ一体どこのお客人だね？」

「どこと定まる妓楼が見つからないお方でして、こっちは手を焼いております」

という愚痴から話は始まりました。

娘にしろ息子にしろ、年ごろになればまわりが何かと世話を焼きたがるもんで、桔梗屋は近江屋の主人とは長い付き合いだから、親身になって倅の面倒をみる気でいた。近江屋のほうもまた、倅がへたに素人の娘に手を出して後々の厄介の種を背負い込むよりも、吉原で遊ばせておくほうがましだとして、桔梗屋に身柄を預けるかっこうだった。

いえね、素人の娘でも育ちが悪いのは、いい男と見れば自分のほうから近づいて、身をまかせるような真似を平気でします。あげく腹がふくれて押しかけられた日には、男は嫌でも嫁に迎えるか、金でかたをつけるしかない。近江屋の若旦那はいかにも女好きのしそうな役者のようにいい男だったから、親御はえらく案じておられたらしい。

近江屋はそこそこ裕福な家《うち》とはいっても、昼三を買って長続きするとはみえず、桔梗屋は昼三よりいくらか値が安い座敷持ちの花魁の中で気に入った妓を選ばせようとした。ところが近江屋の若旦那は妓楼をいろいろ替えても、これぞという敵娼がまだ見つからない。一度会った妓には裏を返すと称して二度までは会ってやるのが廓の作法だとまでは承知させても、三度会って馴染みになろうとは決してしないのだという。

「ほんに引手茶屋泣かせもいいところで、こりゃてっきり女嫌いかもしれんと、疑いだした矢先のことでした」

桔梗屋の亭主と近江屋の若旦那がたまたま連れだって仲之町を歩いたときに、ちょうど小夜衣と胡蝶の道中が通りかかった。若旦那はしばしその場に立ち止まって見惚れたそうで、女嫌いの疑いはひとまず晴れたが、若いくせに目が高い男は困りもんだというただの愚痴話でした。

わしはその愚痴話を面白く聞いた。たしかに若造の分際で呼出しの花魁に目をつけるたァ分不相応だが、女と見ればだれでも手当たり次第というような男とでは、花魁も恋心の生じようがない。なかなか折り合いをつけない男にぞっこん惚れられたと聞けば、女は悪い気がせず、自らも大いに心を動かすであろう。何よりも、近江屋の若旦那は役者のようにいい男ぶりだという話が気に入りました。

「まあ、左様にお困りなら、一度うちの太夫と会わせてごらんな」

こちらがそう申し出たら、桔梗屋の亭主は目を丸くして、

「本当によろしいのか……本当に、本当によろしうござりまするか」

と何度もしつこいくらいに念を押しました。

念を押すといえば、わしのほうも桔梗屋に出向いて、近江屋の若旦那をそれとなく拝見しております。黒っぽい丹後縞の小袖から赤糸入りの関東縞をちらつかせ、黒縮緬の羽織を重ねた装いは流行りの好みで、なかなかの洒落者と見えました。顔の造りは思ったよりおとなしめだが、鼻すじがすっきり通って、口もとは品がいいし、切れ長の眼も凪《な》いで、たしかに女好きのしそうなやさ男の人相でございます。あまり無駄口はきかず、嫌みなところがちっともないし、これなら今までに会ってふられた妓らは皆さぞかしがっかりしたろうと思われた。

桔梗屋が意向を問うたら、むろん若旦那は一も二もない、まさに夢見心地といった顔つきで、よろしく頼むと仰言ったらしい。そりゃそうでござんしょう。いくら良家のご子息でも、呼出しの花魁に会える機会《おり》なぞ滅多とない。それも突出して間なしに半年先まで予約でふさがるような妓に会えるのは、よほどの僥倖《ぎょうこう》とみるべきで、若い男なら正直ふるえが来るほどうれしくてたまらんはずだ。

とにかく近江屋の若旦那なら女のほうも気に入るだろうし、初手でお互い相惚れになれば、つぼみが開いたばかりの花魁にぐっと色気が増して、早くも春爛漫と咲き誇り、人気がさらに高まると踏んだんですよ。

呼出しの花魁の初会となれば、幇間や女芸者が大勢で繰りだすし、若い者への祝儀や何かもそりゃ半端なものでは済みませんが、近江屋さんのふところにあまり無理はさせられんから、なるべく費用《かかり》が内輪で納まるよう、わしの一存で座敷に出入りする人数をしっかりと抑えました。

それでも初会の座敷は型通りに真鍮《しんちゅう》の燭台を二本並べて三十匁の蠟燭を明るく灯し、銚子や硯蓋《すずりぶた》の肴や吸物のお椀をのせた大きな朱漆の台が座敷の真ん中に据えられます。女芸者がにぎやかに三味線《しゃみ》を鳴らし、これに合わせて幇間が軽く獅子舞いを披露するという段取りも吉例通りで、これが済むと襖がすうっと音もなく開いて、禿を先立てた小夜衣がゆうゆうと姿をあらわしました。一座はしんとして声なく、咳《しわぶき》ひとつ聞こえません。

その日のわしは桔梗屋の亭主ともども座敷へちらっと顔を出し、小夜衣の姿を改めて見直しました。ゆらゆら揺れる火影に照らしだされた姿は頭からすっぽりと羅《うす》衣《ぎぬ》をかぶせたようにぼうっと煙るがごとくに見えて、まさに深山《みやま》の桜を遠くに眺める心地でございます。化粧した肌は唐渡りの白磁のようにつややかで、紅をさした唇は瑠璃光りをして婉然《えんぜん》と微笑を湛えるかに見えつつも、両の眼《まなこ》は黒々と闇の奥深さを覗かせて、ちと凄みすら覚えました。わが家の子飼いの妓なれど、何やらこの世のものとも思えぬぞっとするような美しさに、わしはほんのしばし我を忘れておりました。

はてさて近江屋の若旦那の有頂天ぶりやいかに、と見たところ、どうも様子がおかしい。うっとりするというより、あっけにとられた顔つきで、桔梗屋の亭主のほうを向いて、なんと首をかすかに振ったではないか。

あっ、と気づいたときはすでに遅く、わしは大いにうろたえて小夜衣を顧みた。一座が少しざわついて、小夜衣もさすがに何かおかしいと勘づいた様子だが、そこは初会の花魁だから、何喰わぬすました顔でいつも通りの席に納まっておる。若旦那のほうもあまり大騒ぎはしなかったのがまだしも救いだった。すべてはわしの勘ちがいで、若旦那にも桔梗屋にも非はございません。

この春、舞鶴屋で道中の突出しをした花魁は小夜衣と胡蝶のふたりいて、近江屋の若旦那がぼうっとのぼせあがったのはどちらだったのか、わしはちゃんとたしかめもせず、独り合点で小夜衣と決め込んだんですよ。弁解がましいようだが、そのくらい小夜衣の道中は見映えがした。花魁になってからの変わりようが甚だしいいために、ことさらわしの目を惹いたんでしょうなあ。ハハハ、女の好みは実に千差万別、人それぞれですからねえ。なぞと今なら笑って話せますが、当座は肝《きも》が冷えましたよ。

若旦那にとっても迷惑ながら、こりゃ小夜衣にとっちゃとんだ踏みつけようだった。なにせ花魁に成りたてで、半年先まで予約でふさがるほど売れっ妓の自分が、まさか望まれてもいない座敷をつとめるはめになろうとは想いも寄らなんだにちがいない。すぐに怒って席を立っても、だれが文句をいえましょう。初会の花魁はお人形さんのように床の間の前でじっと座って、客人にちらちら顔を見られるばかりだからこそ、まちがいと知れたときの恥ずかしさ、切なさを想えば気の毒でならず、申しわけないでは済まなかった。

若旦那のほうも白けた顔になるのは無理もなく、一座に気まずい風が吹くなかで、いずれもなんとか我慢の時をやり過ごし、ようやく小夜衣が席を立つと、芸者衆もおざなりの祝儀を述べて早々に引き揚げてしまい、当然ながら床も納まらなかった。

ああ、はい、小見世ならともかく、うちのような大籬では初会からきちんと手順を踏んで、花魁は三会目でようやく帯紐を解くというのが建前だが、これぞと気に入った客なら初会で床に入ってふたりきりになります。といってもそこですぐに帯紐を解くような身の安売りはいたしません。せいぜいが客人に吸い付け煙草を渡すくらいで、あとはふたりで何かと話をして一夜を過ごします。

次いで裏を返せば互いに気心も知れて皆の前でも親しい口をきくようになり、花魁がその気になれば帯紐を解くのも別にめずらしいこっちゃない。裏を返してその気になれない相手でも、三度まで通ってこられたら、情にほだされて身をまかす習いだが、それでも嫌な男ならふってしまう場合もある。

世間には顔も知らない相手にむりやり嫁がせられる娘がごまんといるなかで、廓のほうがそこは粋な計らいをしておりまして、格の高い妓に限っては、女のわがままがまだ通りやすいくらいかもしれません。

むしろ廓で不自由なのは男のほうでございましょう。同じ妓楼の内で敵娼の変改《へんがい》は御法度だけに、近江屋の若旦那は気の毒にも、わしの独り合点で、胡蝶とはもう会うことがかないません。当初の目論見はがらりと崩れて、小夜衣と馴染みになる望みは薄く、結句ただ余計な散財をさせてしまったのだから、こちらにも申しわけないでは済まなかったが、作法通り、裏を返す段取りはいたしました。

裏を返したときはもう芸者衆は呼ばずに新造に禿、遣手と若い者がひとりといった小人数で世話をするもんだが、わしはふたりが気まずい思いをするのではないかと案じられてならず、頭だけちょいと顔出しすることにいたしました。

　さっき申した通り、昼三の部屋は三間続きで、入ったすぐの座敷を客間に使っております。近江屋の若旦那は先にそこへ通って花魁が奥からあらわれるのを待ちますが、いかにも居心地が悪いといった顔つきだから、わしは幇間代わりに何かと話しかけて気をほぐし、若旦那の頬が少しゆるみかけたところで、ちょうど巧い具合に襖が開いた。

　襖の向こうからあらわれた花魁の顔を見て、わしは思わず、あっ、と叫びそうになる。若旦那もびくっとしたように首をもちあげて、じっと見あげつつ、やおら膝を正したのがおかしかった。

　にっこりとこちらに笑いかけたのはなんと胡蝶の顔、いや、胡蝶にそっくりだが、よく見ればそれはまぎれもない小夜衣の顔だ。女の顔は化粧しだいで変わるとは申せ、小夜衣と胡蝶は顔立ちが相当ちがっておりますんで、本来ならまさかわしが見まちがえるはずもなく、一瞬そりゃ摩訶不思議な幻術に化かされたようでした。

むろん幻術ではございません。小夜衣は黛《まゆずみ》をやや太めに引き、頬紅を使って顔を引き締め、唇のかたちも整え直して、日ごろの﨟長けたふぜいから一転、きりっとした胡蝶の容貌《みめかたち》に似せて自分の顔を作りかえたんですよ。

近江屋の若旦那が道中を見そめて登楼したという話は、若い者らの噂で小夜衣の耳にも入ったはずだ。それなのに相手は初会で意外に気がないそぶりだったから、これは胡蝶のまちがいだったということくらい、利口な花魁ならだれしもすぐに察しはつきましょう。ところがそこからは並の花魁にはとても及ばぬ、小夜衣ならではの手練とでも申しましょうか。

よくぞまあ胡蝶の顔の癖を盗み見て、巧く写し取ったもんだと感心もしたし、それ以上にまた他人の顔に似せてでも、自らに男を惹きつけようとする魂胆にはただただ恐れ入りました。

小夜衣は禿の時分から何かとよく驚かしてくれた妓だが、わしはこのときもしばしあんぐり口を開けたまま。近江屋の若旦那のほうはなにせ小夜衣の顔を初会でちらちらと見たばかり、胡蝶に至ってては通りですれちがっただけだから、仔細《しさい》は一向に呑み込めず、目の前に突如あらわれた好みの女にぐいと心が惹きつけられたのは当然と申せましょうか。

いやはや初会とは打って変わった上機嫌で、「おあんなんせんかえ」と舌たるい声で差しだされた吸い付け煙草を実にありがたそうに受け取った若い男のやに下がった顔を見ておりますと、ハハハ、とかく節操があるようでないのが男心だと思わざるを得ませんでした。

その夜はめでたく床も納まって、日を置かずに三会目の逢瀬を迎え、ふたりが馴染みになったのは申すまでもありますまい。わしは桔梗屋の亭主からも手厚く礼をいわれましたよ。

思えば小夜衣は禿の時分から、あからさまな負けん気をみせる妓ではなかったが、やはり胡蝶にはおのずと為負《しま》けまいという気が働くらしい。道中で見そめられたのが自分ではなく胡蝶のほうだとわかれば、意地でもこちらを振り向かせたくなるんでしょうなあ。わしのとんだ早合点で危うく釣り逃がす獲物をすくいあげたのは、花魁の意地という手綱《たも》だったのかもしれません。

ご推量通り、近江屋の若旦那と小夜衣の仲はそう長続《も》きはいたしません。もとより近江屋さんのふところには分に過ぎた敵娼だから、保ってても一年とみていたが、案のじょう翌《あく》る年の三月にはまさに春宵の夢まぼろしと消え失せた縁にございます。

ともあれ小夜衣と胡蝶という、舞鶴屋が新たに仕掛けた二重の網が互いにぴんと張り合えば、いかなる大魚も逃しはせず、こちらとしては万々歳、といいたいところだが、ここにひとつ心配の種がありました。

小夜衣は突出すとたちまち蛹《さなぎ》からみごとな蝶と生まれ変わったが、その名も胡蝶のほうが思いのほか羽根を広げなかった。眉目《みめ》かたちは十分整いながら、どうも小夜衣ほどの花がございません。道中は立派でも、肝腎の座敷がいけません。愛想が足りないどころか、常に鬱いだ様子で、あれだと馴染みがつきにくかろうと若い者らが評判いたします。

禿や新造の時分は小夜衣よりもずっと活きがよく、そこら中をひらひら飛び歩いて皆から可愛がられた妓だけに、これは一体どうしたことかと案じられました。

ところで俗に男を知らぬ女子を「春日野の鹿」、男を知れば「富士の鹿」なぞと申して、春日野の鹿は男に初太刀を打たれて富士の鹿となりますが、この初太刀で受けた傷はことのほか痛むらしい。わしも女房と新枕《にいまくら》を交わした折はずいぶん辛そうな顔を見せられて、こちらもちと気詰まりで。やはりひと月ばかりは枕を交わすのが苦しうて切なかったと、女房はだいぶたったあとでわしに打ち明けてくれました。

ハハハ、こりゃおかしな話をお聞かせしたようで面目ないが、男は女子《おなご》を知らば度胸が据わっても、女子に逆さまのことがいえるとばかりはかぎりません。胡蝶はむしろ気落ちしたようで、閨の苦痛を想えば座敷でも鬱々として楽しめず、あの妓らしい闊達なところが失せてしまったんでしょうなあ。

つまり女子は初手でつまずくと、それが後々にまで尾を引いて、おのずと色気が薄くなってしまう。閨の歓びをまるで知らない女子が、男を歓ばすようにはなかなかなれませんもんで。

前にも話したように、所詮は稼ぎの勤めとは申しても、呼出しの花魁ともなれば、買われる方も味気が無《の》うてはならず、嘘でも色恋の気分がほしいところ。

胡蝶にはなんとか早く手を打ちませんと、舞鶴屋《うち》がせっかく元手をかけて呼出しの昼三にした甲斐がなくなるかもしれんので、まわりが皆やきもきしておりました。

ところが幸い巧い具合に救いの神があらわれました。はい、文字通りの神様でして、その名を佐保彦様と申します。

佐保彦様の名を初めて口にしたのは番新《ばんしん》の千代菊でした。

ああ、番新とは花魁の世話をする番頭新造という女郎のことで、廓の年季も入って男女の裏表を知り尽くした者がつとめますから、日ごろ若い花魁の振る舞いを見て何かとたしなめたり、知恵づけをしたりもいたします。

ある日、その番新の千代菊が胡蝶にまずこんなふうに訊いたそうで。

「花魁は佐保彦様をご存じでありんすか」

「佐保彦様、はて、そりゃどなたの客人じゃえ？」

「お客人ではありいせん。佐保彦様は春に来られる神様で」

ここで胡蝶は怪訝《けげん》な表情《かお》を見せました。

「はて、春の神様は佐保姫と聞きんしたが……」

もとより歌や俳諧の道にも明るい呼出しの花魁ですから、日の本では古くから春を司《つかさど》るのは佐保姫様、秋は立田姫様という女神とは存じながら、

「ここ吉原は、正月の門松も世間とは逆さまに家側《うち》に向けて立てる習いなれば、春になれば佐保姫でのうて、佐保彦様という男神があらわれんす」

と聞かされて、なるほどとうなずきました。

佐保彦は美しい若衆となってここを訪れるときもあれば、穏やかなご隠居に見えるときもあって、これと定まる姿はない。ただこの男神を歓ばせて言祝《ことほ》ぎを受けた花魁は、五丁町で全盛を極めて、廓を出たあとも安楽な暮らしが約束されるという。

「昔から、これぞという妓が突出しをしたら、かならず佐保彦様が姿を見に来られると申しんす。舞鶴屋《うち》では初代の葛城さん、松葉屋の瀬川さん、丁子屋《ちょうじや》の長山《ちょうざん》さん、いずれもその折に気に入られたおかげで、名だたる遊女となりんした。せっかくお越しになっても、それと気づかずに座敷をなおざりにいたせば、相手を怒らせて禍いを招くとも申しんす。されば、この春はけっして日々の勤めを疎《おろそ》かになさらぬようにしなまし」

というふうに話が締めくくられたから、胡蝶は千代菊の軽いお説教と聞き流したが、それからあまり日を置かずにちょいとふしぎなことが起こりました。

その日、胡蝶が迎えた客人は、さる大名屋敷で御留守居役の重職にある平沢様というお武家様で。歳は四十がらみ、さすがにそれなりの恰幅《かっぷく》があって、人相も面長で品がよく、頭は流行りの根高にした本多髷《ほんだまげ》に結い、八端《はったん》がけの羽織に黒羽二重という身ごしらえもご立派なら、物腰もずいぶん世馴れたお侍でございます。

花魁と客人は初会で引付《ひきつけ》という杯のやりとりをするが、それを済ませたあと花魁はいったんその場を離れて裲襠《しかけ》を脱いでから姿をあらわします。胡蝶がいつも通り付き添いの新造や禿と共に一度奥の間へ引っ込んで、ふたたび座敷へもどってきたら、なんとそこには人っ子ひとりいなかったから、あっけにとられてしまった。

「こりゃ一体どうしたことじゃ。座敷をまちがえたはずもなし……」

と付き添いの千代菊もおろおろした声になります。

「まさか初会で中座して帰りなんすとは、こりゃずいぶんな踏みつけよう。だれも止めんせんもんか……」

初会の客人が花魁の着替えを待たずに引き揚げるというのは前代未聞の無礼な話だったが、それにもまして客人を引き留めるどころか、座敷から一斉に消えた幇間や遣手や若い者らもどうかしておるといわなくてはなりません。

胡蝶は当然のごとく憤慨して、妓楼《みせ》の番頭へ千代菊から苦情をいわせました。番頭はその場であわてて遣手や若い者を呼んで花魁の元へ謝りにやらせます。皆は型通りの詫び言は口にするが、座敷からいなくなった理由を問い質すと、だれもが首をひねって答えられない。

「へえ、花魁、まことに申しわけござんせんが、今宵わっちらはそういうお客人をご案内した覚えがねえんで」

と、ひとりの若い者が勇を振るって正直に話すと、一同がうなずいたから、胡蝶らはまたもやあっけにとられてしまった。番頭を呼んで帳面を繰らせても、平沢様という客人の名はたしかに見あたらなくて、まるで狐につままれたような気分だ。

で、これはてっきり客人が妓楼の者とぐるになって悪ふざけをしたのだろうと見た。

胡蝶はもともと闊達な気性だからして、ふだんなら面白がってもおられるが、初会のそれはさすがに異例で、花魁の面目にも関わるし、笑って済ませるわけにはいかなかった。とはいえ若い者らをさんざん責め立てても知らぬ存ぜぬでさっぱり埒《らち》はあかず、そうこうするうちに当の平沢様が裏を返しにあらわれたので、胡蝶は胡蝶らしく面と向かって文句をいいました。

「お客人、初会で中座しなましたのは何故《なにゆえ》かお聞かせを願いんす。あんまりなめ過ぎた真似はしてもらいんすまい」

相手が立派なお武家でも堂々と渡り合うのはさすがに呼出し昼三の花魁でして、

胡蝶も久々にかつての元気を取りもどしております。文句をいわれた平沢様は鷹揚に笑って、

「ハハハ、すまん、すまん。あの宵は急ぎの使いが来て、すぐに屋敷へもどらねばならなかった。むろん廓の作法を乱した無礼は重々承知しておる。謝った、これ、この通りじゃ」

と両手をついて頭まで下げられたら、胡蝶も機嫌を直さぬわけには参りません。始めに怒った手前、あとは進んで吸い付け煙草を渡したり、自ら酌をしたりと、めずらしく愛想のいいところを見せました。座敷はいつになくなごやかで、胡蝶もずいぶん打ち解けた様子だから、今宵は裏でもいよいよ床が納まるかという段になって、平沢様はふいにすっと立ちあがり、また何もいわずに障子の外へ出られました。

たぶん手水場《ちょうずば》にでも行かれたのだろうとしてしばらく放っておいたが、もどりがあんまり遅いので、禿が廊下へ捜しに出たとたん、「あれ、まあ」と叫んでその場にひざまずいております。何やら両手でかき集めるしぐさをして、

「ここに、このようなものが」

と差しだすのは小さな両掌にいっぱいの花びらで、おそらく風の吹きだまりとおぼしいけれど、この部屋の前だけに吹き寄せたのはちと妙だった。

　肝腎の平沢様は二階の廊下ばかりでなく階下《した》まで捜しに行っても姿が見えず、胡蝶はまたしてもしてやられた塩梅で、さすがにむかっ腹を立てて若い者を呼びつけた。

「前にあれだけ釘をさしたに、性懲《しょうこ》りも無《の》う、わしを嬲《なぶ》りんすか。もう辛抱がなりんせん」

　きつい剣幕で詰め寄ると、若い者はただただ恐れ入った顔つきながら、

「へえ、花魁、まことにお怒りたァ存じやすが、わっちらがまた何かお気にさわることをいたしましたか？」

　逆さまに問い返されて、またまたあっけにとられてしまう。

　裏を返すときは、若い者が始めにちらっと座敷に顔を出し、祝儀を与えるお返しに菓子や蕎麦切りの差し入れをいたしますが、そういえばその夜は座敷に顔を出した若い者がいなかった。結句、何もかもわからずじまいで、

「こりゃひょっとしたら、佐保彦様のしわざかもしれんせん」

千代菊が真顔でいいだしたから、胡蝶はますます妙な心持ちになりました。

まさかとは思うけれど、客人の消え方が尋常ではない。ふしぎなことが重なると、つい迷信にとらわれるのは女子の常で、千代菊は平沢様という客人をもうすっかり佐保彦だと決めつけてしまった。

「あの方がもう一度お越しになれば、胡蝶花魁の全盛は疑いなしじゃ」

と聞かされて、胡蝶付きの振新や禿たちは皆大喜びでございます。

ああ、左様、番頭新造を番新というように、振袖新造は振新と呼ぶのが廓の習いでして、道中で露払いをつとめるこの若いふたりはわがことのように浮かれておりますが、当の胡蝶はまだどうも腑に落ちない顔をして、

「何故にまた佐保彦様は、こちらのほうへ来なましたものやら……」

などとつぶやいておりましたそうで。

実をいうと胡蝶が気落ちをした理由に、わしはもうひとつ思い当たるふしがあった。花魁はそれぞれに格が定まって、一番格の高い呼出しの花魁には二階の一番奥になる三間続きの部屋を使わせておりますが、奥も表側と裏とに分かれていて、小夜衣に表の部屋を与えたのがどうやら胡蝶には応えたらしい。ふたりは禿の時分か

らずっと張り合ってきただけに、わしが小夜衣に軍配を揚げたように思い込んだのかもしれません。

男によらず、女によらず、人は自らを信じて度胸が据われば身の輝きが増し、姿かたちも立派に見えてくるが、逆さまに気落ちをすれば、見かけまでたちまちうらぶれてしまう。胡蝶は危うくそうなる寸前に、ふしぎな客人を迎えたわけでした。

佐保彦様が小夜衣でなく自分の前にあらわれたのが胡蝶はふしぎでたまらなかったから、そうとは素直に受け取りがたいまでも、平沢様という客人とはもう一度会いたかった。二度目も座敷から抜けだしたのを、こんどはいかにいいわけするか、また妓楼の者にはどういい含めたものか、直に訊いてみたい気持ちになった。いわば物好きの血が騒いだおかげで、三会目の客人を迎えるのはそれまで憂鬱でしかたなかったのに、平沢様にかぎってはその日が来るのを待ちかねておりました。

ただし二度も中座して帰ってしまった客人が、わざわざ三度も通って馴染みになってくれる望みは極めて薄いといわねばならん。かくして次の日から胡蝶の部屋では至るところに蛙が飛び跳ねておりました。

ハハハ、いやいや、何も生きた蛙じゃござんせん。女郎衆のあいだでは蛙のかたちに切り抜いた紙を針で畳に留めておくと、かならず来てほしい客人が帰ってくるというまじないがありましてね。千代菊はじめ胡蝶付きの新造や禿たちが佐保彦様のご降臨を待ちかねて、せっせと蛙の切り紙をこしらえたんですよ。

二日たち、三日たち、蛙はどんどん増えていきまして、廊下にまではみ出したから、ほかの花魁がそれを見つけて笑いますが、胡蝶付きの連中は皆真剣でございます。

まじないの効き目はあって、五日目にとうとう平沢様がお越しになるという報せが入ると、その日は朝からえらい騒ぎになりました。千代菊は禿や振新に指図をして畳をきれいにから拭きさせ、床の間の花も新たに生け直し、花魁の衣裳選びにも余念がなかった。

当の胡蝶もすました顔をしておれたのはお昼まで、陽が傾きかけるとそわそわした様子で階下に降り、台所や中の間を覗いたりしておりました。中の間とは帳場のことで、番頭はここでお見えになる客人の名を帳付けしております。ふだん花魁は左様なはしたない真似をしないもんだが、胡蝶は番頭の帳面を覗き込んで、今宵は本当にあの平沢様が来てくれるのか、わが目でしっかりと見届けました。その上で

番頭にくどいほど念を押して、

「また皆でわしを化かしゃんしたら、もうけっして料簡《りょうけん》しんせん。楼主《おやかた》に鞍替えを願いんす」

と、しっかり釘までさしたとか。

突出したばかりの花魁が妓楼を替わろうといいだすくらいに腹を立てておると知り、番頭もいささかあわてて答えたらしい。

「花魁をだますつもりは毛頭ござんせん。今宵はたしかに平沢様というお武家様がご登楼あそばします」

花に嵐のたとえ通り、春は三日と好天が保ちませんで、しきりに雨が降って肌寒いような日もございます。その日は宵から急に激しい雨が振りだしました。花魁は雨天でも道中をする習いで、そのため長柄の傘を差しかけるお許しを戴いたとはいいながら、篠《しの》突くような本降りでは、茶屋に足を運んで客人をお迎えするのは難しい。されば胡蝶は平沢様があらわれるのを部屋でずっと待っておりますが、やはり荒天のせいでご到着が遅れるらしく、階下からは何もいってこないが、こちらからせっつくのもはしたないとして、ひたすら我慢の時を過ごしております。

やがてほかの部屋からはにぎやかな酒宴の騒ぎが聞こえてくるし、廊下にパタパタ響く草履の音や、台の者を運ぶ男衆の威勢のいいかけ声が耳に飛び込んでくるのに、わが部屋ばかりはひっそりとして、胡蝶はだんだん侘びしく惨めな気持ちになって参りました。

いくら天気が悪いといっても、向こうがそれですっぽかすようでは所詮たいした思い入れはなかろうとみるしかない。そもそも二会とも中座して挨拶なしに帰ってしまったような礼儀知らずを、妙に待ちこがれる自分がどうかしておるとしか思えなかった。

三間続きの部屋は手前が客座敷で酒宴を催し、次の間は簞笥や長持、衣桁《いこう》、鏡台を置いて身じたくに用い、一番奥の間が緋縮緬の蒲団を五つ重ねで敷いた閨でございます。花魁はそこに独りでぐっすり眠るというわけには参りませんで、客人が来ない夜は別に寝床を取るようにいいつけておりますが、ついむしゃくしゃした胡蝶はそこでいっそ大の字になって寝てやろうとした。

ハハハ、そうこなくっちゃいけねえ、わしはあとで当人から聞いて、いかにも胡蝶らしい話だと思いましたよ。

客座敷で待ちわびている新造や禿を尻目に、胡蝶は黙って独りで立ちあがると、襖をしゃっしゃっと開けて奥の間へ行った。そこは行灯を点けてもいない暗い小部屋だが、手前の客座敷の明かりが洩れて薄ぼんやりと何かが見えた。五枚重ねでうずたかく積んだ蒲団の上に、ふわりと白いものが浮かんでる。

なんだろうとふしぎに思い、近づいてよく見れば、なんとそれは満開の花をびっしりつけた桜の枝だ。驚いて手に触れると、花びらがしとどに濡れて、折ったばかりの枝とおぼしい。だれがまたこんな悪戯《いたずら》をしたのかと呆れるばかりだが、今宵はずっと部屋にいたし、隙をみてだれかが忍び込んだとしても新造や禿がだれも気がつかないはずはない。まさか新造や禿が悪さをしたとも思えなかった。

ちと薄気味悪くなって引っ返そうとしたら、ふいに暗がりから手が伸びて腕を強く引かれた。キャッと叫びそうになる口を押さえられ、むりやり抱き寄せられて、耳もとに厳《おごそ》かな声が響いた。

「心静かに聞くがよい。われは佐保彦なり。そなたを見そめて三晩もここに通うた。今宵はいよいよ思いを遂げさせるべし」

胡蝶は驚きと恐怖のあまり声もあげられず、膝ががくがくしてその場で腰が砕けた。佐保彦様はうしろから抱きかかえるようにして胡蝶を蒲団の上に載せ、共に身を横たえて、始めはやさしく背中を撫でておられた。男神の掌《てのひら》は思いのほか温かで、幾度もやんわりと撫でさすられるうちに、怖じ気づいた堅い心もしだいに解けてゆく。五つ重ねの蒲団の上はふわふわ宙に浮いた気分で、胡蝶は男神のなすがまま、扱《しご》きの帯を抜き取られ、襦袢の襟元をくつろげられても抗《あらご》うすべがなかった。

襦袢の内に入った掌の温もりは冷えた肌を覆い尽くして、胡蝶はまるで湯槽《ゆぶね》に浸ったように躰がすっかりゆるんで蕩けてしまう。いつしか下腹のこわばりが消え、男神の振り立てた肉太刀をするりと深く呑み込まされると、いつもの苦痛の呻きは艶めかしい快楽《けらく》の声に変わった。

「よし、よし、これでそなたの身に閨の福が授かろうぞ」

男神の言祝ぎを耳にして、胡蝶の身はさらに熱く火照りだし、一瞬にして凄まじい桜吹雪に包まれながら、何やら大きく叫んだとたんに気を喪《うしな》った。

気がついたときは蒲団の上に独りきりで、佐保彦様はもはや影もかたちもなかった。すべては夢とも現《うつつ》とも知れず、ただ先ほど手に触れた桜のように、わが身に咲く花びらもしとどに濡れそぼって、男神がみごとに通り過ぎた痕《あと》を偲ばせるばかり。

胡蝶はそのまますぐには起きあがれずに暗闇で息をひそめておったが、総身が気《け》怠《だる》く、おのずとまぶたがふさがれて、いつしかぐっすり眠り込んでしまった。

翌朝は千代菊に揺り起こされて、目覚めるとすぐ、

「昨夜《ゆうべ》はここに入ったっきり、いくら呼べども返事がありいせんで、いたく案じておりんした」

といわれ、

「佐保彦様の夢を見んした……」

ぼんやり答えると、千代菊は大げさに目を丸くして、一体どのような夢か根掘り葉掘りたずねます。

「夢にもせよ、佐保彦様のお情けを戴いたとあったからには、かならずや全盛を極めて、五丁町一の幸せに与《あずか》りんしょう」

と、わがことのようにうれしそうな千代菊の声を聞かされて、その日の胡蝶は夢見心地が覚めやらぬといった顔で廊下をひらひら飛び歩き、朋輩の女郎衆や若い者にもいつになく愛想のいい声をかけておりました。

それからまたほどなくして平沢様がご登楼になり、開口一番こう仰言った。

「いや、すまん、すまん。過日は出がけに雨が激しう降りだして足留めを喰らい、ここへ来ることもかなわなんだが、今宵は朝までゆっくり過ごさせてもらおう」

つまりは先日の登楼をすっぽかしたあげく、またしてもいけしゃあしゃあとした口上だが、胡蝶は意外に腹も立てず、終始にこやかに振る舞って、夜が静まると無事に床が納まったから一同がほっと致しました。

平沢様がめでたく馴染みとなって足繁くお通いになるあたりから、胡蝶には次々と馴染みの客人ができて、これぞ御利益が目の当たり、舞鶴屋としてはまさに佐保彦様さまでございます。

ああ、はい、ハハハ、お察しの通り、佐保彦様とはまぎれもなく平沢様のことでして。すべてはこのわしと千代菊が相談して仕組んだ芝居にございます。

千代菊も胡蝶をいたく案じて、少しは意見もしたが、これは意見してどうなるものでもない。胸の内はわかったつもりでも、初手はいざとなればおのずと身がこわばるから、閨の苦痛が余計に生じやすいのだとか。いやはや、女子の躰はなかなか厄介なものらしい。突出したばかりの花魁には、とにかく閨房の術に長けたいい客人とめぐり会うのが何よりの妙薬だと申しました。

そう聞いて、ふと浮かんだのが平沢様でございます。平沢様が当時よくご登楼になったのは舞鶴屋ではなく丁子屋だが、この廓では昔から遊び馴れた客人としてお名の通った方でした。

平沢様が大名屋敷の御留守居役だったという話は本当で。御留守居役は江戸で大名に成り代わって他家とお付き合いをするお役目だから、どこのご家中でも江戸の水に馴れた立派なお方がおつとめになります。

旗本のご次男坊に生まれて大名のご家中へ養子に行かれた平沢様は、いわば生粋の江戸育ち。若いころから吉原通いを欠かさず、お武家ながらに流行りの狂歌や戯作もなさる風流な御仁でして、狂名は柿本人麻呂《かきのもとのひとまろ》をもじって橋下人丸《はしのもとのひとまる》。放蕩堂帰参《ほうとうどうきさん》治《じ》という筆名でお書きになった戯作の数々は、きっとあなたもご存じでござりましょう。わしも恥ずかしながら山上憶良《やまのうえのおくら》ならぬ山下土竜《やまのしたのもぐら》を名乗ってちとばかり狂歌をたしなみ、そちらのほうで多少のお付き合いがございました。

思えば当時は平沢様のように風流なお武家様がしげしげと吉原にお通いで、おおっぴらに遊んでもおられたが、清き白河様の世になると、風向きがころっと変わって、武骨一辺倒が大流行り。吉原通いなぞもってのほかというふうでして、いやはやこの不景気風は留まるところを知りません。お武家は物堅いのが善しとされ、平沢様も戯作がお咎《とが》めをこうむって、惜しいかな三年前にとうとう筆を折られました。

ともかくも当時の平沢様は戯作を書かせたら天下一品で、左様、すべてはあの方の書いた筋書き通りに事が運びました。ああ、はい、佐保彦様という男神も平沢様の作り話でございます。もちろん妓楼の者は皆ぐるでして、胡蝶付きの振新や禿たちも千代菊の指図に従っておりました。

さすがに胡蝶も三会目には気づいておりましたでしょうなあ。そりゃ声を聞けばすぐにわかりますよ。だまされたと知って怒るよりも、味な真似をなさる方だと感じ入って、本気で惚れたんでしょう。女は男に本気で惚れたら、おのずと美しうなって、ほかの男の目も吸い寄せてしまいます。平沢様という、まことにいい客人を引き当てたおかげで、胡蝶はそこからにわかに運が向いた。一時《いっとき》は小夜衣を凌ぐ勢いで売れに売れ、小夜衣のほうもお尻に火がついて客人をさかんに呼び寄せようとする。ハハハ、こっちはますます笑いが止まりません。

それにしても胡蝶は気を喪いかけた刹那、目の前がぱあっと明るくなって、天上から桜の花びらがわが身にどっと降り注ぐように見えたと申します。男が女と交わっても、果たしてそこまで凄まじい快楽は得られるかどうか。フフフ、後にわしは当人から直にその話を聞いて、ちとうらやましいような気がしたもんですよ。

卯月は花祭りに仏の慈悲

毎年四月の朔日《ついたち》はどこも衣更《ころもが》えで着物から綿抜きをしますが、吉原《ここ》はなにせ衣裳の数が半端ではなく、そこら中に時ならぬ雪のような綿ぼこりが舞い降り、廊下の隅々は蜘蛛ならぬ綿の巣が張って、あとの掃除もなかなか厄介でございます。

袷《あわせ》を小袖に仕立てるには満遍なく綿を入れる技《わざ》がいっても、綿を抜き取るのはさほど難しくはないから、大方はめいめいで致しますが、主立った花魁の部屋には階下《した》からお針が伺って手伝いをいたします。

もっとも昼三の花魁ともなれば衣裳は腐るほどあって、最初《はな》から小袖は小袖、袷は袷で仕立て分けをいたしますれど、突出して間なしはまだそこまでの衣裳持ちではございません。

左様、むろん衣裳は自前でして、お馴染みの客人に誂えてもらうのが花魁の腕の見せどころとでも申しましょうか。いや、衣裳にかぎらず、節句や何かの紋日にはそれ相応の金がかかる廓《さと》の習いで、そちらのおねだりもしなくてはならん。いわゆる女郎の手練手管とは、有り体《てい》に申さば、おねだりの便法でございます。

禿や新造は姉女郎の手練手管をそばで見聞きして、ああ、なるほど、こういうときに、こうしておねだりすればいいのかとだんだん習い覚えてゆくが、小夜衣や胡蝶のように、なまじ内所で箱入り育ちをした呼出し昼三の花魁は、そこらにかえって疎いものでして。ふたりは唐橋という花魁の下で見習いの振新を丸一年勤めたとはいえ、当時の唐橋は遠からず廓を離れる身の上だったから、思えば客人にあまり衣裳をねだることもなかったんでしょうなあ。

そもそも衣裳は四季折々に何着くらい要るのか、誂えの費用《かかり》はいかほどかというようなことにも当初はまるで疎いのが、箱入りの箱入りたる所以《ゆえん》でしょうか。昼三の花魁は毎日ちがう衣裳を着るのが当たり前、月に三度も同じ衣裳であらわれたら恥とされますから、突出して間なしのころはまわりの遣手や番新がえらく気を揉みます。

前にも話に出てきた番新の千代菊は、胡蝶の部屋で閨の睦言を洩れ聞きながら、

「ああ、今こそ仰言《おっせ》えすりゃいいにと存じても、まさか襖越しに耳打ちもできず、やきもきしておりんした」

と、こぼしたもんです。

おねだりをされた客人がせっせと貢ぐのは惚れた証拠。女郎は逆さまに相手が自分に惚れると知って、おねだりをします。自分のほうが本気で惚れた相手には、仲を長続きさせたいから、かえっておねだりはしないもので。また客人の熱が冷めないうちにさんざん貢がせようとする妓《こ》もあれば、ひとりの客人とじっくり長く付き合うために、日ごろあまり無茶なおねだりはせず、ここぞの折に情でがんじがらめにして抜き差しならぬようにする妓もあって、さあ、一概にどっちがいいとは申せませんなあ。客人もいろいろなら、女郎のほうも廓の過ごし方はさまざまでございます。

ともあれ突出して間なしのころは放っておいても衣裳を貢いでくれるお馴染みができるいっぽうで、衣裳の数はまだまだいくらあっても足りませんから、千代菊も心配をするわけですよ。

ところで当時うちには通いの者と住み込みを併せて四、五人のお針がおりました。

住み込みのお針にも妓楼《みせ》のほうで定めた給金はなく、女郎がめいめいで仕事に見合った手間賃を与えます。手間賃は女郎の位に応じて、また年季によってもちがい、とかく位があって年季が足りない花魁は何を頼むにも高くつき、綿を抜いて縫い合わせるだけでも軽く一分金《いちぶ》くらいの手間賃をはずまなくちゃならん。

胡蝶と小夜衣双方の部屋へ衣更えの手伝いに伺ったお針のお米《よね》は、鳥のようにまん丸い目をした年増の女で、小鳥のさえずりよろしく根っからのおしゃべりでした。綿抜きは目をつぶってもできるような仕事だけに、ついつい手と口が一緒に動いてしまう。

雪輪や南天、梅に紅葉といった、小袖にしかならぬ柄もあるから、胡蝶の部屋で綿抜きする衣裳の数はかぎられたが、中で打ち出の小槌や筒守《つつまもり》の刺繡《ぬい》を細かく散らした宝尽くしの裲襠《しかけ》を手に取りあげて、

「はて、これと似たのをどっかで見たっけねえ。ああ、そうそう、たしか小夜衣花魁とこだ。あちらは金糸と銀糸を使ったみごとな刺繡だったが、こっちは銀糸ばかりでちと淋しい柄ゆきだねえ」

なぞと余計なことをつぶやきます。

次にまた鹿子《かのこ》絞りで松竹梅をあしらった小袖を見て、

「ああ、これも小夜衣花魁のと同じだが、あっちは総絞りでもっと豪勢だったよ」

と聞こえよがしにいわれたら、胡蝶はたまりません。

もとより負けん気が強い妓だから、むかむかしながらも見栄を張って、一分で済む手間賃を二分もはずんでやったらしい。ハハハ、お米はそこらあたりをちゃんと読んだ上で、わざと嫌みをいったんでしょうよ。たぶんほかの花魁にも同じ手を使ってたにちげえねえ。

花魁のまわりは常にそうして余分に金をむしり取ろうとする連中がうじゃうじゃおりますんで、油断も隙もあったもんじゃァない。さりとて妓楼《みせ》の者や茶屋の者にしみったれた真似をすれば、たちまち評判が悪くなるし、いい評判はいい客人を呼び寄せるという見返りもございますから、一概に損得勘定は申せません。

ともかくも小夜衣が早くから胡蝶より衣裳持ちだったのはたしかでして、というより、わしも長年廓にいて、若いうちにあれだけ沢山の衣裳をそろえた花魁はほかに存じませんよ。

ただ数があるばかりでなく、実に手の込んだ柄や鮮やかな色づかいで人目を惹く衣裳が多かった。中には贅沢な注文機《ばた》がいくらもあった。左様、こちらの注文通りに織らせた布で作った衣裳となれば、さすがにうちでも評判になります。いやはや、小夜衣はいかなる手練手管を用いるのか、知りたがりの虫が騒いで、わしは取り巻きにたずねたもんだ。

案外あっさり答えてくれたのは若柳という小夜衣付きの振新でして。若柳は番新の千代菊と同様、閨の睦言を襖越しに洩れ聞いたのかと思いきや、そうではなかったのが面白うございました。

前にも話した通り、胡蝶と小夜衣は呼出しの花魁に仕立てるため、幼い禿のうちからさまざまな習い事をさせ、絵筆も宮川流にひと通り学ばせております。小夜衣はもともと筆づかいが巧みで、胡蝶より絵心があるのも存じておったが、ハハハ、まさかそれがそんなふうに役立つとは思いも寄りませんで。まあ、とくとお聞きなされませ。

小夜衣は馴染みの客人の前で時おり得意の絵筆を取って見せるのだといいます。歌や俳諧とちがって、絵はだれでも一目でわかるから、それが結構歓ばれておったらしい。

「花魁はほんに絵がお好きざんしょうが、傍《はた》で見ておると息が詰まりんす」

と若柳はちょっとおかしないい方をした。

座敷に毛氈を敷き、上に文字通り色とりどりの絵皿を並べて、小夜衣は一心不乱に絵筆を運ぶ。その様子はまるで何かに取り憑かれたごとく、あたりの気配がぴんと張りつめ、まわりはうっかり声をかけるどころか、勝手におしゃべりするのも悪いような気持ちになり、座敷は静まり返って咳《しわぶき》さえも遠慮されるほど。ただ絵筆を取って真面目に打ち込んでおる小夜衣の顔は気高いほどに美しいので、客人はそれにぼうっと見とれてあまり文句もいわない。かくしてしばし時がたつのを忘れて固《かた》唾《ず》を吞む一同は、絵が仕上がったとたんに、ほうっと深いため息をつくはめになるんだとか。

小夜衣が描くのは花鳥風月さまざまで、どれも活き活きとして見え、本職の絵師はだしの腕にだれしも舌を巻くといいます。で、あるときひとりの客人が、褒美に何かやろう、欲しいものを描けといいだした。小夜衣はふたたび絵筆をすらすらと運んで、描きあげたのは衣桁に掛けた裲襠の絵でした。

それは襟から肩山に檜扇を広げ、衽《おくみ》から褄先に御所車の御簾《みす》をあしらう実に大胆

な柄だった。そのみごとな絵を目の前に突きつけられた客人は、またほうっと唸り声をあげる。すかさず小夜衣は面と向かって、

「次にぬしと会う折は、これを身につけとうおざんす」

と熱っぽく、ちとかすれたような声でささやいた。客人は一瞬気を呑まれたように躰を反《そ》らせて、大きくうなずいたらしい。

「花魁が欲も得もない顔で、当然のことのように仰言《おつせ》えすのを、わちきはただただ感心して聞きんした」

若柳がそう話をしめくくって、わしはひと昔前のことを想いだしました。

禿の時分、小夜衣はどちらかといえば気がきかん子で、いつもぼんやりして見えました。ふだんは敏捷《はしこ》そうでもないからこそ、ときどき思わぬ知恵のあるところを見せて、こちらを驚かせてくれた。片や胡蝶はあれやこれやとよく気のまわる子で、いいかえれば気散じな性分でもあった。あべこべに小夜衣はひとつことに気が凝りやすく、熱が入るとほかのことが何も目に入らなくなるような気質《たち》でした。

硯で墨を磨らせると、胡蝶は墨を強くこすりつけていかにも手っ取り早く済ませたい様子で、途中から飽き飽きするのがよくわかるし、小夜衣はこちらが止めるま

で辛抱強くゆるゆると磨り続けておった。

筆を持たせると、これは意外にも胡蝶のほうがお手本通りに整うた文字を書きます。小夜衣は奔放な書きぶりで、ひとつひとつの文字を見ればあっちへ向いたり、こっちに曲がったりと、てんでばらばら。それでいて紙面にきちんと納まって見えるからふしぎでした。わしはそれを見て叱りはできんが、賞めもしなかった。書はもっぱら胡蝶のほうを賞めてやりました。小夜衣の書は賞めようがなかったんですよ。

ふたりは振新になったところで、わしと一緒に佐藤千蔭先生から直に書の教えを受けはじめたが、その初日のことは今でもよく憶えております。まず、古今切れの中のそれぞれ好きな歌を選んで書いたものを先生にお見せした。先に胡蝶が見せると、「ほう、よう書けておる。ここまで仕込んだのはたいしたものだ」と、わしまでお誉めにあずかりました。

次に小夜衣の書を見ると、先生は腕組みをしてウーンと唸ったきり、しばし何も仰言らない。小夜衣はしょんぼりとうなだれて、わしはおずおずと先生のお顔《かお》を覗き込むはめになる。いつにない厳しい表情だから気が気でなかったが、先生の口から洩れたのは意外にも滅法界《めっぽうかい》な誉め言葉でした。

「教わって、こう書けるものではない。これは、この子にしか書けぬ字だ。思えば人だれしも、この世で己《おの》れにしか書けぬ字を書きたいと願うものだ。が、書こうとしても、天賦《てんぷ》の才なくしてそれは叶わぬ。そなたは稀なる己れの才を大切《だいじ》にするがよい」

小夜衣はたちまちぽおっと頬を赤らめて、あれほど嬉しそうな顔を見せたことは、後にも先にもなかったような気がいたします。

以来、ぼんやりだったあの妓は急に何事にもしっかりしてきて、人前で堂々と振る舞うようになりました。小夜衣の素質《すじ》を見込んだのはわしのほうが先だが、それをみごとに開花させてくださったのは千蔭先生だったのかもしれません。

人だれしも誉められるとやる気が出るもんで、小夜衣は先生に習う松花堂流の書や古今風の歌にえらく打ち込んでおりました。先生がおいでになる日は朝からいそいそとして、顔つきもちがっております。そりゃまさに恋する乙女のようでして、実のところ淡い恋心が芽生えたにちがいないと思われました。

前にも話した通り、先生と申してもわしより若い、当時まだ二十歳そこそこのお方ですから、ハハハ、胡蝶の丹喜《たんき》様に比べたら、ずっとわかりやすいお相手だった。

千蔭先生のご本職は俗に八丁堀の旦那衆と呼ばれる町方与力で、髪をさっぱりと小銀杏に結い、羽織袴を粋に着こなして、お武家でもひと目でそれと知れる洒落た身なりをしてらっしゃる。鼻すじの通った品のいい人相をして、眼も切れ長の水際だった好男子ながら、やや下がり眉のところがご愛敬で、見るからにやさしいお人柄が滲《にじ》み出ておりました。

小夜衣は筆を取ると邪念のない清らかな表情をいたします。若い先生のほうもその顔にじいっと見入っておられるふうであるのを、わしは物陰からそっと窺《うかが》っておりました。断じて間違いがあってはならんが、千蔭先生にかぎって左様な気づかいは無用で、こちらもさほど案じてはおりませんし、娘に恋心が芽生えるのはそう悪いことでもなかった。きっとそのころから小夜衣はだんだんきれいになっていったんでしょう。

花魁になる前の小夜衣がちとぼんやり顔に見えたのは、眉が薄くてやや下がり気味だったせいですが、千蔭先生の眉毛も似たようなもんで、その分こちらは人柄に角が取れて見えます。思えばどこか似たもの同士であることもお互いなんとなく気づいて、余計に親しみが湧いたのかもしれませんなあ。

　ともあれ小夜衣の書が奔放でありながら納まりがよかったのは、いわば天性の絵心が備わっておったせいかと思えるくらい、絵筆を取っても実に達者なもんで、書にまさるとも劣らず一心不乱に打ち込んでおりました。書にしろ絵にしろ、いったん筆を取れば雑念《ぞうねん》がすっかり消し飛んで、若柳のいう「欲も得もない顔」になります。その欲も得もない顔が向けられると、黒眸《くろめ》がちの眼が炯々爛々《けいけいらんらん》と異様なまでに光り輝いて、こちらは見ているうちに闇の中へ引きずり込まれるようなふしぎな気分を味わいます。それゆえに、絵を見せられた客人がつい大きくうなずいてしまうのも、なんとなくわかるような気がしました。

　小夜衣は一度やって味をしめたのか、以来、最初《はな》から衣裳の絵を描くことが多くなったらしい。描いた絵を見せながら、生地や織の具合、ここの模様は刺繍で入れるとか、ここは絞りにするとか、これまた欲も得もない顔つきで熱心に物語り、あげく、

「ああ、早うこれを着て、ぬしに見せとうおざんす」

　と、お終いにきっちりとどめをさすのだとか。

考えてみればずいぶんと図々しいおねだりだが、ふたりきりの閨でこっそりねだられるならともかく、満座の中で堂々とさも当然のごとくいわれたら、かえって断るのは難しい。おまけに小夜衣の顔はただこの衣裳を着てあなたに見せたいという一心に見えますから、その場では客人もそう嫌な気はしないらしい。で、翌日にさっそく呉服屋が呼ばれて注文通りの品を用意にかかる。高い勘定書をまわされて客人が後悔してもすでに遅しで、小夜衣はまるで魔術や手妻《てづま》でも使ったように、思い通りの衣裳を手に入れるという寸法だ。

ハハハ、むろん小夜衣には欲も得も算段もないわけがございません。ただ自らの想い描いた衣裳に心を奪われて、それに袖を通したいという一念が凝るあまり、かえって欲心がないように見えるのかもしれん。まるで無垢な子どもが訴える調子だから、大枚の金をはたいた客人もしてやられたという気分にはならず、八方丸く収まるという塩梅でしょうか。

片や胡蝶のほうは禿の時分から気配りが上手で、まわりに可愛がられた子だったが、それは裏を返せば常にまわりが気になって仕方がない性分だという話にもなります。恐らく自分が相手にどう見られるかを気にするあまり、客人にもなかなか素直におねだりができないようでした。

　結句、損得勘定の軍配はどちらに揚がるかは申すまでもない。負けず嫌いの胡蝶が衣裳のことでは常に後塵《こうじん》を拝するかっこうだから、小夜衣をよく思わんのは無理もなかった。いっぽう小夜衣は胡蝶にどう思われようが知ったこっちゃないというふうでして。ふたりは部屋が隣り同士だからよく廊下で鉢合わせをするが、すれちがう刹那の顔つきを見れば、それが如実にわかって面白いと評した若い者がおりましたっけ。

　一軒の妓楼に大勢の女郎がおれば、大の仲良しもあれば、仇敵のようにいがみ合うのがいて、ちっともおかしくはない。客人の奪《と》り合いは御法度ながら、それでも互いに張り合う気持ちがあればこそ、女は励んで美しく装いもするし、おのずと身の輝きが増すもの。されば同年輩の花魁が鎬《しのぎ》を削り、妓楼の者がまたいずれかの肩を持ったり、味方についたりしても、それでよほどの諍《いさか》いが起きないかぎり、大目に見るのがわしらの習わしでございます。

　ことに小夜衣と胡蝶は初手から張り合うようにし向けたのがわしだから、若い者

もその意を汲んで、ふたりの角突き合いをよく報せにきます。衣更えからちょうど七日目に、

「へへ、親方、今日は胡蝶花魁がきついおかんむりでして、わっちらもちょいと手を焼きました」

と告げたのは喜八という若い者でした。

灌仏会《かんぶつえ》のこの日は吉原でも江戸町一丁目と二丁目の角になる待合いの辻に花御堂《はなみどう》をこしらえて、そこに寺からお借りした小さなお釈迦様の像を安置し、皆が代わる代わる甘茶を灌《そそ》いでご供養をする。卯月の空は晴れ晴れとして、吉原中の花魁という花魁がここに群がるさまは、まさに花祭りと呼ぶにふさわしい眺めにて、それぞれの衣裳もまた花盛りと申せましょうか。

小夜衣はこの日、裾模様に春日野の鹿を配して、更紗の前帯を締めたのはさすがでして、けっして派手ではないが、見る人が見ればすぐにわかります。五丁町広しといえど、ここまでお釈迦様のご誕生にちなんだ装いを凝らした花魁はほかにございません。

胡蝶も鮮やかな茜色と藍色で異国の花模様を染めだした更紗の帯をきりりと締め

ております。着物は浅黄色の地にありふれた花鳥の図だが、上背がある妓だから至って見映えがよい。共に舞鶴屋を背負って立とうかという若い呼出しの花魁が、花御堂の前で人目を惹いたのは喜ばしいとしたいところだが、ここに思わぬ大きな落とし穴があった。

胡蝶が柄杓を手にしてお釈迦様に甘茶を灌ぎかけると、真後ろで順番を待つ小夜衣が「あっ」と小さな声を出し、胡蝶の着物の背縫いに付いた綿くずをひょいとつまみあげ、振り返った相手にそれを見せて、にこっと微笑《わら》った。とたんに胡蝶の顔がひきつりました。

小袖を袷にすると綿くずが残りやすいから、仕立て下ろしは気になって、衿や胸元はかならずわが目でよくたしかめるし、まわりの者も気づかってくれる。だれもが見逃してしまった背縫いのごくわずかの綿くずを、たまたま見つけて取ってやったのはただの親切心だと、ふつうなら思うはず。ところがこれはお互い相手が悪かったとしかいいようがない。胡蝶はかっと頭に血がのぼったらしく、帰ってくるなり新造や禿を叱りつけるだけでは気持ちが収まらず、綿抜きをした張本人を部屋に呼びつけて、まともに怒りをぶつけてしまった。

「お米どんは、わたしに恥をかかそうとしなましたか」

いきなり怖い顔で詰問されて、お米は鳥のような目をきょろりとさせる。

「はてさて、一体なんのことでござんしょう。あたしが花魁に何をしたと仰言るんで？」

「とぼけさんすまい。背縫いに綿くずを残しておきんしたのは、小夜衣さんに頼まれんしたか、それともわざと手を抜いて仕事をしなましたか」

お米が綿抜きをしたときに、やたらと小夜衣の衣裳と比べたことが胸に応えて、胡蝶はそれをよく憶えている。お米は小夜衣のまわし者とまではいかなくとも、小夜衣びいきだという思いがあった。綿抜きならぬ手抜きの仕事をされて、おまけに手間賃を倍も払ったのが悔しくてたまらない。しかしながらお米のほうも手抜きをしたと決めつけられるのは心外だったのか、ここで急にむきになった。

「いいですかい、花魁。あたしゃいつも綿抜きをしたあとは手で触ってしっかりとたしかめるんだ。ちっとも手を抜いた覚えはござんせんよ。花魁の仰言るその綿くずだって、あとからくっついたもんかもしれないじゃァないかっ」

と啖呵を切られ、胡蝶は一瞬ハッとした顔になる。

たしかにだれもが見落とした綿くずを見つけたというのは実に奇妙だ。ひょっとしたら小夜衣は自らの手の内に綿くずを隠し持って、それをさもこちらの着物に付いておったように見せかけて、自分に恥をかかせたのかもしれない。あの女ならやりそうなことだ……とまで思えてくる。これぞ疑心暗鬼というやつで、ひとたびこれが生じたら物事はどんどんと悪いほうへ転がってゆきます。

いえね、もし小夜衣がこの話を聞いたら、さぞかしびっくりしたんじゃねえかと存じますよ。些細な親切を恩に着せるつもりはなかったにしろ、仇になろうとは夢にも思わなかったにちげえねえ。ああ、左様、わしは小夜衣が胡蝶にまさか左様な意地悪をしたとはとても思えません。あの妓もあの妓で、胡蝶と張り合う気は大いにあっても、そんなふうに悪気がまわる性分ではなかった。

ただ絵が好きなだけあって並の人よりも目ざとく、おまけに順番待ちで胡蝶の真後ろにしばらく立ってじっと背中を見てたら、つい気になって手が伸びたというくらいのことでしょうよ。それを胡蝶がえらく邪推したのは、常日ごろ自分の衣裳が少ないことを引け目に感じるせいにちがいございません。

その日はついむしゃくしゃしてずいぶん人にあたったらしい。喜八はなだめるのに苦労して、ご機嫌斜めのいきさつを聞かされるはめにもなった。

「並み居る花魁方の中でも、胡蝶さんは肚《はら》にいちもつ置かずになんでも正直にものを仰言るし、それでいてよく気がまわって何かと心遣いをなさるから、わっちは日ごろひいきをしておりますが、それでもこんどのこたァ悪く気をまわし過ぎだと存じて、ちと成りゆきが案じられますよ」

と心配されるうちはまだよかった。

喜八は床まわしといって、ふだん二階で蒲団の上げ下げや酒宴の世話をするかりだから、女郎衆や客人の一番身近にいて、時には相談役にもなります。女郎が会いたい客、嫌う客、客人の懐具合や性分を呑み込んだ上でないとつとまらないお役目の床まわしの中でも、喜八はそこそこの古株で、めっぽう気が利いて客人に調法されたし、ちょいと苦み走ったいい男だから女郎衆にも人気があった。

そうした古株の床まわしでも、大一座の初会はやはり何かと厄介なことが多いと申します。はい、左様。初会におひとりで登楼なさる客人はめったとない。大概は廓の作法に詳しい通り者の先達がご同道なさるし、中には十人を超す大一座で乗り込んでこられる方もある。ただし呼出しの花魁ともなればせいぜいが四、五人のお座敷で、それも茶屋の亭主か内儀が付き添いますから、さほどの間違いは起こりません。

その日は桔梗屋の亭主の付き添いで、新川の伊丹屋《いたみや》さんが上方の客人を連れてお越しなされた。伊丹屋さんは下り酒問屋で、向こうの造り酒屋が江戸表に出てこられたら、かならずここに案内してご接待をなさる。お連れになった客人は名高い剣菱の若旦那とそのお供だったらしい。

造り酒屋の羽振りはたいしたもんで、まして名だたる剣菱の若旦那なら、向こうでも相当な遊びをなさるにちがいない。大坂には新町という大きな廓があって、そこの派手な茶屋遊びは江戸にまで鳴り響いておる。桔梗屋は伊丹屋さんの手前、こちらも新町には負けておられんと申しました。

伊丹屋の旦那は鬢に白髪の多い男盛りを過ぎた年ばえながら、顔はとても血色がよく、肌がつやつやして、いまだ色事のほうもお壮《さか》んのようだった。うちには松風という古くからお馴染みの花魁がいてしばしばお通いになり、伊丹屋六郎兵衛をもじって「伊六さん」と仇名された通り者だ。本来なら松風を敵娼にするはずだが、その日に限っては胡蝶を伊六さんの敵娼にして、剣菱の若旦那には小夜衣が、お供の衆にはそれぞれの新造がお相手をすることにしておりました。

いえね、こうした遠方の客人はまず初会限りとみなくてはならん。江戸に出たらまず二丁町の芝居小屋で團十郎を見物し、吉原に咲いた名花で目を肥やして楽しい酒を過ごしたら、引け四ツの鐘を合図にさっさとお引き揚げになるのがお定まり。それゆえに、こちらもわりと気軽に呼出しの花魁をお貸しできるんですよ。

松風は年季明け間近い座敷持ちの花魁だから、若い呼出しの花魁と並べたらやはり見劣りがするだろう。どうせ座敷遊びで事足りるなら、わしは若いふたりを並べたほうが華やいでよかろうと考えた。伊六さんはそれも気が変わってよしとされたが、当然ながら松風はいたくご機嫌斜めとなります。わし自ら懇々といいふくめたつもりでも、向こうはこちらと目を合わさずに黙ってうなずくばかりだったから、心底それを納得させられたかどうかまではわからなかった。

初会の座敷は型通り引付の杯事に始まって、燭台がこうこうと照らした二階の広間にきらびやかな裲襠を身につけた若い呼出しの花魁ふたりが居並ぶと、廓馴《さと》れた伊六さんの口からもほうっとため息が洩れる。喜の字屋から運ばれた台の物の料理もいつにまして豪勢だし、にぎやかしの幇間や女芸者がご祝儀を目当てに次から次へぞろぞろとやって参ります。

座敷をにぎやかに盛りあげるのは男女の芸者連中や喜八ら若い者に任せておいて、花魁はご本尊のごとく床の間の前に鎮座ましまして、もっぱら姿を拝まれる役どころ。すました顔でただ静かに酌をして、何か訊かれたら短い返事をするだけで事は済むのが初会の作法でございます。

引付の杯事が済むと、花魁はいったん自分の部屋にもどって裲襠を脱いでからふたたび座敷にあらわれます。この間しばらくはにぎやかしの連中が張り切って客人の暇つぶしをいたしますが、ここに思いがけない椿事が出来《しゅったい》した。

「伊六さん、お久しうおざんす」

と襖越しに声をかけていきなり座敷に飛び込んできたのは松風だから、喜八ら若い者は大いに泡を喰い、剣菱の若旦那らは目を丸くした。

伊六さんは一瞬、あっ、まずい、という顔ながら、そこはそれ廓馴れた方だけに動じた様子は見せず、

「おお、これはこれはよいところへ参られた。こちらも手持ちぶさたで困っておった。どれ、松風花魁にお酌を頼みましょうか」

しゃあしゃあといってそばに座らせ、酌をさせて互いにいろいろと話をする。馴染みの仲だけに打ち解けたありさまで、松風は剣菱の若旦那にも何かと話しかけ、横合いからのさばって一座を取り仕切るも同然だが、年季の入った花魁のこうした不作法はだれにも止められなかった。

そうこうするうち着替えが済んで、ふたりが座敷にもどってきた。小夜衣はさっさと剣菱の若旦那の横に座を占めたが、胡蝶のほうは松風に席を奪われたかっこうで立ち往生だ。なにせ相手は先輩の女郎だけに面と向かって強い口もきけず、苦りきった表情《かお》で突っ立っておるしかない。

喜八はあわてて松風のそばへにじり寄り、耳打ちしてなんとか出て行かせようとした。すると松風はしゃくれ気味の顔で胡蝶を見あげて、にやっと意地悪そうに笑った。

「今宵ひと夜は伊六さんをお貸し申しんすが、泥棒猫のような真似はしてもらいんすまい。近ごろの若い妓は油断も隙もあったもんじゃありいせんのう」

と毒づかれてたちまち胡蝶の顔色が変わった。

胡蝶にしてみれば、松風の馴染みを横合いからかすめ取ったつもりはさらさらないから、泥棒猫呼ばわりは心外だった。が、松風のほうは半ば冗談で妬きもちをやいて見せて、若い花魁をちょっとからかってみただけのことでしょう。なにせ額の生え際も薄くなろうかという海千山千の花魁には、この手の意地悪が当たり前。いちいち気にしても始まらず、さらりと受け流すか、むしろ巧く切り返してやり込めるくらいであってほしいが、成りたての花魁にそこまでの度量を求めるのはちと無理かもしれません。

「まあ、まあ、松風花魁ともあろうお方が無粋な妬きもちはみっともねえ。何かといい分はござんしょうが、ここはひとまず矛《ほこ》を収めて速やかにお引き取りを願いやす」

と喜八が出した助け船を好機《しお》とみて、松風はそそくさと立ちあがりながら、ちらりと流し目で伊六さんを見た。

「ぬしが心を移したら、わちきゃ化けて出るゆえ覚悟しなまし」

この捨てゼリフが大いに受けて伊六さんはげらげら笑われた。一同もつられて笑いだすが、胡蝶だけはやはり気まずい顔で、元の席に座り直しても落ち着かない様子だ。

「いやはや、伊六様の色男ぶりには畏れ入りやした。わっちらは爪の垢を煎じて呑みてえもんで」

喜八が見えすいたお世辞をいえば、伊六さんは相好《そうごう》を崩されて、こうなると松風の不作法な乱入も悪ふざけの趣向として楽しめる。剣菱の若旦那も笑っておいでだが、伊六さんはその場で気遣われたのだろう。

「これ、そちらの花魁は名をなんと申される？」

と自らの敵娼をないがしろにして若旦那の敵娼に話しかけた。

「あい、小夜衣と申しんす」

「小夜衣さんとやら、さっきは裲襠に隠れて見えなんだが、その前帯の色合いは実に鮮やかでみごとじゃのう。ただこちらから見る分には、どうも絵柄が腑に落ちぬ。全体それは何が描いてあるのじゃな？」

小夜衣は赤みの勝った額無垢《がくむく》の衣裳を着て、濃紫《こむらさき》の羽二重でしつらえた前帯を締めておりますが、横から見ると絵柄がわかりにくいといわれて、やおら躰をまわしながら涼しい顔でこう申します。

「こりゃ、夜を重ね待兼山《まちかねやま》のホトトギスという意匠《こころ》でありんす」

なるほど夜明け間近の空に傾く三日月と、一羽のホトトギスがくっきりと染め抜かれており、ありふれた図とはいえ、前帯にするとかなり目立つ大胆な柄でした。

「おお、正面から見ればよくわかる。そのホトトギスの絵は型染めでなく手描きしたように見ゆるが、絵師にでも頼まれたのか？」

小夜衣は口もとを袖で覆ってかすかに笑った。

「ホホホ、自らが拙い絵筆ゆえ、恥ずかしうてなりいせん」

「ほう、それは、それは。感服つかまつった。さすがに舞鶴屋のお仕込みはみごとなもんじゃ。なんと若旦那、お聞きなされたか。新町の太夫もよろしかろうが、江戸吉原の傾城もまんざら捨てたもんではござるまい」

伊丹屋さんが手放しで賞めちぎるのは、小夜衣を敵娼にした若旦那へのお追従《ついしょう》でもあるし、上方の客人に江戸の名花を自慢したい気持ちもあったんでしょう。

いっぽうで、そのやりとりを聞いてみるみる不機嫌になってゆく胡蝶の顔から、喜八は目が離せなかったと申します。松風には泥棒猫呼ばわりをされた上に、客人からもないがしろにされて、胡蝶が気を悪くするのは当然といえば当然だった。

思えば胡蝶には気の毒なことをしたもんで、伊六さんの敵娼はやはり馴染みの松風にしておいたほうが無事だったかもしれん、と思い直しても所詮はあとの祭り。胡蝶はそもそも衣裳のことでは小夜衣に引け目があって、それがずっと尾を引いておったから、急に腰がそわそわしだしたのを伊六さんもさすがに気づきました。

「おお、そなたは胡蝶とか申したな。お身も絵をよくなさるのか？」

　とってつけたような訊き方で、胡蝶はついに持ち前の癇癪玉を破裂させた。

「絵はなりいせん。書もなりいせん。歌も茶の湯も琴も何ひとつなりいせん」

　そう叫ぶなりパッと立ちあがったからたまらない。着物の裾が銚子をひっくり返してしとどに畳を濡らした。伊六さんは呆然と胡蝶を見あげ、剣菱の若旦那もあっけにとられた顔だ。にぎやかしの芸者衆はたちまち鳴りをひそめ、喜八は肝が冷えてその場に凍りついてしまった。

　しんと静まり返った座敷から胡蝶が出て行こうとするのを見て、ただひとり声をあげたのはなんと小夜衣でした。

「はて、胡蝶さんは舞いがお上手なれば、ここで舞われるおつもりなますか。されば、わしも連れ舞いをいたしんしょう」

　意外なことを口にして自らもすっと腰をあげたから、一同はびっくりする。喜八はそれでようやっと気分が落ち着いて胡蝶をなだめにかかります。

「まあ、まあ、花魁方、どうぞ下にいてくださいましな。いくら舞いがお上手でも、おふたりがここで舞われたら、台の物に埃がかかっていけませんや」

すかさず横から幇間が口を添えた。

「おお、そうじゃ、そうじゃ。舞いならわれらが下手くそな獅子舞いをもう一度ご披露いたしますんで、それにてご勘弁を願います。どうぞ花魁方は下にいて、ご見物を。どりゃ姐さん方、お囃子を頼んだよ」

この声で女芸者がふたたび撥《ばち》を取れば、白けた座敷がふたたびにぎやかに活気づいて皆がやがやと騒ぎだす。胡蝶はとうとう外へ出るきっかけを失い、喜八にそっと肩を押さえられて畳に座り直した。

かくして何事もなかったように滞りなく酒宴を済ませると、剣菱の若旦那がたってのお望みで小夜衣と床が納まる運びになった。それればかりかさっそく次の日には裏を返し、立て続けに三晩通って馴染みとなられ、江戸逗留のわずかの間にたっぷりと貢がれて、帰国の日が迫るころには、いっそ根曳いて上方に連れ帰らんという勢いだった。

遠方の客人には時たまこうしたことが起きますが、なにせ相手は金に糸目を付けぬ剣菱の若旦那だから、短い間でも舞鶴屋は大いに稼がせてもらいましたよ。

　ご接待をなされた伊六さんも上機嫌で、その夜はご自分も若旦那に付き合ってうちにお泊まりになられ、ハハハ、むろん敵娼は胡蝶でなく松風でしたよ。

「一時はどうなることかと思われたが、小夜衣花魁のおかげで助かりました。なにしろあの場であんなふうにいえるのはたいした知恵のまわりようで、まだ若い花魁なのにちと利口すぎて、こっちゃ恐れ入るばかり。今からあれなら、先々は怖いほどでして」

　と喜八は小夜衣の機転に舌を巻き、さらにこう付け加えた。

「胡蝶さんもあれで助かって、朋輩のよしみは心底ありがたいと思いなすったにちげえねえ。あの場で伊六様を怒らせたら、廓中にパッと悪い評判が立ち、いっきに客足が遠のきましょう。小夜衣さんもよくよく胡蝶さんの身を思えばこそ、いわば仏の慈悲でとっさに助け船を出せたんだろうが、なんだかんだいっても、ふたりは幼なじみの仲良しなんですねえ」

　さあて、胡蝶当人はどう思ったか知らんが、喜八は小夜衣の様子を見て感じ入ったと申しました。自らも立ちあがったあと、胡蝶の顔をしばしじいっと喰い入るように見つめたらしい。その目に非難がましい調子や嘲《あざけ》りの色は微塵もなく、ひたすら同情を寄せる慈悲の心が感じられたとか。それで胡蝶もぐっと気持ちを抑えて、その場を立ち去らなかったのだろうと申します。

松風の乱入という椿事に見舞われた胡蝶の気持ちを察して、小夜衣はたぶん本当に同情をしたのかもしれん。けれど胡蝶の癇癪を起こしたきっかけが、本当は自分にあることを果たして存じおったかどうか……。それも知った上で胡蝶に同情と哀れみの眼差しを向けたとすればずいぶんな話だが、小夜衣という妓はまずそこまで意地が悪くはなかったと思いますよ。喜八が申した通り、今は互いに張り合う相手であっても、いざとなれば幼なじみの絆は強くて、自ずとかばう気持ちになったんじゃねえでしょうか。

とはいえ胡蝶にしてみれば、小夜衣に同情されたのがむしろ苦痛だったかもしれん。満座の中で取り乱したところを見られ、助け船まで出されたのでは、相手が一枚も二枚もうわ手だと思い知り、とことん打ちのめされて、そりゃその場から動けなくもなりますよ。

小夜衣に悪気はなくとも、いや、悪気がないからこそ胡蝶は深く傷ついたということもあり得ます。

それにしても、禿の時分はぼんやりした子に見えた小夜衣が、さほどに機転が利くとは驚きで、十七、八の若さにして、もう放っておいても大丈夫な、立派なおとなの花魁でした。片や、いかに吉原の花魁は張りと意気地が売りだといっても、人前ですぐに腹を立ててしまう胡蝶はまだまだ子どもで、ハハハ、おとなと子どもではそもそも喧嘩になりようがございません。

松風のような海千山千の古狐がごまんといる妓楼では、若いふたりが角突き合いや足の引っ張り合いをするよりも、共にかばい合い、何かと助け合ってくれたほうがこっちとしては安心だが、ハハハ、何事もそう巧くはいきません。ただでさえ厄介な女同士で、幼いころから競り合いをし向けたふたりがやすやすと仲良しになれるわけがない。またこちらも仲良くなってもらっては困るところもある。ふたりはあくまでも互いに張り合って、相手よりちっとでも多くの稼ぎをする気になってくれてこそ舞鶴屋が繁盛するわけですから、フフ、妓楼の主としてはそこらあたりの手綱さばきがなかなか難しうございました。

皐月は菖蒲の果たし合い

近ごろは不景気で身請け話が巧くまとまらんせいか、廓に居残って番新で勤め直しをする妓《こ》が急に増えましたが、わしが若い時分はまだ一軒の妓楼に二、三人もおればいいほうでして。それぞれ花魁に付き従うというよりも、妓楼の雇い人のようなかたちになっておりました。だから敢えてどの花魁の肩を持つということもございませんで、よほどのことがないかぎり、えこひいきなく公平に見ております。その番新の千代菊がある日わしにこう訴えました。

「あれを止めんせんと、わたしらまでがおかしうなりんす」

あれとは胡蝶の振る舞いで、わしも話を聞いて、困ったもんだと思いましたよ。

胡蝶はひと口でいうと女郎にはめずらしいほどの正直者で、目鼻立ちもはっきりしておるから、心模様が手に取るようにわかります。うれしいのか、哀しいのか、腹を立てたか、ご機嫌かが、面白いように表情《かお》に出る。嘘をついてもすぐにばれるから、当人もそれを知ってか、わりあい正直にものをいう。

　昔から「傾城に誠なし」とされるなかで、胡蝶は存外正直者だと客人のあいだでも評判になり、好みの客人にはめっぽう愛想がいいし、惚れたらまめに尽くすほうだから、馴染みの客人ともご縁がわりあい長続きする。ハハハ、あの妓がもし本気でぞっこん惚れる相手があらわれたら、一体どうなることかと案じられたくらいですよ。

　片や小夜衣のほうは、あの妓がいま本気で惚れる客人はどなたなのかと若い者に訊いても、さっぱりわからんという。それが廓では取り柄にもなりました。だれに気があるのかわからんだけに、われこそは意中の人ならんと自惚《うぬぼ》れられる客人も多いわけでして。

　胡蝶とまるであべこべに小夜衣はおっとりと﨟長けた容貌《きりょう》で、何があってもまず顔には出しません。いつもしっかり相手を見ておるようで、実は何も見ておらん気がすることとさえある。ただあの黒眸がちの光沢《つや》やかな眼でまともにじいっと見つめられると、何か見透かされておるようでたじたじとなり、いつの間にかあの妓の調子に引きずられて、なんでもいいなりになる客人が沢山《たんと》ございました。

わしですら、小夜衣の本性は今ひとつとらえきれん気がしたもんですよ。おとなしそうに見えて意外に度胸があるし、ちょっと舌足らずの可愛らしい声で、ときどきずいぶん思いきったことを口にする。それも後前《あとさき》がわかった上でいうのか、知らず識らずぽろっと口にするのか、気が強いのか、あどけないのかもようわからん。そのわからんところが男の目から見ればこたえられんが、女同士では疎まれやすいのかもしれません。

花御堂での一件以来、胡蝶と小夜衣は目立って仲が悪くなったようでして、胡蝶は廊下ですれちがいざまにフンと鼻を鳴らして露骨に顔を背けるらしい。ところが小夜衣はてんで相手にならず、すまして通り過ぎるから、胡蝶の不機嫌はますます高じてしまう。

風邪を引いて熱が内にこもると治りにくいように、いっそ面と向かって喧嘩をすれば気も晴れようが、それができないから仲直りのしようもなかった。

胡蝶付きの振新や禿たちは自ずと不仲に気づきます。振新や禿は衣裳から小遣いまですべて花魁のお世話にあずかる身だから、いわば家来も同然でして。家来同士が顔を合わせると、こぜり合いを起こすようになりました。

なにせ部屋が裏表でくっついておりますから、しょっちゅう顔を合わせるし、互いに嫌みをいったり、いい返したりは序の口で、部屋を掃除するときも埃をわざと相手の部屋に掃き込むような悪さをする。かと思えば、大切なものがなくなったと大げさに騒ぎ立てて相手の部屋に乗り込んで行ったりだとか、ハハハ、とかく娘どものすることはたわいがございません。それくらいなら放っておいても大丈夫だが、千代菊がいたく案じて訴えたのは、ふたりの不仲が今や妓楼中を巻き込もうとしておることとでした。

得てして正直者にありがちな悪い癖ともいえるが、胡蝶は朋輩にも好き嫌いがあって、とかく敵味方を分けたがった。小夜衣との仲が悪くなるにつれ、それが高じて妓楼の雇い人までも、自分の味方か、小夜衣びいきの敵かをいちいち判断するようになったという。若い者の中には心づけ欲しさで胡蝶におべっかを使うやつや、わざと小夜衣の悪口をいうのも出てくる始末だし、そうなるとこんどはかえって小夜衣の肩を持とうとするのもあらわれて、若い者らの仲までがぎくしゃくし始めた。

つまりは悪い風邪がそこら中にうつるというような塩梅でして。河岸見世の安女郎ではなし、大籬の呼出し花魁たるものが、さすがに面と向かって喧嘩をするような、はしたない真似はできんのが、熱を長引かせるもとでございました。

そうこうするうち日本堤から青い早苗が目につく時候となります。ここ吉原は田圃《たんぼ》の真ん中にぽつんと開けた桃源郷で、蛙の声を耳にしながら駕籠《かご》に揺られて大門をくぐると、目の前の植木柵には春爛漫の桜に替わって、卯月の末には涼しげな花菖蒲が広がります。菖蒲は尚武や勝負に音が通じて昔から男子のものとされるが、この女護ヶ島の彩りにも欠かせません。

月が替わって五月五日はいわずと知れた端午の節句。この日からまた夏衣裳に衣更えで、涼しげな帷子《かたびら》を着て肌が透ける花魁を見たさに、大勢がここへ押し寄せます。

節句の日は妓楼のほうから女郎衆にお仕着せを渡す習いで、いずこの花魁も皆すっきりとした菖蒲色の衣裳に包まれて、顔がきりっと引き締まって見えます。いっぽう待合いの辻では禿たちが菖蒲打ちを競うのもまた、この日ならではの行事でして。

ところで、あなたはガキの時分に菖蒲打ちをなさいましたか？　ああ、やはりご存じありませんか。わしとてもしたことはないが、わしの祖父さんの代までは、端午の節句に魔除《まよ》けをかねて男子がかならずした遊びだと申します。

長くて丈夫そうな菖蒲の葉を三打《みつう》ちに編んで縄をこしらえ、その縄で地面を叩いて音の大きさを競うんだが、江戸の町ではいつしか廃れてしまったようですなあ。この吉原では、それを男子でなく女子の禿がするというんだから面白い。ハハハ、つまりは男よりも女のほうが稼いでくれるこの廓《さと》らしい習わしとでも申しましょうか。門松と同様、ここはとかく世間の習わしがあべこべになりやすいんでしょうなあ。

日ごろ花魁におとなしくかしずいている禿たちも、この日ばかりは自分が主役で耳目を集めるとあって、朝早くから大張り切りだ。胡蝶が禿の時分はこれをとても得意にしていて、吉原中の禿をことごとく打ち負かしたのが想いだされます。

はて、小夜衣はどうだったか、とんと憶えがありません。あの妓は柄《はな》も小さくて、そう荒っぽい真似はしなかったんで、たぶんすぐに負けて退散したか、最初から勝負をしなかったのかもしれません。

待合いの辻では五丁町中の妓楼で選りすぐりの禿が競い合うから、その前に一軒のうちでは稽古をかねて、どの子がそこへ出るかを決める勝負となります。姉女郎の花魁たちは幼いころを想いだしながら、中庭に集った禿たちの姿を微笑ましく見物いたします。

ピシャッ、ピシャッと地面を叩くうちに菖蒲縄がすり切れて音が出なくなったら負けだから、しっかりした丈夫な葉を選んで縄に綯《な》うのが勝負の決め手になる。この年、初めて自分の禿を抱えた胡蝶は、かつて得意としたわが身の面目にかけてやっきになり、いい葉を念入りに選んで縄まで編んでやったとか。いよいよ勝負が始まると、中庭の縁側に腰かけて間近で見ておりました。

いっぽう小夜衣付きの禿たちは常日ごろ胡蝶付きの禿に何かと嫌がらせを受けた腹いせに、なんとしても勝ちたいという真剣な意気込みで勝負に臨んだらしい。こうして両者の気組みが優ったせいか、胡蝶付きと小夜衣付きの禿が順当に勝ち残りました。

禿はそれぞれふたりいるから、ひとりずつ前に出て地面をピシャリと打ち鳴らすが、先に大きな音を出して勝ったのはあげはという胡蝶付きの禿で、これを見た胡蝶は両手を叩いて喝采します。

次に勝ったのはいくよという小夜衣付きの禿で、ついに、あげはといくよの一騎打ちとなり、中庭に集った一同ははらはらして勝負の行方を見守るはめになりました。所詮は子どもの遊びといえど、妓楼《みせ》中の者が今や胡蝶と小夜衣の気まずい仲を知るだけに、身代わりの勝負としてこれを眺める者が少なくない。女郎衆や若い者のほかに、お針や台所の飯炊きまでがいつの間にかぞろぞろと縁側に群がっております。

当初は部屋にいて見向きもしなかった小夜衣も、一騎打ちとなったところでさすがにだれかが報せたんでしょう、ようやく二階の欄干に姿をあらわしました。が、胡蝶のように階下《した》に降りてそばで見るとまではゆかず、涼しい風にあたりながら、まさしく高みの見物といった風情。それでもいくよは姉女郎のお出ましに張り切ったのか、ピシャッと打つ音色が一段と冴え渡ります。

音を判じる行司役は番頭で、孫を見るような目でふたりを見て、やれいけ、それいけ、と、けしかけます。音が鳴るつど周囲がどっと沸いて判別もしにくいが、終いにはとうとういくよのほうに軍配を揚げました。

さあ、胡蝶が悔しがるまいことか。今の音は皆の声が邪魔になって聴き取れなかったと喰ってかかり、すぐさま勝負のやり直しを命じます。仕方なく番頭は周囲を静め、ならばもう一度だけといって、ふたりに菖蒲縄を打たせました。

こんどは音がはっきり聞こえたもんの、どちらが大きいとまでは決めかねたが、番頭はもういい加減面倒くさくなって、あげはにあっさりと軍配を揚げた。

そうしたら当然いくよは気持ちが治まらない。半べそをかきながら番頭に詰め寄り、それでも埒があかぬから、腹立ち紛れに手にした菖蒲縄であげはの躰をピシャッと叩いた。たちまちふたりの叩き合いが始まって、これにもうふたりの禿が加わって大喧嘩になる始末。周囲におとなが大勢いるのに、だれもこれを止めようとはしません。

いえね、女郎同士がつかみ合いの喧嘩をしても、若い者がすぐに止めに入るというような真似はしないもんでして。女は気が立つと見境がなくなるから、へたに割って入って怪我してもつまらないし、いったん火を収めても燻《くすぶ》り続けるなら、いっそ思いっきりぼうぼう燃やして後に火種を残らなくしたほうがいいという判断です。なにせ長く共に暮らしておったら、うわべをいくら丸く収めても、すぐにぼろが出ちまうんでねえ。

いくよらには日ごろの遺恨があった。ハハハ、遺恨というほど大げさなもんじゃないにしろ、まあ、嫌がらせの仕返しで、ここぞとばかりに菖蒲縄で打ちすえます。あげはらが泣きだすのを見て胡蝶は思わずさっと立ちあがり、菖蒲縄を引ったくって加勢をする。アハハ、おとなげないことこの上ないが、いかにもお転婆な胡蝶らしい。すると二階で高みの見物をしていた小夜衣までがいつの間にか縁側に姿をあらわして、静かに、しかしよく通る声を放った。

「子どもたち、もうよい加減にしなまし」

とたんにくるりと振り向いた胡蝶と小夜衣がまともに顔を見合わせて、しばし両者のにらみ合いが続きます。こうなるとまわりはもう止めるよりも面白がるほうが先でして、肚のうちで、やれいけ、それいけと囃したてながら成りゆきを見守ります。

胡蝶はさすがに自分でもおとなげないと思ったんでしょう、照れ隠しに笑ってこういった。

「ホホホ、久々に菖蒲打ちがしてみとうなりんした。小夜衣さんもなさんせぬかえ」

これを聞いて、まさか応じるとは思わなかった小夜衣が縁側からゆっくりと地面に降り立ったので皆びっくりした。ふたりは共にお仕着せとはいえ、おろし立ての衣裳を身につけ、下駄も履かない素足でした。胡粉《ごふん》で白く塗った人形のように華奢な足が、しっとりと湿った黒土を踏んづけるさまは、なんとも艶《なまめか》しうございます。

むろん裾引きだから左手で高く褄を取り、胡蝶は右手に持った菖蒲縄を勢いよく振りあげてピシャッと地面を打った。すると小夜衣もいくよから菖蒲縄を受け取って、ピシリと強く打ち鳴らします。その音はまんざら胡蝶に負けておりません。

胡蝶は立て続けにピシャピシャと打ち、これにも小夜衣はピシリと一打ちではね返しておる。

胡蝶はともかく、小夜衣が向きになって菖蒲打ちをするという図はあまりにも意外でして、皆はあきれながらもふたりから目が離せません。胡蝶は負けん気が強くてすぐにわれを忘れるたちだが、小夜衣のほうもひとつことに夢中になるとまわりが目に入らなくなる妓だから、ふたりともおかしなくらい真剣な顔をしております。

薄化粧をした肌にはぽうっと赤みが差して、眼はきらきらと輝いて、これがまたやけに美しい。舞鶴屋を背負って立つ呼出し昼三の花魁とはいえ、よく見ればまだ共に十七、八の稚《いとけな》い顔立ちでございます。たまには日ごろの立場を忘れて、思う存分ぶつかってみたかったのかもしれません。

何度も地面を打つあいだに菖蒲縄はだんだんすり切れて、勢いよく振り下ろしても、パサッと頼りない音しか出なくなります。パサパサッと二度鳴ったところでふたりは同時にふっと噴きだした。くすくす笑いがしだいに大きくなって、皆がほっと胸をなで下ろしたなかで、ふたりともついには腹を抱えてケラケラ笑っておりました。

ハハハ、たしかに喜八がいうように、なんだかだいってもふたりは幼なじみで、共に苦界で育ち、この先も共にずっと同じような道を歩み続けねばならん運命《さだめ》でございます。されば互いに張り合いもすれば、憎みもしようが、時に面と向かってぶつかり合えば、こもった熱も巧く発散して病いが妙にこじれたりはいたしません。

ひとまず魔除けの菖蒲打ちが良薬で、雨降って地固まるのたとえ通り、節句の翌日は菖蒲縄に代わる大きな雨粒が地面を激しく打ちつけて、長い梅雨の到来を告げておりました。

水無月は垂髪《すべらがみ》の上臈《じょうろう》

梅雨が明けたらもう真夏で、水無月の廓は目立った行事とてなく、さほどいいこともございません。むしろ女郎衆にとっては厄月《やくづき》といいたいほどに、嫌な季節でしょうなあ。

蒸し暑い晩は、お歯黒どぶに湧いた蚊が山盛り押し寄せて、心地よい眠りを妨げます。それでいて後朝《きぬぎぬ》の別れがめっぽう早くなるから困りますよ。

客人と添い寝をした翌《あく》る朝を、古歌に倣《なら》って後朝なんぞと洒落てはみても、夏場は朝早くからお天道様が二階の障子にぱあっと照りつけて、ハハハ、風情もくそもあったもんじゃござんせん。寝汗をびっしょりかいた互いの顔がしらじらと見え、一緒の蒲団にいるのも暑苦しくってたまらない。少し風を入れようとして障子を開けたら、外があんまり明るいもんで、客人はぼやぼやしておられぬ気分になる。何を訊いても上の空で、結句、女郎衆は次に会う約束を取りつけられずに逃がしてしまうはめになります。

それに汗っかきの妓《こ》は客人も減るが、昼三の花魁ともなれば、顔にはまず汗をかきません。薄手の絽の衣裳がかえって涼しげに見せます。といっても、まるで汗をかかない妓はいやしませんから、だれしも早く風呂に入りたくてうずうずしております。

吉原《ここ》には揚屋町《あげやまち》に大きな銭湯があるし、内湯も朝の五ツ半（午前九時）から沸いてますんで、夏場は朝晩二度も湯を浴びる妓がいれば、庭に盥《たらい》を置いて行水を取る妓もいる。文字通り湯水のように贅沢な使い放題とはいえ、なにしろ肌が売り物の商売だけに、こっちもそうしみったれたことは申せませんよ。

ただし髪が洗える日は月に一度で、舞鶴屋《うち》は二十七日と定《き》めてあります。七、八十人からいる妓が一斉に髪を洗えば湯を沸かすのも並大抵の物入りではございませんが、それよりか大きな髷を崩して結い直すのがもっと大変なことでして。

髪を乾かすときは欄干や柱にもたれかかって髪を広げた花魁に、左右から禿がせっせと団扇を使って風を送ります。それでも乾くまでにはどうしたって暇が要るし、そこそこ乾くまでは身動きもならんので、その日は昼見世を休みにして、客人は夕七ツ時（午後四時）から迎えるようにいたしております。ああ、そういえば真夏は髪の乾きの早いことだけが取り柄かもしれませんねえ。

髪を洗わずにひと月もたせるには、地肌に匂い油を塗って櫛で丹念に梳かしながら雲脂《ふけ》を取るが、夏は汗もかくし蒸れやすいしで、皆が髪洗いの日を今か今かと心待ちにしております。洗った日は気分もさっぱりしてだれもがご機嫌だから、その日にたまたま登楼して、いい妓にめぐり逢えたらめっけもんで。大概の花魁は馴染みの中でも深間《ふかま》のお相手を選んで迎えております。

髪を洗った日はわざと髷を結わず、伽羅《きゃら》の油もつけずに、生乾きの髪を束ねて後ろに垂らす花魁がいて、これがなかなか乙りきな姿だと客人のあいだでは評判でございます。洗い髪に合わせて顔も薄化粧だから、若い妓はかえって素肌の美しさが引き立ちます。

小夜衣は洗い髪の姿が実によく映りました。もともと品のいいおっとりとした顔立ちでして、まさに垂髪《すべらがみ》の麗しき上﨟《じょうろう》とも見え、何かへたな声をかけるのも憚《はばか》られるような気配が漂っております。当人もそれをよく知ってか、好んでその姿になりたがるようで、髪を洗ってから二、三日は結わずに垂らしたままで丹念に梳き込んでおりました。

あの妓はまた肌がだれよりもきれいでしたから、湯あがりにうっすら汗を噴いた顔が一段と輝いて見えます。思えばどんなに美しい顔立ちの花魁でも、肌つやだけは歳相応に衰えが出るもんだが、あの妓はふしぎに何年たっても突出したばかりのようでした。

あれは果たしていつの出来事だったのか、そこのとこがどうも今ひとつはっきりとしません。もうかなりの年季が入ったころのようにも思えるし、まだ突出して間もない十八、九の若さだったかもしれん……。

まあ、とにかく、ある夏の日のふしぎな情景を想いだします。わしはめずらしく二階の見まわりをしておりました。ふだん二階の見張り役は遣手まかせで、楼主が昼間に顔を出すことなぞめったとないが、引付座敷の広間で掛け軸を替えたついでに、何げなく廊下をぐるっとひとめぐりしたんですよ。

ちょうど昼見世が始まるころで、階下《した》の格子の前に並んで座るのも多いから、二階はわりあい静かなもんでした。残っておるのは昼見世にはもう顔を出せない年増女郎や、顔を出さなくてもいい位が高い花魁、居続けの客人がある妓も当然部屋におります。

　呼出し昼三の花魁は夜見世でも格子の前に座らされたりはしないもんで、昼間はむろん部屋にいて、客人がないかぎりはのんびりと過ごしますが、売れっ妓は客人のいない日なぞまずございません。廊下の一番奥がその呼出し昼三の部屋で、表側が小夜衣、裏手が胡蝶ですが、この日はどうやらふたりとも居続けの客人があるようでした。

　胡蝶の部屋から笑いさざめく声が聞こえて、ちょいと覗いてみたくなり、開け放した障子の手前でわしはぴたりと足を止めた。なにせ客人は褌《ふんどし》一丁でうろうろしておられるし、胡蝶も腰巻きだけで上は素肌に絽をひっかけた形《なり》だから、なんと乳房が透けて見える。ハハハ、そんなところへのこのこ顔を出したら、とんだ野暮助じゃありませんか。

　もっとも、ふたりの話し声を聞けば、ちっとも色気はありませんで。つまりはただ暑いから左様な姿になったらしいが、呼出し昼三《や》の花魁にしてはあまりにも不作法な恰好で、よほどたしなめようかと思いつつも止めたのは、客人が気楽に過ごされておるなら、それで可《よし》としたんですよ。

胡蝶がいいのは開けっぴろげで気取らないとこでして、お馴染みの客人は日ごろの窮屈な裃を脱いで、ゆったりとくつろぎたいという方が多かったように存じます。

かくして胡蝶の部屋からそっと遠ざかり、次に小夜衣の部屋のほうへまわろうとして、またそこで足が止まりました。

廊下の天井がきらきら光って、見れば部屋の前の廊下に小さな盥が置いてあった。部屋は開けっ放しで、ふいに中から若い男が顔を出して、盥の水に浸けた手ぬぐいをすくいあげた。手ぬぐいにからめた指が男のわりに長細くて華奢だったのを、ふと目に留めました。

男の手に目が行ったのは、一度ならず二度ならずそれが繰り返されたからでして。つぎつぎと手ぬぐいを絞って部屋に運び込む様子がなんとも気になり、障子の陰からつい中を覗き込みます。

手ぬぐいは女たちの手に渡っておりました。小夜衣は例の垂髪で、禿が左右から団扇を使ってあおぐさまは、まさしくやんごとなき上臈に仕える姿でございます。振新がふたり、番新の千代菊や遣手のお繁はお局《つぼね》役といった趣きで、男から渡された手ぬぐいを当然のごとく自らの額や首に押し当て、襟元や脇明に差し入れて身の汗をぬぐう様子。わしは改めて男の顔を見ましたが、申すまでもなく妓楼《みせ》の若い者ではございませんで、れっきとした客人です。

上布で仕立てた涼しげな帷子《かたびら》を着て、手にした煙草入れも阿蘭陀《オランダ》渡りの粋なキレで拵《こさ》えたもんで、たぶん丸角《まるがく》あたりで誂えた立派な品でした。歳は若いながら落ち着きがあって、そこそこ整った顔立ちをなさっておられる。鼻は低からず、切れ長の涼しげな目もとだが、唇はやや厚めで、えらが張って、とても気が弱そうな男には見えない。どちらかといえばきかん気な人相なのが、ちと意外でした。

小夜衣は垂髪でも、胡蝶とちがってちゃんと前帯を締め、黒い絽の衣裳の下には緋《ひ》鹿子《がのこ》が覗いております。自らが配り物にした蔦の定紋入りの扇でわが身を煽ぎながら、首に手ぬぐいを押し当て、そっと左右をぬぐうと、黙って男の手にもどしました。すると相手は吸っていたキセルを置いて、ふたたび下僕《しもべ》のごとくいそいそと手ぬぐいを濯《すす》ぎだすではないか。あまりのことに、わしは一瞬声をかけそびれた。こんどは振新が手ぬぐいをもどして、客人がそれをまた濯ぎかけたところで、たまりかねて声をかけます。

「ああ、お客人、どうぞ左様な真似はなさらずに……」

相手はハッとした顔でこちらを振り向いた。座敷の一同はびっくりした様子で身じろぎもせず、黙ってわしのほうを見ておる。

「小夜衣太夫、お邪魔をするよ」

と一応の断りを入れて、わしは部屋に腰をおろした。

「さっきから見て驚いた。お客人になんと無礼な厚かましい真似をする。お繁、千代菊、そなたらが付いていながら、一体どうしたことだ」

叱られたふたりは困ったふうに小夜衣のほうを見る。

「太夫、そもそもお前さんがいけないよ。こちら様がいかに親切でおやさしいお客人だとて、頭《ず》に乗るのも大概にしたがよい」

と決めつけても、小夜衣はみじんも悪びれる様子はなく、すました顔で舌たるい声を聞かせます。

「先にわたしが手ぬぐいを渡しんしたら、水がしっかり切れておらん。これでは具合が悪いゆえ、代わってやろうと仰言《おっせ》えした」

「ああ、そうだとも。ハハハ、女子の手は握りが甘いから、こうして男の手を使うにかぎると存じましてねえ」

と若い客人はすくいあげたばかりの手ぬぐいを、ぎゅうっと絞ってみせる。わしは二の句が継げませんで、黙ってまわりを見るが、いずれもばつが悪そうな顔つきでこちらと目を合わしません。小夜衣の顔だけがしっかりこちらを向いて、どうだといわんばかりに微笑《わら》っておりました。

わしはあとですぐに千代菊を呼んで訊いたもんだ。まず、どうしてあんなことになったのか、とね。そしたら最初は本当に小夜衣が絞って渡した手ぬぐいを客が絞り直したところから始まったが、ならば皆の汗拭きも作ってほしいと小夜衣がいいだした。向こうはさすがに意外の面もちながら、やむなく花魁のいいつけに従っていたようだと申します。そんな馬鹿なことがしょっちゅうあるのかと訊いたところ、手ぬぐいを絞らせたのは初めてでも、以前から似たようなやりとりがあったと申しました。

小夜衣はああ見えて酒が強く、幾杯重ねても顔色ひとつ変えない。だれと飲み比べをしてもたいてい勝ってしまう。それがいつぞやあの若い客人と古風な可杯《べくさかずき》で狐拳《きつねけん》をした。

可杯はご承知のように、底に小さな穴が開いてそれを指でふさぐようになっておりますから、酒を注いだら下には置けず、狐、狩人、名主も片手だけであらわしますんで、勝負が至って早うございます。次から次へと杯を重ねるうちに、あの客人は顔を真っ赤にして、ひどく酔ったせいで拳もままならず、もうこれ以上は無理だと見てとれた。ふつうなら小夜衣のほうが止《や》めようといいだすところだが、どうしたわけかあの客人にかぎってはいいださない。向こうは我慢して呑み続けたあげく、顔がこんどはしだいに青ざめてゆき、途中であわてて手水場に駆け込んで、げえげえと吐いたらしい。

客人が戻ってくると、小夜衣はすました顔で、「さあ、続きをいたしんしょう」というし、向こうも青い顔でまた杯を取りあげそうになったから、千代菊はさすがにあわてて止めたそうだ。

「ほんにおかしなことで、小夜衣花魁もほかの客人にはけっして左様な真似はなさりんせんに、あのお方にかぎっては無茶ばかり申されて」

千代菊は訝しそうな口ぶりながら、目が笑っておりました。

「あるとき閨のうちをちらっと覗いたら、花魁のほうが馬乗りとなって、下になったあのお方がヒンヒンと嘶《いなな》くありさまで、ホホホ、見ておるこちらまでがほんに妙な心地でござりんした」

いやはや、男女の仲はだれしも傍《はた》からは窺い知れぬとはいえ、廓《くるわ》におれば、世の中には実にさまざまな男女の姿があるもんだと感心いたしますよ。

大概の男は女に惚れられたい、よく見られたい、威張ってみたいという三つ巴の欲がございますが、中には女のほうに威張らせたいという、一風変わった好みの持ち主もさほどめずらしくはござんせんよ。フフフ、小夜衣は利口な妓だから、若い客人がそういうお方だと見抜いて、わざと無茶を申したのかもしれません。

その若い客人は山城屋清十郎《やましろやせいじゆうろう》という京橋辺の若旦那でして、東照神君様とご一緒に京の伏見から江戸へ下られた代々の名家のご惣領。小夜衣のお馴染みとして、うちでは山清《やませい》様と呼ばれておりました。

自分と年齢《とし》がさほど変わらない金持ちの跡取り息子で、そこそこの男前だし、おまけに向こうがぞっこん惚れてこっちのいいなりとくれば、花魁にとってこれほどいい客人は滅多とございません。

花魁は客人に衣裳を貢がせるよりもまず祝儀《はな》をはずませるほうが肝腎でございま

す。呼出し昼三ともなれば、たまの紋日には妓楼《みせ》に勤める者すべてに惣花《そうばな》を願わねばなりません。舞鶴屋には当時抱えの女郎だけでも七、八十人からおって、これに遣手や若い者、料理人やお針までふくめると百人からの大所帯ですから、惣花となればひとりあたり金一分の祝儀にしても二十五両をうわまわる物入りとなり、いやはや客人は大変でございますよ。

紋日はそもそも五節句の祝い日ながら、廓でだんだんと増え、近ごろは白河様のお出ましで急に厳しくなった幕府《おかみ》のお達しにより、年に十八日と減らされてしまったが、当時の紋日は少ない月でも五日、多い月は十日ほどもあって、年にかるく八十日は超えておりました。

紋日は女郎も精いっぱい着飾りまして、馴染みの客人おひとりに「仕舞いをつける」と申して買い切りを願いあげます。仕舞いをつければ揚げ代はふだんの二倍つく勘定だし、おまけに仕舞いごとに惣花までやるとしたら、よほどのお金持ちでないかぎり、たちまちお首がまわらなくなります。

呼出し昼三の馴染みになって紋日ごとに仕舞いをつけるのは左様に高くつきますから、長く馴染みでおるよりも、いっそ早く身請けをして廓から根曳いてしまったほうが、差し引き勘定は安くなるというような話もあるほどでして。片や花魁のほうも客人に仕舞いをつけてもらうのはひと苦労で、だれしも紋日は頭痛の種だが、そこへ行くと小夜衣が早くも山清様のような、こちらのいいなりのお馴染みをつかまえたのは万々歳でございました。

ハハハ、舞鶴屋《うち》としても大助かりで、垂髪で上臈然とした小夜衣の姿を見れば、わしも従者のごとくかしずかねばならんような気がしたもんです。

文月は念の入った手紙《ふみ》の橋渡し

さて、紋日がやたらと多いのは正月とお盆月の七月でございます。七月は朔日《ついたち》から地獄の釜のふたが開くと申して世間でもご先祖のお迎えを始めますが、ここ吉原では玉菊という名妓を偲んで盆灯籠をともすのが昔からの習いでして。

玉菊は今からおよそ七十年も前に亡くなった当時全盛の太夫で、まわりの者によく気遣いをしたせいで、若くして逝ったのを廓中の者が惜しんだらしい。三回忌に仲之町の茶屋が縞模様の切子《きりこ》灯籠を軒先に吊るして追善供養をしたのが習わしとなり、今では茶屋ばかりでなく妓楼のほうも絵柄や細工に凝った玉菊灯籠を飾って七月いっぱい吉原の夜をにぎやかに彩ります。

なにしろ前の月とは打って変わって朝夕はめっきりと涼しくなるし、春の夜桜にも勝る玉菊灯籠の景物に惹かれた客人がどっと廓に押し寄せるから、勢い紋日も増えるわけですが、中でも七夕は女郎にとって格別の紋日と申せましょうか。織姫と彦星が年に一度の逢瀬を遂げる晩は、女郎だれしも相惚れのお馴染みと会いたがります。天の河には鵲《かささぎ》が翼を並べて二つの星を結ぶ橋となるが、女郎と客人の橋渡しをするのは何よりも手紙《ふみ》でございましょう。手紙で約束を取りつけられなかった女郎は、前日から見世の表に飾る笹竹に相手の名を書いた短冊を吊るしてなんとか招き寄せようとし、片や売れっ子の花魁となれば、客人のほうがなんとかこの夜に会いたいと躍起でして。

小夜衣と胡蝶が果たして七夕にだれを選ぶのか、ハハハ、それはわしもちと気になるところで、「どなたが仕舞いをつけられた？」と番頭に訊いてみた。そしたら胡蝶は案のじょう御留守居役の平沢様とのことで、ご縁はあれ以来わりあい長く続いておりました。

小夜衣のほうはどうかと訊けば、数ある馴染みの中で山城屋清十郎様を選んだというから、わしは「ほほう」と唸りました。なるほど、あの妓《こ》はああいう男が好みだったのか、やはり男女の仲はわからんもんだと思うぃっぽう、いやいや、そうたやすく決めつけてはなるまい。なにせあの利口な小夜衣のことだ。相手はわが意のままで、何を頼んでも叶いそうなだけに、早々と身請けをさせようという魂胆かもしれん。

呼出し昼三の花魁ともなれば、大名の奥方にも負けない贅沢な暮らしができるといっても、所詮は身を売る籠の鳥に変わりはなく、いずれも早くここから抜けだすことを願っております。いかに廓の水と相性がよさそうな小夜衣とて、その例に洩れずかもしれんと思えば、わしはちと残念な気がした。元手をかけた小夜衣と胡蝶には年季いっぱいここで勤めて、もっともっと稼いでほしいという下心だけではございませんで。あのふたりがいなくなると、舞鶴屋ばかりか廓中が淋しくなるし、ハハハ、何よりもわし自身がえらく気落ちするように思われたんですよ。

その年の七夕に、小夜衣は萌葱色の絽の裲襠《しかけ》を着て、五色の短冊を散らした黒地の前帯を締めておりました。わしは道中に出かけるところを見て、ひょっとしたら今宵が見納めになるかもしれんとでも思ったのか、今でもそれがしっかりと目に残っております。顔は常よりも晴れ晴れとし、こちらを向いてにっこりと微笑《わら》いかける眼がなんとも満ち足りた色に輝いて見え、こりゃもういつ何どき身請け話が持ち込まれてもおかしくはない、という気がしました。

それから日を置かずに、ずいぶんおかしな話があった。わしも長年廓にいて、あいうことは後にも先にもなかっただけに、いまだに忘れかねております。

その夜はまた小夜衣のもとに山城屋さんがお越しになった。と申しても清十郎様とはちがい、宗右衛門様という名を聞いて、番頭は当初まるで別人だと思ったらしい。うちに登楼なさるのは初めての客人で、暖簾をくぐられたところを見てもさっぱり気づかずにいたら、付き添ってきた茶屋の亭主に山清様の親父様だと聞かされてびっくり仰天した。

「ずいぶんお若く見えたもんで、聞いてもまさかと存じました」

と番頭に告げられてからお会いしたわしも、ちょっと驚きが隠せなかった。

くろぐろした髪は染めてあるにもせよ、頬にも額にもしわというものがほとんどなくて、首すじを見てもさほど年寄りのようではない。年を取ればだれしも着てる肉が分厚くなるか痩せてくるかのどちらかで、肌にしみも散らばるもんだが、そうでもないのがふしぎでした。

色白の細面で鼻すじが高く、眼は涼しげ、唇は薄くて品のいい形だし、あごはほっそりとすぼまって、まあ実に品がよくて端正としかいいようがない、さすがに名家のお顔立ちでございます。若いころはさぞかし女にもてたにちがいなく、この親父様と比べたら、山清様はえらが張って口も大きい、どちらかといえば野暮ったい人相でして、あまり似てない親子だという気がまずしました。

といってもよく見れば眉や眼のあたりにどことなく血のつながりが窺えるし、鷹が鳶を生んだとまで申すのは気の毒で、山清様もそこその男前だったのはまちがいない。如何《いかん》せん、親父様の顔立ちは整いすぎて、まるできれいなお面をかぶっているように見えたもんで、わしは正直いうと、どうも好きになれん人相でした。

廓でお遊びになる方はふつう代々の馴染みの茶屋や妓楼に出入りをなさるもんだが、山城屋さんはめずらしく親子別々の茶屋と妓楼をお使いになるのか、はたまた宗右衛門様のほうはとうに廓を離れられたかして、うちにお越しになるのはそれが初めてだった。とはいえ妓楼の勝手にはずいぶん馴れておいでのようで、黒の絽羽織に海松茶《みるちゃ》の着物、白茶の帯という出装《いでたち》もすっきりとしております。

このお方が今宵うちに乗り込んできたのは一体どういう理由《わけ》か。いよいよ小夜衣を身請けなさる気で、その前にひと目顔を見てやろうというつもりならいいが、何事もそうやすやすと巧く運ぶはずがあるまい。ひょっとしたら倅に身請けをせがまれて、うちに文句をいいに来たか、これまでの放蕩散財を見るに見かねて、こんりんざい倅とはすっぱり縁を切らせると申し渡しに来たのかもしれん。ただ、それならさっさと倅を勘当するか、こちらを呼びつけるかすればいい話で、向こうからわざわざ出向いてこなくともよさそうだ。

ともかくわしは座敷へ挨拶に参って、しばらく様子を見守ることにしました。初会は万事しきたり通りに運べば済む。花魁はお飾り同然だから、まずけちをつけられる心配はなかろうと存じながらも、やはり案じられてなりません。今宵の客が山清様の親父様だという話は伝えてあるが、小夜衣はいつも通りのすました表情《かお》で床の間の前に納まっておりますし、宗右衛門様も黙ってそれを眺めておられる。その目つき顔つきを横からそっと窺えど、こちらも上品なすまし顔で容易に本心を悟らせない。

短い時はあっという間に流れて小夜衣が着替えに奥へ入ったところで、宗右衛門様は口もとをほころばせてこちらをゆっくりと振り返られた。

「話に聞いてはおったが、さすがに美しい女子じゃのう。久々の眼福にあずかりました」

　これまた型通りの賞め言葉でも、まずはひと安心といったところ。そこでわしのほうも小夜衣が舞鶴屋のみならずこの廓《さと》でいかに人気があるか、それでも当人は山清様を一番深いお馴染みと思えばこそ、つい先日の七夕にお迎えしたというような話をいたしました。

　宗右衛門様は終始にこやかな顔でお聞きだが、口もとはほころんでも、眼はまるで笑っておりません。倅に似た涼しい目もとはまぶたが瘦せた分だけきつく見え、ゆめゆめ油断はなるまいという気にさせます。

　着替えがすんで小夜衣が戻ってくると、宗右衛門様はのっけにこう切りだした。

「廓の習いで初会はあまりぶしつけな話をせぬものという心得はあれど、今宵は掟破りで、折り入って話したきことがござる。どうか気を悪くせんでもらいたい」

　これで小夜衣がすうっと首をまわして宗右衛門様をまともに見た。一瞬はっという顔をしたのは、どこか山清様に似てたからかもしれん。だが、またすぐにすました顔にもどり、黙ってゆっくりとうなずいた。

「御身の話は何もかも倅に聞いておる。聞きしに勝る名花一輪、ホホホ、わしがもうちっと若ければ、倅を押し退けて手折《たお》りたいところじゃのう」

小夜衣は薄く微笑んでいるが、いつになく不安そうな眸《め》をしておるように見えました。いかに利口な妓とて、相手の真意がまるで読めぬ様子だ。

「御身のおかげで、あの子はずいぶん変わりました」

という口ぶりは存外皮肉な調子には聞こえなかった。

「根は陰気で、えらく人見知りをして、人前でろくすっぽ口もきけなんだのが、近ごろはそれなりの挨拶をしておる。人に気遣いができるようになって、家人の評判もよろしい。これでようやっと世間晴れてわしの跡取りと披露ができまする」

宗右衛門様は何やら少しおかしないい方をなされたが、それがそのとき気にならなかったのは、小夜衣が宗右衛門様の言葉を裏書きするように、首をゆったりと上下させたからだ。

なるほど、山清様は小夜衣に会うことでずいぶん世馴れたということらしい。花魁は若いうちからさまざまなお方と接して、同年輩の男よりはずっとおとなでございます。まして利口な小夜衣から廓での心遣いをあれこれ伝授されるうちに、世渡りのこつをつかまれたのかもしれん。

思えばあの手ぬぐいの一件でも、絞り方が甘いといったとたんに皆の汗拭きをこしらえるはめになって、心ないことはうっかりいわぬものだという誡《いまし》めにもなっただろう。いや、それよりも小夜衣という極上々吉の女と枕を交わしたおかげで、男としての度胸がすわったにちがいなかった。

されどその親父様が、

「小夜衣さんとやら、倅はそなたに育ててもろうたも同然じゃ。わしからも厚く礼を申しあげる」

とまでいって頭を下げられたのは驚きで、さしもの小夜衣がいささか当惑の面もちでした。

「あの子もそろそろ所帯を持たねばならぬ年ごろじゃ。そこでひとつ、今宵は折入ってそなたにお願いしたきことがあって参った」

宗右衛門様が真顔でそういわれると、小夜衣はめずらしくちょっと動じた様子でわしのほうをちらっと見た。初会の座敷をにぎわす幇間や若い者や遣手や新造や幼い禿の端々に至るまで皆固唾を呑んで座敷はしんと静まり返っております。

こりゃひょっとしたら本当に身請け話が出るかもしれん。話の流れからして一同が色めき立つのは当然でした。わしもいよいよ小夜衣を手放すときが来たかと残念な気がしたが、それが山清様当人でなくまず親御の口から出てくるのはどうにもおかしい。

小夜衣はやや落ち着きを取りもどした様子で、にっこり微笑って鷹揚に申しました。

「その願いとやらをお聞きいたしんしょう」

相手は目の前の煙草盆からおもむろにキセルを取りあげ、一服吸ってゆっくり煙を吐きだすと、すぐに灰吹筒《はいふき》をコンと叩いて吸い殻を落としたのが、何やら勿体ないようでした。

「あれは、わしがうっかり下女に手をつけて生ませた子でしてなあ。ハハハ、酔いにまかせてつい、というやつじゃが、残念ながら男子はあれしかできなんだゆえに跡取りとせねばならん」

その冷ややかないい方にぞっとして、わしは先ほどのおかしな話しぶりを想いだした。小夜衣はすました顔で聞き流すふうだが、心なしか目つきは険しい。

「あれを跡取りとするからには、良き嫁も迎えねばならん。お願いというのは、そこのところじゃが……」

相手は面白がってわざと焦らすようにまたキセルを取りあげたが、小夜衣はさすがにもうその手は喰わぬといったふうで、露骨にそっぽを向いた。ハハハ、そこらあたりはまだ若い花魁だが、どうにも好きになれん相手なのは致し方がない。わしも顔を見て気に入らなんだばかりか、話を聞いてますます嫌気がさしております。

「実に良い縁談がござってのう。相手はうちよりも裕福な両替屋の惣領娘じゃが、なまじ屋敷勤めをしたために、いささか薹《とう》が立ってしもうた。その代わりには、持参金をたっぷりつけて嫁がせたいという、うちにとっては願ったり叶ったりの話じゃ」

わしは心底うんざりさせられた。この男は人前でわざと恥さらしな物言いをしたがる癖《へき》でもあるのかと疑うほどでした。

「ところがうちの倅はその縁談に見向きもせん。あれは産みの母親に似てぐずで、おまけに強情ときておる。一体だれのおかげで今の身分になれたかという恩をもわきまえず、わしがいくら勧めてもなかなか承知をせんので手を焼いておる。わが家は代々の当主が良縁を求めたからこそ、身代《しんだい》がこうして大きくなり、当主は汗水たらして働かずとも、のうのうと贅沢に暮らしてゆける。そこの道理がとんとわからぬ馬鹿息子は困ったもんでしてなあ」

なるほど代々続く名家とは左様なもんかと呆れながら、わしは小夜衣の顔を見ておった。その眸《め》に瞋恚《しんい》の焔《ほむら》とでもいったものが一瞬めらめらっと燃えあがったように見えたのは、果たしてこちらの気のせいだったのかどうか。うわべはあくまですました顔をしておりました。片や宗右衛門様もすました顔でこう仰言る。

「というわけで小夜衣さんにひとつお願いがござる。あれは、そなたの申すことなら聞き入れるかもしれん。縁談さえ承知をすれば、わしは向後《こうご》あれがここに通うことも止め立てはせん。したが強情を張って縁談を厭《いと》えば、ついには勘当をされて、ここに来ることが叶わぬようになるぞと脅してやってはくださらんか」

やっと用件を切りだされたところで、小夜衣はもはや顔色ひとつ変えなかった。一同がざわざわするのはわしと同様に呆れ果てたのだろうが、宗右衛門様はどこ吹く風で悠然と煙草を吹かしておられた。

こういう男にかかっては所詮、廓の者なぞ人間《ひと》のうちにも入らんのだろう。だから身内の恥ともいえる打ち明け話を平気でしたのだと思えば、わしも大いに悔しいが、小夜衣の無念さはいかばかりか。

あの胡蝶なら、それこそパッと立ちあがって座敷をあとにするだろうが、左様におとなげない真似をせんのが小夜衣という妓でした。しばし黙然として瞬きもせず、あの黒眸がちの眼をじっと動かさずにいて、口を開けば存外あっさりした返事が出ます。

「されば山清様が縁談をご得心なさるよう、わたしから申してみんしょう」

「おお、それは重畳《ちょうじょう》。ハハハ、わしもここへ来た甲斐があったというものじゃ」

宗右衛門様の冷ややかな笑い声に、座敷中がしんと沈み込んでしまったのを想いだします。

小夜衣はやはりあの妓らしく、賢い道を選んだというべきだが、こんどばかりはさすがに相手が悪すぎて、皆うんと嫌な気分でおりましたから、ここは損をする覚悟できっぱりと断ってほしかったところだ。張りと意気地が持ち前の吉原の花魁が、こんな野暮天の強突張り《ごうつくば》りにまんまとしてやられるたァ情けねえじゃねえか、という憤懣《ふんまん》が座敷中に燻ってておりました。

ところで七月を文月と呼ぶのは七夕に詩歌の短冊を供えるためとか申しますが、吉原《ここ》ではなにしろ七夕が過ぎても女郎は馴染みの客にせっせと手紙《ふみ》を書き送らねばならん。ことにお盆の十五、十六日は正月にも勝る大紋日で、この夜に客を迎えぬは女郎の身の恥となるゆえ、いずれも硯を磨るのに余念がないが、中には文を苦手とする妓もあって、よく代筆を頼んだりいたします。

小夜衣は時にその代筆まで引き受けたらしく、むろん自らの手紙は実にみごとな筆跡《て》で日に何通もしたためるという話を番新の千代菊によく聞かされておりました。

左様に書はもう十分すぎるほど堪能なくせに、まだわしと一緒に佐藤千蔭先生について松花堂流を稽古しておったのは、もちろん好きな習い事が日々の憂き勤めの気晴らしにもなったのだろうが、振新のころに先生から書の才を愛でられたのが強く心に残ったんでしょうなあ。何事もあまり顔色に出さないあの妓が、千蔭先生をお迎えすると、われしらず唇がほころんで、心底うれしそうな表情《かお》になりました。

だいぶと惚れてる気味があったのはたしかですが、まさか客人にも情夫《まぶ》にもできない相手だし、会うときも必ずわしやまわりの者の目がありますから、いつもそっけないそぶりで実に淡々と話しております。それが逆に怪しまれるくらい、会う寸前の小夜衣は妙に落ち着きがなく、お別れしたあとはあからさまに気落ちした顔になりました。

　会えるのもたかだか月に一度か二度で、常にわしがそばにいて、お互い肌がちっとでも触れ合うのは、先生が小夜衣の筆を持って直すときくらいですから別になんということもございません。したが、だからといって情の色が薄いとも決めつけられんのが男女の綾なす織物のふしぎなところで、ことに花魁は身を売って色を販《ひさ》ぐ者なれば、肉の交わりがないからこそ、かえってそうした男女の仲が貴く見え、相手を思う情が深まるようなところもありそうでした。

　おお、ちと話がそれましたが、その日の小夜衣は山清様に延々と長い文をしたためておったらしい。

　さあ、なんと書いたかまでは存じません。封じ目に「通ふ神」と記した書状の中身はだれの目にも触れず文使いの手で先方に運ばれます。十五夜の紋日にここへ訪れた山清様のほかに読んだ者はおりますまい。

　山清様がお盆の十五夜、十六日と居続けなされたのは実にめずらしいことで、なにしろ揚げ代に祝儀が高くついて、大散財となりました。妓楼《みせ》の若い者らは懐がずいぶんと潤いまして、やはりなんだかんだいっても、小夜衣が山清様をつなぎ止めてくれて、よしとしなければなりません。

小夜衣は皆の前では縁談の話をひと言も口にしなかったらしく、たぶんその旨を手紙にしたためて、山清様はそれを承知の上でこちらにお越しになったのだろう。両人ともに意地を立て通して花を取るよりも、おとなの分別を働かして実を取ったかに思われれました。

妓楼で居続けをすれば、禿に給仕をさせて花魁のそばで昼食《ちゅうじき》を取り、蝶足の膳に載るおかずは昨夜《ゆうべ》の食べ残しでも格別の醍醐味で、箸紙にわが名が書いてあるのを見て客人は大いに満足なされまする。いわば互いの所帯を持った真似事で、添い遂げられぬ縁《えにし》の不幸をまぎらすも同然ながら、ふたりは目に見えて屈託した面もちでもなく、ふだん通りのさらりとしたやりとりだったとか。

だが膳を片づけるとすぐに山清様から爪切り鋏《ばさみ》を持ってくるよういいつけられた振新の若柳は、「てっきりご自分の爪を切られると思いんしに、そうではのうて、ちと驚きんした」と申しております。

山清様は小夜衣に何やらそっと耳打ちをした。すると小夜衣は緋色の襦袢の裾をめくって真っ白な脛《はぎ》をあらわにする。やおら片足をまっすぐ伸ばすと大胆にも山清様の膝の上に踵《かかと》を置いた。その様子を見せられて若柳はびっくりしたらしい。わしも聞くだに艶めかしい絵図がまぶたに浮かんだ。いかに部屋の中でも、真っ昼間から左様に淫らな振る舞いをするような妓とは思えなかったが、そこで前に千代菊が「ほかの客人にはけっして左様な真似はなさりんせんに」といったのを想いだしました。

俗に美人は足の裏まで美しいというが、小夜衣の足は胡粉を塗った人形のようにきれいで、掌にすっぽり納まるくらい小さくて、山清様は五本の指を一本ずつ大切《だいじ》そうに握って鋏を使いだしたといいます。女が男に平然と足の爪を切らせる姿に若柳はただ呆然としておりました。小夜衣はごく当然といった顔で膝の上に足を伸ばし、ときどきくすぐったそうに笑ったり、「深爪を取りなんすと許しんせんぞえ」なぞと文句をいったりしたそうです。

これは遠慮のない間柄というよりも、お互いが取り替えのきかぬ男女の仲とみて、ふたりはもう切っても切れぬ腐れ縁にちがいないと、わしはにらんでおりました。

ところがその日以来、山清様はばったりご登楼をされなくなった。三日にあげずとはいわないまでも十日に一度はお越しになった方が、七月も末になってまだお顔を見せられないのは、たぶん例の縁談が本決まりでお忙しいのだろう。ひとまずそっちが片づいたら、またさかんにここへお通いになるにちがいないとして、別にそう案じることもなかった。

八月になってすぐに山城屋さんがご登楼になるという報せが入ったときは、ああ、これで万事落着したかと存じて、わしは玄関でお出迎えをした。暖簾を潜られた姿を見てアッと驚いたのは、それが山清様ではなく親父の宗右衛門様だったからだ。意外な事の成り行きに少々うろたえながらも放っておくわけにはいかず、またぞろ小夜衣の部屋に顔出しをします。

この夜はにぎやかしの芸者衆がいないし、若い者も喜八ばかりで、あとは遣手と番新の千代菊、振新と禿だけという淋しいお座敷でした。いずれも意外な珍客にどう話しかけたらよいやらで、目引き袖引きしております。

宗右衛門様は何やらこわばった面もちで、部屋を隅々までじろじろと見ておられる。小夜衣ひとり何喰わぬ顔《てい》つきで、黙って吸い付け煙草を差しだすと、相手は心ここにあらずといった態でキセルを受け取りながらも、軽くひと口吸って少し落ち着いた顔をなされた。

この男《ひと》が今宵またここにあらわれたのは一体全体どういうつもりか。小夜衣のおかげで縁談が無事にまとまった礼をいいに来たのだろうか。それにしてはどうも様子がおかしいが、相変わらず端正に整った容貌《かお》は肚のうちをなかなか読ませてくれない。小夜衣のほうも至ってすました顔で、ハハハ、思えばこれはどちらもいい勝負でした。

先に口火を切ったのは宗右衛門様で、

「今宵はそなたにたずねたきことがあって参った」

そっけなくいってまた一服吸い、手ばしかく灰吹筒を打ちつけてキセルを置くと、小夜衣の顔をまともに見すえられた。小夜衣は婉然と微笑んで静かにいいます。

「あい、なんでござんしょう」

「うちの倅がここに来てはおらぬか」

とても戯《ざ》れ言《ごと》とは思えぬ切迫した口調に、こっちのほうがうろたえてしまった。

「いえ、あの、うちには先月の半ばからご登楼がございませんで……」

つい差し出口をしたら、相手はこちらをじろっと見た。

「隠し立てすると、ためにならんぞ」

頭ごなしにずいぶんないい方をするが、それだけ相手に余裕がない証拠で、わしはかえって気分が落ち着きました。

「ご登楼なきお方を隠し立てても何もあったもんじゃござんせん。いかがなさいました？」

ずっけり逆《さか》ねじを喰らわすと、相手もさすがに取り乱すのはまずいとみたか、煙草盆に置いた先ほどのキセルにふたたび手を伸ばそうとする。それを素早く若柳が横から奪い取って葉を詰め直し、先に小夜衣へ手渡して二度目の吸い付け煙草をした。

「ハハハ、どうやらわしの早合点だったようじゃのう」

わざとらしい笑い声を響かせて、宗右衛門様はキセルを口にふくんだ。こちらはとんだ濡れ衣を着せられかかって、何が起きたのかわからぬのも癪だから、

「どうぞ仔細をお聞かせ願いとう存じます」

と強く押したもんだ。

「一昨日家を出たきり行方が知れん。ほうぼうに問い合わせても、一向に埒があか

ん」

若干弱気な声が洩れたとたんに、小夜衣がくすっとして、たちまち宗右衛門様の顔色が変わった。

「やはりそなたは何か存じておろう。倅をどこへやった」

小夜衣はなおもくすくす笑いながら、こんどはあべこべに相手を焦らしておるようだが、わしはまさか知るわけがあるまいと思い、宗右衛門様の決めてかかった口ぶりがふしぎでならなかった。

「うちの倅はどこへ行った？　頼む、教えてくれ」

「ホホホ、わたしは何も知りいせん」

小夜衣がいくら笑いとばしても、相手はあくまで真剣な顔つきだ。

「倅に何をいったのじゃ。思えば、あれ以来どうも様子がおかしかった」

そう聞いて、わしはようやく相手の気持ちが読めたところで、ふたたび口をはさんだ。

「仔細をお聞かせ願います。もしかしたらお力になれるやもしれませぬ」

と言葉尻を強めていえば、相手はすがるような目でこちらを見て、事を案外すらすらと打ち明けました。

　先月ここで居続けをして帰宅した後、山清様は実にあっさりと縁談を承諾した。あれだけ嫌っていたわりには存外まるで屈託のない調子だったから、今となってはそれがひっかかるが、当初は小夜衣の説得がやはり功を奏したかにみえた。

　縁談は速やかに整って、嫁入りの日取りも決まると、山清様は家をあけてもかならずその日のうちにもどってきた。それがなぜか一昨日から家を出たきりで、立ち寄りそうなところを片っ端からたずねても見つからない。これはてっきりここへ来ておるにちがいないとみて、親父様は自ら乗り込んできたのだという。

「祝言が明後日に迫っておる。ここはなんとしても倅を連れ帰らねばならん」

　相手は弱りきった声で、端正な顔もいっきに老け込んで見えます。小夜衣のくすくす笑いが勝ち誇ったように聞こえました。

「山清様に何か申しあげたのかい？　もし手がかりになりそうなことがあれば、話しておくれでないか」

　わしは下手に出てたずねはするも、小夜衣が相手をここに匿《かくま》えるわけはないし、所詮は何もかも思い過ごしだという気がしておりました。が、如何せん、宗右衛門様は引き下がろうとしないばかりか、ますます向きになられます。

「倅は初手からわしにいっぱい喰わせる魂胆だったにちがいない。きっとそなたが焚きつけたのじゃろう。さあ、何をどう話したのか聞かせてくれ。一体あれは今どこに居《お》るのじゃ」

「はて、わたしが何を申したと仰言《おっせ》えす。縁談の話もしんせんに、ここでだれかそれを聞きんしたかえ？」

小夜衣は開き直ったように一同を見渡します。振新や禿は一斉に首を横に振り、番新の千代菊が膝をぐっと前に進めた。

「はい、わたくしはずっとそばにおりんしたれど、花魁は縁談の話を一度もなさりいせん。神仏に固く誓って申しんす」

「へえ、わっちも耳にしちゃァおりません。そりゃ閨のうちでも話はしようと思えばできますが、恋路の邪魔となりそうな話を閨でするような野暮はゆめゆめなさるまいかと存じやす」

と喜八も声をそろえて小夜衣の肩をもった。

廓の者は皆客人に対しては花魁の家来として振る舞います。以前は馴染みの客の親父様だと思えばこそ、嫌みなやつでも主人ともども我慢をしたが、今や主人が難癖をつけられて争う構えのようだから、ここぞとばかりに加勢をする。さあ、こうなると宗右衛門様もたじたじながら、

「なら、倅がそなたに会うてからすぐに縁談を承知したのはなぜじゃ。倅に得心させると請け合うたのは、そなたではないか」

と切り返すのは忘れなかった。

小夜衣は鷹揚な笑みを湛えた顔だが、両の眼が底なしの井戸を覗いたようにくろぐろと光って見えるのはちょぃと恐ろしぃようでもあった。

「わたしの口からは何も申しんせん。山清様が爪の垢をほしぃと仰言えした」

ちと舌足らずの甘ったるい声で聞けば、とんちんかんな答えのようだが、利口な妓が話すことだから裏に何やら含みがありそうだ。

「ああ、それで……」

と口をすべらしたのは若柳で、わしに問い詰められて例の爪切りの件を語ったというわけです。ただそのことと縁談の話がどこでどうつながるのかはまださっぱりとわからなかった。

「そうだ。手紙だ。いま想いだせば、倅はいつぞや縁側で長たらしい書状を熱心に読み耽けり、こちらが通りかかるのも気づかぬくらいじゃった。あれはそなたが書いた文《ふみ》にまちがいあるまい」

その話はわしもなるほどと存じました。面と向かって話しにくいことでも手紙にならはっきりと書けるから、花魁は金の無心をするにもよく手紙を使うくらいだ。とりわけ文の得意な小夜衣が果たして手紙になんと書いたのか、これは宗右衛門様ならずとも知りたいところで、座敷の一同がじいっと目を注ぎます。

「手紙にはたしかに縁談を承知なさるように書きんした」

小夜衣がゆったりと微笑みながらそういうのを聞いて、一同はざわざわする。

「さすれば今まで通り、栄耀《えよう》な暮らしは思いのまま。なれど、それではわたしらが身の上とさして変わるところはござんすまい」

これには皆アッという顔で、しんと鳴りをひそめてしまった。声は相変わらず甘ったるい響きだが、文句は実に辛口でして、大名の奥方や姫君にも負けぬ贅沢な暮らしをする呼出し昼三ならではの言い条に、わしも内心ひやっとさせられた。幼いうちから大切に育ててやったつもりでも、籠の鳥がおのずと空の雲を慕うように、小夜衣が不自由な身の上を嘆くのは無理もない。しかしながら山清様の身の上をそれとなぞらえたのはいささか驚きました。

「わたしらは両の足があっても、ここを離れて出歩くことはままなりいせん。されど、もし叶うことならば、たとえ如何にくたびれようとも、広き天地をわが足で存分に歩きたし、と書きんした」

相手をしっかりと見すえて、あの妓は話を続けます。

「されば、山清様はわたしの爪の垢を煎じて呑みたいものじゃと仰言えした」

ここで宗右衛門様はぐっと大きく息を呑み込んだ。とたんにけらけらと女たちの笑い声がはじけ、これにて勝負あったとみえたところで、喜八は「ざまあみろ」というふうに、あごをしゃくります。

昔から廓には女郎が客の求めに応じて髪を切ったり、爪をはがしたり、さらには指まで切って渡すという心中立てがある。山清様はおそらく小夜衣と会うのもこれが最後と覚悟して、足の爪を持ち帰りたいと仰言ったんでしょう。手ずから爪を切らせたところに、小夜衣の心入れが窺えます。想えばふたりは切ない別れをしたもんだ……。

縁談を承知させれば、ふたりはずっと会い続けておれたのに、小夜衣はなんだって山清様が家を飛びだしてしまうような手紙を書いたんでしょうか。先だって宗右衛門様の話を聞く小夜衣の眸に瞋恚の焔がめらめらと燃えさかって見えたのは、まんざらの気のせいではなかったのかもしれん。人を人とも思わぬ傲慢さで廓の者を見下す相手に対して、あの妓は肚の底から憤りを覚え、ひと泡吹かせてやろうとしたんじゃねえか。

それにまた、いくらのうのうと贅沢な暮らしができるとしても、恩着せがましい言い方をされて、親の思惑どおりに動かされるような男なら、きっとあの妓のほうから愛想を尽かしたでしょうなあ。

なんとかあのろくでもない親父さんと引き離して、山清様が立派に独り立ちできるような男に育ててやる肚だったのかもしれません。そのことで自らとの縁がふっつり切れてもよしとしたのは、かえって思いが深かった証拠だと、わしはみております。

かくして山清様は覚悟を決めて家を飛びだしてしまわれた。飛びだしたまではいいが、さて、あとは野となれ山となれという暮らしは、なまじ好い日々を送ったあとだけに、さぞかしきつかろうと存じました。果たしてどこでどういう暮らしを立てるのか見当もつかず、ただ目に浮かんだのはあのお方が男にしては華奢な指でせっせと手ぬぐいを絞って女たちの汗拭きを拵えていた姿でした。

子が勝手に家を飛びだせば、親はお上に久離《きゅうり》願いを差しだして、人別帳からも削られてしまう。そうなるともうこんりんざいまともな勤めは叶わず、むろん親戚一門を頼るわけにもいかん。広い天地を存分に歩きまわれるどころか、一生日陰の身で、物乞い同然に喰うや喰わずの暮らしを送るほかありません。当初は勢いで飛びだせたとしても、悲惨な末路は目に見えておりますから、大概の者はすぐに家へ舞い戻って親に詫びを入れるのが相場だ。

親に楯を突いたところでどうにもならんのが今の世の仕組みというもので、そこを重々承知の上の家出なのかどうかが、わしにはわからなかった。なにしろ若い男女は向こう見ずだから、小夜衣がさして考えもなく焚きつけるだけ焚きつけて、それにまんまと乗せられた山清様が結句ばかをみるはめになったのだろう。家に舞い戻れば親父様にさんざん小言や嫌みをいわれ、前よりもっと無念な目に遭われるのが気の毒だった。

さりながら祝言の日が過ぎればすぐにも家に帰ってこられるかと思いきや、山清様はひと月たってもお戻りがなく、その後もうちに何度か問い合わせがありました。江戸の町は広しといえど、知り合いの目にまるで触れずに世渡りするのはまず無理だから、だれかが匿っているとみてうちに疑いがかかったんでしょう。が、いくら小夜衣がお職の花魁でも、馴染みの客人をうちで匿うほどの力があるわけではございません。自らも籠の鳥で、どこで何をするにも絶えず他人《ひと》の目が光っておりまして、めったなことはできっこない。ただひとつ、花魁に勝手が許されるのは手紙を書くよりほかになく、小夜衣はその唯一の手だてで山清様に家出をそそのかしたわけでした。

半年ほどたって、山清様はどうやら旅の途中で行き倒れになられたらしいという気の毒な話を風の便りに聞きました。往来手形を菩提寺で受け取られたことで上方に旅立たれたのはすぐにわかったらしいが、山城屋はもともと上方の出だけに向こうの縁者も多く、ほうぼうに問い合わせてみても一向に行方が知れん。そこでこれはてっきり野垂れ死にしたかと思われた。まあ、それもよくある話で、つまりは廓の悪縁により、山清様は小夜衣によって命を絶たれたにひとしかった。

事の起こりを仕組んだ当人に後悔させるつもりで、わしは心を鬼にしてその話をしたところ、小夜衣は涙をこぼすどころか、くすくす笑いだしたので、こっちはあっけにとられます。

「山清様は今もご無事で、よく手紙をよこしなんす」

と聞かされては驚くほかありません。

以前、灘の銘酒剣菱の若旦那がご出府の折にうちへご登楼になり、小夜衣にぞっこん惚れ込んで上方に連れ帰ろうとまでなさった話をお聞かせした覚えがあるが、以来、あのお方と手紙のやりとりは長く続いて、何やかやと贈り物も頂戴しておったようでございます。小夜衣はその剣菱の若旦那に手紙を書いて、向こうで山清様の身が立つよう計らってくれと頼んだらしい。かくして山清様は名だたる剣菱を後ろ盾に、上方で立派に独り立ちの商人となられたのでございます。

つまりは花魁が世間とつながる唯一の手だてともいうべき手紙を、小夜衣は巧みに使いこなしたわけでした。しかも書いた相手がひとりではなかったところが、ハハハ、いかにも花魁らしい話と申せましょうか。

葉月は実のある俄《にわか》芝居

秋の初めは妙に淋しいもんで、草木が急に色褪せて、長雨がしとしと降り続き、ついついふさいだ気分になります。これが中秋の八月ともなれば、すっきりと晴れ渡った青空の下、日本堤から黄金色に色づいた田圃を見て、心がずんと浮き立ちましょう。

米はいわば「田の実」だから、それを「頼み」にひっかけて、八朔《はっさく》に進物《しんもつ》をする習わしは大昔からあったようですが、東照権現様の家康公が江戸に初めて入城なさったのもこの八月朔日《ついたち》だというので、お武家様のあいだでは大切《だいじ》な式日とされて、お大名方はみな白の帷子《かたびら》でご登城をなされまする。

それに倣ってここ吉原でも、八朔は花魁がみな白無垢を着ております。ただし今はこういうご時世で、吉原の遊女ごときがお大名方を真似るなぞとはもってのほかとお咎めをこうむるやも知れんから、ちゃんと別のいい立てを用意しておりますよ。

元禄の代に全盛を誇った巴屋の高橋太夫が瘧《おこり》の病を患《わずら》って臥《ふ》せる折しも、深い馴染みの客人が茶屋にあらわれたと聞いて、寝間着姿で飛びだしたのが八朔に白無垢を着た始まりで、さほどに昔の女郎は情が深かったとかなんとか。ハハハ、まあ、謂われなんざどうであれ、白無垢の胸元に緋縮緬の襦袢がちらつくのはなんとも乙な風情でして。

ああ、そういえば、あの胡蝶は上背《うわぜい》があって、八朔の白無垢がよく身に映りました。白の内着《うちぎ》を朱珍《しゅちん》の前帯できりりと締めた姿が今も目に鮮やかですよ。

胡蝶といえばまたつい九郎助稲荷を想いだしてしまうが、八月は九郎助のほうと秋葉権現のご祭礼が重なって、この廓《さと》は一段とにぎわいます。

ありゃちょうど胡蝶と小夜衣が全盛の時分だったが、仲之町の引手茶屋、桐屋《きりや》の亭主《ごて》さんがたいそう芝居好きで、舞鶴屋と角町《うち》の中万字楼《なかまんじろう》とも相談の上、祭礼の山車《し》を芝居仕立てで繰りだす話がまとまった。死んだ仲蔵や今はもう隠居した團十郎《なりただや》がまだ若手の人気役者だった当時で、二丁町の芝居も全盛のころでした。

わしは仲蔵《さかえや》が大のひいきだったから、「忠臣蔵」の定九郎《さだくろう》に扮して山車に乗った。

ハハハ、黒羽二重の着流しで朱鞘《しゅざや》の刀を落とし差し、破れ傘を開いて足を束《そく》に立った見得《みえ》のままでじっと辛抱しながらゴロゴロ曳《ひ》かれておりましたっけ。定九郎に殺される与市兵衛《よいちべえ》の役は桔梗屋の先代が引き受けてくれたが、いくらなんでもイノシシの役はだれにも頼めず、幇間に祝儀をはずんで演《や》らせました。

思えばあれ以来、芝居仕立ての山車を繰りだすのがここの名物となり、吉原俄《にわか》と称して、幇間や女芸者の連中がさまざまな扮装《こしらえ》をして山車を引きまわし、そこらじゅうを練り歩いてたんまり祝儀を稼ぎ、これまた田圃にまさる黄金の実りだとか。うちの倅なんぞは酔狂なくらいの芝居好きだから、今でも嬉々として山車に乗っておりますがね。それも顔を真っ白に塗りたくって口に紅までさして、ぞろりとした振袖を着て乗るんだから、ハハハ、親はなるべく見ないようにしておりますよ。

そうそう芝居といえば、小夜衣は禿の時分から芝居が上手で、わしがいっぱい喰わされた話は前にしたが、花魁女郎だれしも客人の前で芝居をしない妓はおりません。根が正直な胡蝶といえど存外よく芝居をした。というよりも、あの妓は根が正直なゆえに、芝居をしなくちゃならなかったんでしょう。

呼出し昼三は文字通り茶屋に呼びだされて客人とお会いする。桔梗屋の亭主がよくこぼしておりました。胡蝶の胸のうちは、引付の杯事ではっきりと知れる。ああ、こりゃもう脈がないと見たら、客人にはそれとなく知らせて、裏を返したところで手を引かせるんだが、中にはそれをちっとも気づかないお方があるんで厄介だとね。

まあ、さほどに勘の鈍い人だからこそふられるはめにもなるんでしょうが、あいだを取り持つ茶屋にしてみれば、どうしても三会目をと望まれたら、花魁になんとか会うだけでも会ってほしいと頼まざるを得ませんで、若い者を使いに立てたり、亭主自らこっちへ足を運んで説き伏せるはめになる。

胡蝶はしぶしぶ承知をして、いざ三会目の座敷では、ハハハ、素人でもすぐに見抜けるへたくそな芝居を堂々と打《あ》つから畏れ入ると、桔梗屋は笑って申しました。

「あれあれ、どうやら心持ちが悪しい。胸苦しうてなりいせん」

なぞといいながら、胡蝶は座敷にいる若い者を眺めまわして一番気がきく喜八に目をつけます。喜八はすかさず心配そうな表情《かお》を作って、

「おや、花魁、どうしなすった？　お顔の色が大分《だいぶ》と悪うござんすが」

胡蝶はこれでしてやったりと鳩尾《みぞおち》のあたりに手を置いて、「アイタ、タ、タ……」

と大げさな声を張りあげる。

「ああ、こりゃいけねえ。どうやら持病の癪《しゃく》が出なすったようだ」

と喜八はすぐさまうしろにまわってそろそろと背中を撫でさすり、胡蝶がウーンと唸りながら大きく身をのけぞらせると、

「おっと、花魁、反《の》っちゃいけねえ、反っちゃいけねえ、どうぞ気をたしかにお持ちなせえ」

ハハハ、こりゃまるで「忠臣蔵」のお軽《かる》、平右衛門《へいえもん》といったお芝居ですよ。

例の佐保彦様こと平沢様とのご縁からしてもそうだが、胡蝶はわりあいお武家様と相性がよく、町人でも日ごろからお武家と渡り合う札差《ふださし》の旦那衆にひいきをされた。当人もまたお店向きのやさしい方より、凜として雄々しい殿方を好むようで、女子にしてはさっぱりとした気性だから、しつっこい相手は苦手だったのかもしれん。

ところが男女の仲は同類相求むると決まったものでもなく、そこから何かと不都合が生じやすい。当時、これも桔梗屋を通して登楼された相模《さがみ》屋藤五郎《とうごろう》様という客人に、胡蝶はほとほと参っておりました。

藤五様は年のころ四十半ばの男盛りで恰幅のいいお方だが、こう申すのは憚りな

がら、見た目はあきらかに醜男《ぶおとこ》といえる人相でした。男は年を取れば人柄や羽振りのよさがおのずと顔へ滲みだすとは申せ、地顔の悪さは隠しようがない。腫れぼったいまぶたに、でんとあぐらをかいた鼻、への字に結ばれた唇では、若い女子に好かれぬのも無理からぬとはいえ、胡蝶は前に話した丹喜《たんき》様の例でも知れる通り、かならずしも美男好みではなかったから、藤五様をあれほど毛嫌いしたのはちとふしぎなくらいでした。

吸い付け煙草で藤五様の手に渡したキセルは掌の脂がついてベタベタするから気色が悪いとか、おまけに爪が真っ黒だとかいった陰口をよく叩いておったそうで。そういうことなら若い女には嫌われても当然とお思いかもしれんが、藤五様の爪が黒いことにはそれなりの理由《わけ》があったんですよ。

相模屋は神田佐久間町にある大きな炭問屋で、藤五様は先代に見込まれて奉公人から婿養子になられた口だから、主人に納まっても炭をいちいち手に取って品定めをなされておったらしい。いわば見あげた心がけの持ち主で、爪に入った炭の粉が垢に見えたのはちと気の毒でした。

もっとお気の毒なのはお内儀を早くに亡くされたことで。おまけにお内儀とのあいだにできたひとり娘にまで早死にをされながら、ご養子の身では後添《のちぞ》いをもらうのにも遠慮があったのか、先代のご親族から跡継ぎを迎えられて、ご自身はずっと独り身を通しておられると伺いました。

婿養子の身では廓遊びも無縁で来られた方にちがいなく、炭問屋仲間のお誘いでうちに初めてお越しになった夜は、田舎の衆のように何もかも物めずらしげに眺められて、お仲間にさんざんからかわれておいででした。

お仲間には定まった敵娼があったが、お堅い藤五様はたぶん廓見物だけで済むものと思われたんでしょうなあ、それならいっそ飛びきりの花魁をひと目拝ませてやりたいというつもりだったのか、お仲間が胡蝶をお名指しになったんですよ。まさか藤五様がおひとりで裏を返しにあらわれるとは、きっと名指しをしたお仲間も驚かれたはずで、桔梗屋もわしらも実に意外でした。とはいえ素性の堅い客人を、われらがお断りするわけもございません。

ただ当の胡蝶は二会目であからさまにふる構えを見せておりましたんで、同座した桔梗屋の亭主は藤五様にそれとなく脈がないのを訴えて、次は妓楼《かし》を変えようと勧めたが、藤五様は一向に耳を貸されなかったらしい。

案のじょう三会目で胡蝶は例のアイタ、タ、タを始めてしまった。喜八は初手《はな》からそうと見抜いたが、まさかあんなにはやばやとやりだすとは思わなかったと、あとで笑いながらわしにこぼしたもんです。

「向こうは筋書きがさっぱりわからずじまいだから、こっちゃお気の毒やら、おかしいやらで、参《めえ》りやした」

と喜八がいうのは、藤五様が本気で心配をして、早く医者を呼べだの、薬を持って来いだのと大騒ぎをなされたことでして。噴きだすのをこらえる胡蝶の顔は真っ赤になって、ハハハ、余計に苦しそうに見えたとか。

桔梗屋がさんざん止めたのにもかかわらず、藤五様は一向に懲りなくてまた四度目の登楼という運びになり、まあ、このときの胡蝶のあしらいは喜八でさえ肩を持ちかねると申しました。座敷では露骨にそっぽを向いて、何をいわれてもろくに返事をしなかったとか。

「どうぞしましたか？　その顔は、またどこか具合が悪そうじゃなあ」

とやさしくいわれて、

「あい、けさは気持ちよく起きられて、昼は食も進みんしたに、夕べになってぬしの顔を見たら、急に胸が悪うなりんした」

そう突《つ》っ慳貪《けんどん》にいい返されたら、その場で席を蹴立《けた》てるのがふつうだが、藤五様は「そりゃいかん。ならば今宵は早うお寝みなされ」と枕祝儀だけ置いてそのままお引き揚げになり、翌日またすぐにお越しになるという念の入りようで。ハハハ、こうなると胡蝶はもう手の打ちようがない。

たとえそばへ寄るのも嫌な相手でさえ、大金を払った客人なら枕を並べなくては済まされないのが女郎の辛さ哀しさで、ゆえに廓を苦界と申す道理。されど河岸《かし》の小見世で安女郎を買うのとはちがって、うちあたりの大籬で、しかも呼出し昼三の客人ともなれば、手荒い真似をして無理強いをするようなお方はまず滅多とない。花魁が頑《かたく》なに拒めば、ただ枕を並べてお互い背中合わせで寝るだけに終わります。そこまで袖にされた客人はむろん二度と姿をあらわさないもんだが、藤五様はちがいました。

「襖越しにも何かと様子は知れんして、まさか居続けをなさろうとは想いも寄らず、ほんにお気の毒で、あたしらもどうお相手してよいやら困りんした」

と番新の千代菊も嘆いております。

翌《あく》る朝の胡蝶は見るからに仏頂面で部屋を出て行ったきりなのに、藤五様は禿や振新を相手に、昨晩《ゆんべ》の膳の食べ残しに卵を落として煮た昼飯を実に旨そうに召しあがったといいます。思えばお独り身だと家で飯を喰うのもお淋しくて、ここへ足繁くお通いになるのかと怪しまれるくらいでしたよ。

さあ、それがなんとも奇特な客人だとうち中で評判となり、若い者は廊下や階段で藤五様とすれちがえば皆目引き袖引きで、さほどの醜男にも見えない、なぞと噂をいたします。片や若い振新や禿どもは鼻毛の伸びたのが嫌だとか、顔が脂ぎってそばに寄ると臭うようだとか好き勝手を申しておりました。

花魁は暇なときに朋輩の部屋へ遊びに行って、そこにいる馴染み客とも平気で親しくなるのが吉原の習いだが、胡蝶の部屋には噂の藤五様見たさの連中が入れ替わり立ち替わり押しかけて参ります。中には前にも話に出た松風という、ちょいとあごがしゃくれて意地悪そうな顔をした年季《ねん》明け間近い古参の女郎もいて、これが意外に藤五様を気に入ったのか、ひょっとしたら自分を身請けしてくれそうな相手だと目をつけたのかは知らず、

「ありゃきっとよほどの苦労人でおざんしょう。わちきらにも丁寧な口をきいて、

何かとお気遣いをなさんす。嫌みなところがちっともない上々吉のお客人と見んしたゆえに、胡蝶さんが袖にするなら、代わりにわちきがもらい受けとう存じんす」

と自分のほうからわしに申し出たくらいでした。フフフ、もちろんそれはご当人のご意向をまったくないがしろにした話ですがね。

藤五様は日ごろの取り巻き連やほかの花魁の前で、呆れ返るほど手放しに胡蝶を賞めちぎったといいます。吉祥天や弁財天も斯《か》くやの美貌で、肌の白さはまぶしいくらい、柳の髪は得もいわれぬ馥郁《ふくいく》とした香りがして、自分はそばに寄るだけでうっとりする、なぞと好きでもない男にいわれたら、いやはや、女はかえって薄気味悪くなるのかもしれませんなあ。

藤五様は若い者や遣手にも毎度きっちり祝儀を出され、若い振新や禿には菓子を振る舞うなどしてご機嫌を取られるし、ほかの花魁たちにも親切な口をきかれたから、舞鶴屋での受けは頗《すこぶ》るよかった。こうした実《じつ》のある客人をみすみす逃す手はないとして、番新の千代菊や胡蝶と親しい花魁はさまざまに意見をしたが、周囲がうるさくいえばいうほど胡蝶は意地になったようにかえって藤五様に辛く当たった。機嫌の悪さを躰の具合のせいだと心配したら、

「ぬしが何か仰言えすと、あたしゃますます頭《つむり》が痛うなりんす。どうか放っておいてくんなまし」

なぞといわれた日には、ご当人ばかりかまわりまでしゅんとしてしまい、座敷は滅入るいっぽうだと喜八はこぼしながらも、

「あれだけ袖にされて、へへ、来るほうも来るほうですがね」

と嗤っておりました。正直まあ、どっちもどっちだと見てたんでしょう。

折しも爽やかな秋晴れが続く葉月の初めで、当時わしは俄芝居の山車にかかりきりだった。二丁町の劇場《こや》から本式の道具や衣裳を借りてきておりますし、桐屋の亭主がよくうちに来て役者の声色《こわいろ》を披露したりもしましたから、もしかしたらそれが耳に入ってあんなことが起きたのかもしれません。

ある晩、藤五様を迎えた座敷の障子が突如ぱっと開いて、いきなりずかずかと入って来た者がある。見れば上背のある着流しの若侍で、胡蝶はアッと驚いて立ちあがりかけたところを刀の鞘で止められてガタガタふるえております。

「あなた様は一体どなたで？」

藤五様は存外落ち着いた声だった。

「そのほうこそ何者だっ」

若侍は馬鹿でかい声で噛みついてくる。

「身どもはかねてよりこの胡蝶といい交わしおいたに、今宵ここに参れば妓楼《みせ》の者が会わせられぬと申しおる。さてはそのほうが邪魔立てをいたすのじゃな」

「いや、私は何も存じませんで……ただ、いきなり他人《ひと》の座敷に踏み込んで声を荒らげるとは、いかにお武家様とて無粋千万のなされようではございませんか」

堂々といい返されて、相手は少々ひるんだ顔を見せつつも、

「黙れ、黙れ、黙れえっ」

とますます猛りくるって吠えたてます。

「身どもと胡蝶の仲に割って入る者は何人《なんぴと》たりとも許すわけには参らん。そのほうは今すぐに縁を切れ。さもなくば、ここで刀の錆《さび》にしてくれん」

刀の鯉口《こいぐち》をがちゃつかせる若侍を見ても、藤五様はちっとも動じぬどころか不敵に笑っておられました。

「おとなしう斬られて差しあげますから、どうぞ、その刀で斬れるものならお斬りあそばしませ。ハハハ、いくら私が廓馴《さとな》れぬ野暮天だといっても、妓楼の二階には

断じて刀をあげぬという廓の作法くらいは存じておりますよ。さしずめそれは竹光《たけみつ》でござんしょう」

みごとに看破された若侍はたじたじで、その場にいた者は皆ほうっと感心したようなため息を洩らします。胡蝶もいささか感じ入ったような目つきで藤五様の姿を見ておりましたが、

「花魁、こりゃどうやらお前さんが仕組んだ俄芝居だね」

と図星を指されて、たちまち顔がぽおっと赤らんだ。

「そちらのお方はいかにも芝居がかった物言いだし、仕事柄ほうぼうのお屋敷に出入りするわしの目から見れば、刀の差しようからしてお武家様ではない。当節の吉原は俄芝居が流行ると聞くが、芝居をするならするで、もっと念入りになさるがよろしかろう」

ぴしゃりと決めつけられて、若侍の恰好をした男はこそこそと逃げだしてしまった。その男が界隈をうろつく地廻りで、きっと若い者らもぐるになってしたことに相違ございません。

「わしと縁が切りたくて仕組んだ芝居なら、正直にそう申すがよい。心配はいらん。

わしは今宵をかぎりに、もうここへは参らぬと約束しよう」

　藤五様はきっぱりといい切られた。思いがけない事の運びで、胡蝶は返事もできずにじっとうつむいております。一座の取り巻きもざわつくばかりで、だれひとり助け船が出せなかった。それは無理もない。相手は胡蝶にのぼせあがった鈍いお客で、ただ貢ぐだけ貢いで、女をものにできない間抜けなお人好しだと甘くみてたら、実は何もかも承知之助の様子だから恐れ入るしかありません。

「へえ、旦那。花魁もけっして悪気でしたこっちゃございません。今のはお笑いぐさの茶番でして、どうぞご機嫌をお直しくださいまし」

　喜八がようやく身を乗りだして口添えをしたところ、藤五様はかえってむっとした顔になる。

「悪気でなければ、なんだというのだ」

　と切り返されて、喜八はそろりと首を撫でました。気まずくしんと静まり返った座敷には、藤五様の空笑いが高々と響き渡ります。

「ハハハ、そなたがわしを嫌うのはとうから知っておりながら、こうしてここへ幾晩も通ったはわしが誤り。ただし、それも今宵かぎりなれば、最後にひと言いわせておくれ。わしから見れば、そなたは娘のような年ごろじゃ。娘が今に生きておれば、ちょうどこれぐらいかと思われて、ちと意見をさせてもらいますよ」

藤五様は少し間を置いて、懐からおもむろに煙草入れを取りだすと、胡蝶があわてて差しだす長い銀ギセルを手の甲で邪険に払いのけ、ご持参の太短いキセルを口にくわえられた。

「思えば死んだ娘には何もしてやれなかった。ハハハ、幸いわしに似ず、可愛らしい顔をしておったが、病の床にあるときも、わしは仕事にかまけて顧みようとしなかった悪い父親《てておや》だ。花魁がつんとして横を向いたり、ふくれっつらをしてみせると、わしは死んだあの子に非難されておるような気がしたものさ」

しんみりした声を耳にして、一座の者は皆うなだれておった。藤五様がいい歳をして、胡蝶に嫌われるのも知らずに執着するのを、陰でばかにしてた面々だから、うしろめたい気分になるのは当然でした。とりわけ胡蝶は気の折れようが甚だしい。根はまっすぐな気性だけに、話を聞いて藤五様に同情もし、ああ、悪いことをしたという気持ちも心底あったにちがいない。

「ただし娘が親にあんな顔を見せたら、わしはその場で即座に叱りつけたろうよ。

親子でもない花魁に、こりゃ親切心で申すのじゃが、どうか気を悪くせずに、よくお聞き」

と、思いのほかやさしい笑顔を向けられた胡蝶はおずおず面《おもて》をあげて、藤五様を文字通りしっかりと見直しております。もとは目鼻の輪郭《ふちどり》がくっきりとした美貌だが、そのときは輪郭が滲んでぼやけたように見えたものだと、喜八があとで話してくれました。

「わしの娘がもしここで辛い勤めをするようであれば、親として、わしはどういってやろうかと考えた」

この言葉はおそらく胡蝶の耳にこたえたでしょうなあ。わしは胡蝶を立派な呼出しの花魁に仕立てようと決めたときに、のちのち厄介なお荷物となりそうな実の両《ふた》親《おや》に過分の金を渡してすっぱりと縁を切らせた。つまり胡蝶は実の親を亡くしたも同然の身の上だけに、父親が慕わしい気持ちも人一倍強かったはずだ。それを知ってか知らずか、藤五様は話を続けます。

「もし娘なら、そなたにはもっと欲張りになれ、といって聞かせただろう。たとえわしのように嫌な客人でも、愛想よくすれば祝儀をたんとはずんでくれる。祝儀をたくさん稼げば、それだけ早くこの廓から足が洗える道理ではないか。女は若くて男がちやほやするうちが花だと思い、せいぜい稼いで、さっさとここを抜けだしたほうが勝ちだとね。妓楼の連中は皆そなたがここに長くいて、沢山《たんと》稼いでくれたほうが好都合だから、そこまでのことは申すまい。ただ親ならきっとそういうだろうと思うからこそ、わしが代わりをするまでだ。余計なお節介と聞き流すもよかろうが、わしがそなたに何かいうのもこれが最後と思い、どうか気を悪くせんでおくれ」

ぐっと親身な意見をされて、当時まだ若かった胡蝶はあるにもあられず、何かにつけて感極まりやすい妓だったから、その場に突っ伏してわっと泣きだしたといいます。が、藤五様はそこでまたぴしりと叱りつけた。

「泣いてはならん。人のために流す涙はよいが、己れを憐れんで泣くものではない」

厳しくも実に親身な情にあふれた意見を済ませた藤五様がさっと立ちあがると、座敷にいた一同は大慌てで、

「旦那のご意見、わっちらも身にしみましてござんす。もちろん胡蝶さんも、向後《こうご》

はけっしてご無礼をつかまつるような真似はいたしますまい。旦那のようなお方にこそ、末永く目をかけてやっていただきとう存じやす。こりゃ本心から申すことで」

と喜八はさんざん引き留めたし、胡蝶も泣きじゃくって着物の裾をつかんだが、藤五様は笑いながら振り切って速やかに引き揚げられた。

さあ、次の日から胡蝶がせっせと手紙を書き送っても、残念ながら藤五様は二度と姿をあらわさなかった。ほかの妓楼に移られたかと桔梗屋に問い合わせてみたが、どうやらそういうこともなさそうで、吉原からすっかり足が遠のいてしまったらしい。

ここでお淋しさをまぎらしておられたのだとすれば、なんともお気の毒だったとしかいいようがなく、妓楼中の者が皆うしろめたい気分になりました。

もとより胡蝶の後悔はかぎりなく、心底こたえたようで、以来、奔放でわがままなところは少し影をひそめ、他人に気遣いのある思いやりの深い、いわばおとなの花魁にようやくなれたのも藤五様のおかげかと存じます。

思えば平沢様にしろ、藤五様にしろ、胡蝶はお人柄のご立派な客人と巡り会うことがふしぎに多かった。それによって身も心もだんだんに成長し、小夜衣に劣らぬ名妓の器が備わったようなところがございます。当人にそうしたふしぎな運があったというより、むしろ素直な性根がその手の客人を惹きつけたのだとすれば、それもまた一種の人徳だったのかもしれません。

　ただし人との出会いで左右されるのはいいことばかりでもございませんで、胡蝶は後日とんだ目にも遭っております。

長月は十三夜の夢醒め

往古《いにしえ》より月見る月はこの月と定まった八月の十五夜は、吉原にとっての大紋日と相成ります。仲秋の夜空がきれいに澄み渡って、九郎助稲荷の向こうにぽっかりと大きな満月が浮かぶのは、花魁が道中を終えて仲之町の引手茶屋にたどり着くころ。いずこの茶屋も表座敷に例のごとく薄を飾り団子を供えるなぞして客人を迎え、花魁は馴染みの客人と共にそこで月が昇るのを見届けてから妓楼《みせ》入りをするのがお定まりでございます。

十五夜の花魁は馴染みの中でもこれぞという客人を迎えねばなりません。なぜなら十五夜を共に祝えば、翌《あく》る月の十三夜も共に祝わねば片見月と申して縁起が悪いとされますから、客人は双方の紋日に登楼するだけの甲斐性がなくては適《かな》わぬ道理。またひと月で心変わりがするような浮気な客人でも困るわけでして。

ところでそれとあべこべに、八月の十三夜と九月の十五夜は紋日ではないからこそ、花魁が本気で惚れた客人を迎える晩だなぞとまことしやかにいわれます。紋日は諸式が高くつくだけに、惚れた男の懐を痛めさせてはならぬとして、花魁はわざと日をずらすのだという噂が広まったのは、ハハハ、妓楼にとっちゃ迷惑な話ですよ。

そういえば、あの騒ぎが起きたのもたしか八月の十三夜でした。浅間山の噴火《おおやけ》があった年の二年あとだから、今からちょうどひと昔前になりますかねえ。

「君と寝やろか五千石取ろか、なんの五千石君と寝よ」という流行り唄はあなたもご存じでしょう。当時は山東京伝先生の筆にかかって世間にパッと広まった。京町二丁目大菱屋抱えの綾絹《あやぎぬ》が、藤枝《ふじえだ》の殿様に連れだされて浅草田圃の百姓家で命を落とした一件ですよ。

綾絹の命を絶ってから殿様もすぐにご自害をなされたという、つまりは町人でさえ御法度の相対死でございましたから、むろん藤枝家はなんとか隠し通そうとしたようで。殿様の亡骸《なきがら》を近くの寺に葬り、綾絹と心中したのは当家の家来だと偽《いつわ》りの申し立てをされたが、大菱屋の口からでも洩れたのか、墓を暴かれて敢えなく嘘がばれてしまい、即座に改易となられた由。いやはや、あれはまさしく前代未聞の椿事《ちんじ》でございました。

思えば当時は吉原が先年の大火で焼けて、妓楼はいずこも廓の外の仮宅で営業《かせぎ》をいたしておりましたから、綾絹も足抜きがしやすかったんでしょう。殿様が連れだしたのは、綾絹がほかの客人に身請けをされそうになったからだと申しますが、連れだされた当人は死ぬつもりではなかったのかもしれません。大菱屋の追っ手がかかって、うろたえた殿様に斬られたときも、果たして覚悟の上だったのかどうか……いま想いだしても哀れでなりませんよ。

そもそも藤枝家はお旗本でも四千五百石取りというご大身《たいしん》。片や綾絹は呼出し昼三というでもなく、身請けしようと思えばできた妓だから、まずそうなさらなかったのがふしぎでした。殿様はご養子ゆえに勝手ができなかったともいうが、御家を断絶させるくらいなら、家人に話をつけてさっさと身請けしちまったほうがよさそうなもんでしょう。ひょっとしたら殿様はほかに何かよほど面白くないことでもあって世をはかなまれ、綾絹を道連れにしたんじゃねえかと噂されたくらいですよ。

無茶な真似をした殿様も殿様なら、事が起きたあと大菱屋の口を金でしっかり封じられなかった家人も家人で、共に思慮分別に欠けたうろたえ者としかいいようがなく、改易のご沙汰は当然至極かと存じました。

思えば当時は諸国が飢饉に見舞われて、江戸へ逃げて来た百姓らが道ばたで筵《むしろ》を寝床にした物乞いに落ちぶれるありさま。片や先祖代々の家督を継いだお武家様のあいだでは、吉原《ここ》がよく賄賂代《まいない》わりの接待にも使われて、入り浸りの方には不行跡《ふぎょうせき》が横行し、あげくの果てに心中沙汰まで起こしたというんだから、なんともはやタガの弛《ゆる》んだご時世でございましたなあ。

白河様の世に替わると打って変わってお武家の振る舞いに厳しい目が光り、たちまち吉原《ここ》からすっかり足が遠のいたのは、わしらにとっては痛い話だが、まあ、それはそれでよしといたさねばなりますまい。お武家の客人は事ほど左様にいざとなれば何をなさるかわからん怖さがあるもんでして、こっちもやはりそれなりの用心をしなくてはなりませんからねえ。

いえね、あの一件では綾絹もさることながら、大切《だいじ》な抱えの妓《こ》を殺された大菱屋も気の毒でした。なにせ相手が悪かったとしかいいようがない。それにひきかえ、うちの胡蝶はまあ助かったと……いや、この話はちゃんと順を追っていたしましょう。

　前にも話した通り、胡蝶はそこそこ上背があるし、目鼻立ちがくっきりとして、あまり物怖じをしないさっぱりした気性で、いわば若衆《わかしゅ》のような趣きがあるところから、お武家様のあいだで人気があった。当人もまた深間の馴染みにお武家様が多くて、中に阿部伊織《あべいおり》様という七百石取りのお旗本がございました。

　七百石取りともなればお歴々にはまちがいないが、ご大身とまではいかず、こう申してはなんだが、呼出し昼三を敵娼にするのは分不相応ながら、そうなったにはまたそれなりの経緯《ゆくたて》がございました。

　阿部様をうちにお連れになったのはさる大藩の御留守居役で、今にお名を出すのは憚りまするが、当時はままあったことでして。諸国の大名家には昵近衆《じっきんしゅう》と呼ばれる代々お出入りの旗本がおられ、お世継ぎの件なぞもまずその方を通じて幕府《おかみ》に届け出られる由と聞き及びます。また参勤交代で出府《しゅっぷ》をなされたご家来衆が、馴れぬお江戸で町人と揉め事にでもなれば、やはり昵近衆のお旗本が御奉行所に口ききもなさるので、とかく日ごろのお付き合いが大切《だいじ》なんでございましょうなあ。

　早い話、阿部様はさる大藩にお出入りの旗本で、うちに初めてご登楼あそばしたのは御留守居役のご接待というわけでして。その御留守居役が妙に張り込んで、当時ご家督を継がれたばかりの若い殿様へ呼出し昼三を敵娼にあてがったのは、親切なようでいて気がきかないとでも申しましょうか、ふつうならけっして長続きするご縁ではございません。

家督を継がぬうちから大手を振って吉原《ここ》にお遊びになる若様も大勢おいでになった当時のことで、阿部様がめずらしく廓《さと》にまるで馴染みのない初心《うぶ》な方だというのは、初会の座敷ですぐに知れました。ご立派な躰をしてらっしゃるのに、妙に腰がそわそわして、ちっとも落ち着かない様子に見受けましたからねえ。

もともとさほど女好きではなかったらしいという話をあとで聞いて、さもありなんと思われました。胡蝶はちょいと若衆じみたところがあったからこそ、お気に召したんでしょうなあ。

彫りの深い顔立ちで、刃の先を思わせる切れ長の眼がきらりとして、月額に負けじと髭の剃り跡も青々と見えました。いかにも勇ましい若武者の面構えに胡蝶のほうも初手からぐいと心を惹かれたらしい。

初会の座敷でなんとめでたく床が納まって、裏を返すまでは御留守居役も付き合われたが、ハハハ、さすがに馴染みとなってからの面倒まではみてもらえません。そこでふっつり縁が切れなかったのは、阿部様が胡蝶にすっかり参ってしまわれたのか、あるいは逆さまに胡蝶がぞっこん阿部様に惚れ込んだのか、さあ、今となっては知る由もございません。

　昼三は文字通り昼間にちょいと会うだけでも金三分はかかる花魁で、傾城の名に恥じず、縁が長く続けばご大身の御家でも傾きかねないといわれております。阿部様とのご縁が意外に長持ちをしたのは、なるべく紋日の逢瀬を避け、取り巻きにやる祝儀を胡蝶が肩代わりするなぞして、阿部様の懐が痛まないよう陰で何かと気をつかったんでしょう。身揚がりをして情夫《いろ》に会うも同然とはいわないまでも、けっして稼ぎにはならん客人で、むろん身請けをしてもらえるあてなぞ毛頭なかった。

　当時いっぽうで胡蝶には羽振りのいい客人がしっかりついておりまして、中でも蔵前の上野屋甚十郎《こうずけやじんじゅうろう》という札差の旦那はいいお馴染みだった。見るからに裕福と知れる風采のいいお方で、髪《あたま》にしろ顔にしろ四十という歳のわりには若々しく見え、品のいいお顔立ちをなさってらっしゃる。胡蝶との相性もしっくりいって、身請け話もちらちら出ておったようだから、楼主のわしとしては、ここぞとばかりにけしかけてもいいところだったが、今を盛りと咲く名花を手折られるのが残念さに、わざと知らん顔をしておりました。

胡蝶も胡蝶で上野屋さんを頼りにしながら、身請け話には今ひとつ煮え切らない返事をしておったようで、それはやっぱり阿部様という悪い虫がついたせいかもしれません。

ただし上野屋さんはそのことをまるでご存じなかったし、阿部様のほうにも上野屋さんという馴染みがあるのは知られておりません。廓の者は皆そこら辺の口は堅うございまして、それでいてふしぎといつの間にか洩れたりもするんですよ。

そう、たしかあの騒ぎも八月の十三夜に始まりました。胡蝶が阿部様と逢瀬を重ねていたところへ、どうしたわけか十五夜に会う約束をした上野屋さんがひょっこりと姿をあらわされて、もろに鉢合わせというわけで、妓楼の若い者は大いにうろたえました。

もとより上野屋さんは常日ごろたっぷりご祝儀をはずんでくれるいい旦那だからむげに追い返しもならず、とにかく喜八が部屋に行って胡蝶にそっと耳打ちしたが、得てしてこの手のことは勘づかれやすいもんで、阿部様のお顔がたちまち不機嫌になった。胡蝶がそれを見てぐずぐずしておったら、当の上野屋さんが座敷にずかずかと入ってこられたので皆きまりが悪い思いをした。

　上野屋さんは胡蝶が身請けになかなか色よい返事をせんのに焦れて、きっと気が進まぬ理由《わけ》を探るつもりで、わざわざ十三夜に乗り込んでこられたんでしょうなあ。札差の旦那ともあろうお方が、ほかの客人といる花魁の部屋へ押しかけるというようなみっともない真似は、まずめったとなさるもんじゃありませんからねえ。

　札差はもともとお旗本や御家人衆が幕府から頂戴した蔵米を代わりに受け取って売りさばくという商いながら、先々の蔵米を担保《かた》に借金をなさるお武家が多いから、つまりは金貸し同様にお武家の弱みをにぎっております。なんとも運が悪いことに、上野屋さんは阿部家にお出入りをする札差でして、

「おお、これは、これは、阿部様ではございませぬか」

　と初手はさすがに驚きを隠せぬ様子だったとか。

　阿部様のほうもむっとするより当惑の面もちで、

「そのほう、何用あってここへ参った……」

「廓で何用とは、ハハハ、野暮なことを仰せられまするな」

こちらはもうすっかり落ち着き払った声に、こんどは憤りの声がかぶさった。

「野暮はどちらだっ。他人《ひと》の座敷へ断りもなしに踏み込むとは無礼千万」

日ごろ闊達な胡蝶もこのときばかりはおろおろして、目顔でそっと喜八に助け船を求めます。

「やっ、こいつはわっちが不調法。ご案内する座敷を間違えましまして」

といわせも果てず、上野屋さんは高笑いをなさった。

「アハハハ、阿部様がまさか胡蝶のお相手とは存じませんで。はいはい、これはまことにご無礼をつかまつりました」

その場で畳に両手をついてひとまず詫びるかたちは取りながら、

「まさか胡蝶をねえ……」

とつぶやいて、にやりとしたのは嫌みでしかなく、若い阿部様が頭にかっと血がのぼるのは無理もなかった。

「何がおかしい。身どもには不釣り合いだとでも申すのか」

「いえ、いえ、何も左様なことは」

打ち消しながらも上野屋さんが苦笑いをなさるのは、阿部家のご内証をよくご存じだったからでしょうし、それゆえにまた阿部様のほうも引くに引けない気持ちになられたにちがいない。

「私はこの胡蝶と明後日の晩に会う約束をいたしました。十五夜の大紋日なればなんぞ趣向を凝らして遊ぼうと存じ、相談に参ったら、まさかあなた様とここでバッタリ鉢合わせをするとは思いも寄らず、ハハハ、どうぞお気を悪くなされまするな。されば今宵はこれにて」

上野屋さんはふたたび丁寧に一礼すると、胡蝶には目もくれず、さっと立ちあがって障子の外に消えられた。取り巻きは皆ほっとしたようにざわついておりますが、当のふたりは共にだんまりを決め込んで、胡蝶はいかにもばつが悪そうな面もち、阿部様は実に苦々しい顔つきで互いに目を合わせようともいたしません。

「へへへ、とんだ俄芝居の飛び入りで、こっちも泡を喰いました。どれ、ご機嫌直しに酒《ささ》でも持って参《めえ》りやしょう」

と喜八が様子を窺えば、胡蝶はかすかに首を振って人払いをほのめかしながら黙って阿部様の袖を取り、一座を尻目に奥の間へ引っ込んでしまった。

さあ、その夜のふたりが寝物語で何をどう話し合ったかまでは存じません。

さて、十五夜はお約束通り上野屋さんがおみえになって大紋日にふさわしい惣花をなされた。前に申したように惣花は妓楼中の女郎や若い者はもとより料理人やお針の末までが一分金の祝儀にあずかって、百人おれば二十五両、当時うちにおる人数はそれよりも多かったから、いくら札差の旦那でもそうむやみにはできぬ大散財でございます。舞鶴屋のほうではそのお礼として喜の字屋の料理と竹村伊勢の菓子をどっと座敷に運び入れて、楼主のわし自らご挨拶に伺いました。

座敷の障子は開け放たれて、わしの姿を見つけた上野屋さんはすぐに立ちあがってご自分のほうから廊下に出てこられた。青く澄んだ夜空の中ほどに煌々と照り輝く満月をしばし眺めながら、上野屋さんはご満悦の笑顔でわしに話しかけられます。

「お前さんもとっくに気づいてはおろうが、今宵は改まって相談をさせてもらうよ」

ああ、ついに身請けの話を切りだされた。これでいよいよ胡蝶を手放すときが来たかと思い、わしは正直淋しい気持ちで、座敷のほうにいる胡蝶の姿に目をやりました。大勢の取り巻きに囲まれながら、胡蝶の顔もまた心なしか淋しげに見えたのを想いだします。

上野屋さんはとにかく年内に胡蝶を身請けして廓から根曳きするとのご意向で、ざっとした取り決めをして、細かな段取りは後日の話し合いと相成りました。翌《あく》る日にまず当人を内所に呼んでその話をしたところ、たちまち顔を曇らせたのは実に意外で、

「わたしゃ聞いておりぃせん」

ときっぱりいわれて、こっちはただただ驚く始末でございます。

思うに上野屋さんは十三夜に阿部様と胡蝶の仲を知ったことで、身請けを急ぐ気になられたんでしょう。胡蝶の返事が煮え切らない陰には阿部様があるからだとして、ふたりの仲をいち早く裂こうとしたのは、何も男の妬きもちからだけではなかったのかもしれません。内証をよくご存じだけに、伊織様が呼出し昼三の花魁にいれあげるのは阿部家にとってよからぬことだと、そこにはまあ、いわば大人の分別が働いたようにも受け取れますが、かりにそうだとしても、若いふたりにとっちゃ意地悪なお節介でしかありますまい。

胡蝶は胡蝶で十三夜に恋路の邪魔をされたあげく、急な身請けをいいだされたことで、どうやらへそを曲げたらしい。上野屋さんは何も昨日や今日の客人でなし、

それなりに深い馴染みのはずが、がらっと風向きが変わったようでした。

　吉原の花魁はよく張りと意気地が強いというが、とりわけ胡蝶はその気味が大いにあって、頭から出られるのをとても嫌いました。おそらく上野屋さんが金の力にものをいわせてふたりの仲を裂こうとするように思い込んで、余計に阿部様の肩を持つ気になったんでしょう。

　そもそも花魁は自らが恵まれぬ境涯なればこそ、いざとなれば強い者よりも弱い者に気持ちが靡くんですよ。

　わしとしては、胡蝶が身請けされるのを残念に思ったくらいだから、あんまり無理強いをするつもりはなかった。さりとて上野屋さんに頼まれたからには放ってくわけにもいかず、一応は当人の気持ちをなだめてこう諭《さと》してみた。

　年季を無事に勤めあげればよいが、長い年月のあいだには病にも罹《かか》れば、どんな災難が降りかかるやもしれん。花魁は今を盛りと咲くときに根曳きされるのが一番の幸せだ。まして相手は江戸で名だたる札差の旦那だし、これで不足をいっては罰が当たるとね。

　そしたら胡蝶は実に困ったというふうに眉のあたりを翳らせて、ぼそっとこういい返します。

「甚様だけには請けだされとうありいせん」

わしはすました顔で、なるべく穏やかに訊いたものだ。

「一体どうしたわけだ。まさか、そなたがそこまで上野屋さんを嫌うとは思わなんだが……」

胡蝶はますます困ったというふうに首を振ると、伊達《だて》兵庫《ひょうご》に結いあげた頭髪《あたま》がゆらゆらと大きく揺れて当人の心模様を物語ります。

「甚様を嫌うわけではなけれど、甚様に請けだされては義理が立ちいせん」

上野屋さんが阿部家お出入りの札差だと、わしが聞いたのはそのときが初めてでして、

「甚様に見替えられては無念じゃと仰言えす。伊織様のお気持ちを裏切るわけには参りんせん」

と胡蝶がいうのもなるほどと思われました。

話を聞けば、阿部様は「万が一あの男に請けだされたら、俺は腹を切って相果てる」とまで仰言ったそうで、それはあながち未練や執着だけでもありますまい。向

こうがこっちの台所をよく知るだけに、お武家としては懐の淋しさを侮られたようで堪えがたいお気持ちだったんでしょう。胡蝶も運悪くふたりにたまさか縁があったばっかりに、ここは吉原の花魁として達引《たてひき》をしないわけにはいかなかった。

なにしろ相手はお武家だから、かっとなれば何をしでかすかわからん怖さがある。胡蝶のほうもまた気がのぼせやすい質《たち》だから、わしはふたりを追いつめてはなるまいと思いつつ、いっぽうで上野屋さんからは身請けの段取りを矢の催促で、板ばさみに遭って、ほとほと弱っておりました。

上野屋さんにしてみれば、わしと話を詰めれば玉は自ずと掌中に転がり込むものと決め込んでおられたようだが、やはりそれだけでは埒があかぬとみて、直に当人をせっついてもおられたんでしょう。あの伊達兵庫に結った大きな髷が悩ましげに揺れるさまを目に浮かべながら、わしは正直どうしてやることもできなかった。

そうこうするうち八月も早や月末《つきずえ》となったある晩に、上野屋さんはえらくご機嫌な顔でわしに向かって、次の九月十三夜に登楼する折は、身請け金を持参して座敷に積みあげるつもりだと仰言ったので、ああ、胡蝶もとうとう観念したかと思われました。

めっぽう明るい十五夜にひきかえて晦日《みそか》は真っ暗な闇夜となるのが世の習いだが、ご承知の通り、この吉原は晦日に月が出るといわれるほどに障子越しの火影や辻行灯《つじあんどん》が夜道を明るく照らして、夜盗に襲われる気遣いなぞまるでございません。大門口には御奉行所から出張って見張りをなさる面番所や、昔ながらの四郎兵衛会所《しろべえかいしょ》もあれば、まず不審な者が出入りはできないから、案外と江戸一番のご安心な町ともいえそうでして。

面番所では四ツ（十時）と九ツ（十二時）に拍子木を打つが、妓楼では浅草寺から響く四ツの鐘には知らん顔で、九ツの鐘を聞いて初めて四ツと九ツの拍子木を立て続けに打ち鳴らすのがお定まり。引け四ツと称するこの合図で妓楼はどこも大戸をおろして、座敷のお祭り騒ぎもようやく収まり、急にひっそりした二階の廊下は時折パタンパタンと花魁の上草履が淋しげに響くのみ。ただし部屋の奥ではまた別のお祭りが始まりますが、ハハハ、こりゃいわぬが花でござんしょう。

いつしかそれも静まって、いずこの部屋でも高いびきが響くころには、不寝番《ねずのばん》が部屋の行灯を引き取りにまわり、油皿の掃除をして翌日に備えます。

うちは部屋数が多いから、不寝番が廊下をまわってすべての行灯を引き取るころには空がすっかり白んでおり、そこから早や後朝《きぬぎぬ》の別れが始まって、客人を送りだした花魁は二度寝にかかるという寸法で、大概は昼四ツごろまでぐっすりと眠ります。四ツを過ぎれば妓楼の中はまただんだんと騒がしくなって、女郎衆の甲高い笑い声があちこちに響き合い、幼い禿どもが廊下をバタバタと走りまわるなどして、夜とはまるきりちがう色気のない能天気な素顔をさらしております。

その日わしは内所で煙草を吹かしながら、昨日の帳面にゆっくり目を通そうとしたら、喜八が慌ただしくバタバタと駆け込んで、見れば尋常ではない顔つきだから、こっちはくわえたキセルを口からぽろりと落としそうになった。

「どうした？　何かあったのか」

「へえ、それが……」

とそばに寄って耳打ちをされ、こんどはガチリと吸い口を強く嚙んだ。嚙まずにはいられぬほど躰がガタガタふるえだしたのは、驚きと憤りがごっちゃになったせいだ。胡蝶の姿がどこにも見えないと聞いて、わしはうろたえながら昨日の帳面を繰った。そこに当然書いてあるべき阿部様の名を見たとたん「腹を切って相果てる」の文句が耳に蘇り、目の前が真っ暗になって躰がますますふるえてくる。一瞬もう駄目かとあきらめかけたが、それでもなんとか気を取り直して、まずは喜八に不寝番の久三《きゅうざ》を呼びにやらせた。

不寝番は見張り役もかね、部屋から行灯を引き取るときにはかならず奥の寝間も覗いてみるよう命じてあった。久三はたしかに寝姿を見たもんの、明け方で冷え込んでたから、蒲団にもぐって顔まではわからなかったという。

その日はさる別の客人からお昼に届け物があって、喜八が報せに二階へ行ったら遣手らに花魁の姿が見えないといわれたらしい。それから手分けしてどこを捜しても見つからないもんで、青くなってわしのとこへすっ飛んできたというわけでした。

わしが部屋に行ったら、胡蝶付きの振新や禿は部屋の隅っこに縮こまって、ふるえる妓や泣く妓もおります。中で振新の牡丹という妓はわりあいしっかりした様子だったから、わしは精いっぱい落ち着いた声でその妓に訊いたもんだ。

「胡蝶がいつからいなくなったか、正直に話してくれんか」

「わしゃ何も知りいせん」

と相手は当然のごとくにいうが、目を伏せてこちらを見ようとしないのが断然怪しい。

「久三はそなたが身代わりに蒲団で寝ておったのを見たというぞ」

ちょいと鎌をかけたら、とたんに頰をぱあっと赤らめて、しくしく泣きだしたからしめたもんでした。

「姉女郎に頼まれたら、断れぬはもっとも。さればそなたを叱りはせんから、ここで本当のことを話すがよい。かりに足抜けをしたとて、わしは胡蝶を酷《ひど》い目に遭わすつもりなぞ毛頭ない。したが、へたをすればあの妓の命が危うい。どうか助けるつもりで話しておくれ」

終いには猫なで声であやすように申しましたが、牡丹はあくまで「わしゃ本当に知りいせん」といい張ります。そりゃ強情に隠し通そうとするのではなく、当人も何が何やらわけがわからなかったからでして。やさしく順を追って訊くうちに、事がほんの少しずつ明らかになって参りました。

上野屋さんの身請けが本決まりとみえたところで、もちろん舞鶴屋《うち》は用心しておりましたよ。もし胡蝶が上野屋さんに請けだされるようなことにでもなったら、俺は腹を切って相果てると仰言った阿部様の話がなんとも気がかりでした。それこそ相対死でもされたら事だから、阿部様にはご登楼をご遠慮願ってもおかしくなかった。

ところが前の晩には阿部様を二階へおあげしてしまった。それはおひとりではなかったからでして。胡蝶と会うのもこれが最後と思し召し、名残の杯が湿っぽくならないよう、にぎやかに遊びたいと仰言られて、お友だちをお連れになったんですよ。それならさすがに未練がましい真似はなさるまい、と、こちらは判断した。

暖簾をくぐられたときはわしも挨拶に出たが、お武家の客はたいがい人目をはばかって忍頭巾《しのびずきん》でお隠しになるから顔は見ておりません。ただお友だちのひとりは大柄で恰幅がよく、もうひとりは小柄でほっそりした方だから見分けはつきました。

座敷にはほかの花魁を呼ばずに、胡蝶付きの振新がおふたりのお相手を務めることになった。内輪ながらに酒宴は思いのほか盛りあがって、代わり銚子や台の物が何度も運び込まれた。そのつど喜八は用心のため阿部様の顔色を窺ったが、もうすっかり吹っ切れて屈託のないご様子だったから、お武家様はさすがに思い切りがいいと感じ入って、ひとまず安堵したといいます。

小柄なほうのお友だちは悪酔いをされ、途中で何度も厠《かわや》に立ち、ついには奥の寝間でしばらくお寝み戴いた。ただ引け四ツでお開きになる時分は無事お目覚めになり、お友だち同士で連れだって先に帰られた。阿部様ひとり残られて、胡蝶と名残の契りを結ばれるのは、まあ、当然といえば当然でして、こちらも野暮な邪魔立てはしないようにした。

表向きおかしなことは何もなかった。が、如何せん、ここに家尻切《やじりきり》が土蔵に開けたような大きな抜け穴がありました。なにしろ引け四ツ時はほかの座敷も一斉にお開きとなり、そのどさくさにまぎれて大きな穴も見えづらくなるのはたしかでした。

振新の牡丹は悪酔いをされた小柄なお友だちのお相手だったから、引け四ツ前の鐘を聞いて奥の寝間へ起こしに行ったところ、即座の当て身で気を喪い、気がついたら花魁の蒲団に寝かされておった。そばの畳に阿部様の姿が見えたので、なんだかわけがわからぬまま慌てて起きあがろうとすると、「騒ぐまい」と一喝され、朝までそこにおとなしく寝ているようにいいつけられた。阿部様の怖い目を見て、うなずかざるを得なかったと申します。

片やもうひとりの振新、夢路の話はこうでした。夢路は牡丹がなかなか奥の寝間から出てこないので、胡蝶が自ら腰をあげたところまではっきり見ておったと申します。そのあとすぐに大柄なお友だちのほうが「先に行くぞ」と立ちあがられたので、一緒についいて廊下に出た。その方もかなり酔っておられて、廊下をふらふらと歩きまわり、往きつもどりつなされたあげく厠に立ち寄られた。そこからまた廊下をぐるりとまわって、ようやく階段を降りかけたところで、阿部様が小柄なお友だちに肩を貸すかっこうで追いついてこられた。

「此奴《こやつ》はまだしたたかに酔うておる。おぬしに同道を頼んだぞ」と託されると、大柄なお友だちは急に酔いが醒めたようにしゃっきりとして、肩代わりをされた。夢路はお預かりした腰の物を若い者から受け取っておふたりにお返しをしながらも、牡丹は一体どうしたのか気がかりで、その場はなんとなくうわの空だったと申します。

二階の部屋にもどると、阿部様と胡蝶の姿はもはや座敷になく、奥の寝間に消えておった。牡丹の姿も見えないのは、寝間で何かふたりの世話をしているのだろうと思い込んで、自分はそのまま階下《した》に降りて先に寝たといいました。

ふたりの話はどこまで本当だか知れやしませんが、妙に辻褄を合わせて、結句しらを切り通しましたよ。たぶん大方がいいふくめられた作り話でしょうなあ。駆け落ちがばれたあと、ふたりが手助けの罪をかぶらぬよう、巧い筋書きがこしらえてあったわけですよ。振新ばかりじゃねえ、ほかにもだれか若い者がぐるになって手助けしたと考えたほうが、わしはすんなりと納得がゆきます。

覆面の頭巾を召していたから薄暗がりで顔がよくわからなかったし、おまけに引け四ツのどさくさで、つい見逃してしまったといわれたら、当座はこちらもうなずくしかなかったが、だれひとり気づかなかったなんてのは、ハハハ、いくらなんでもおかしいじゃありませんか。

左様。もうすでにお察しの通り、胡蝶は悪酔いした小柄なお友だちの着物を借りて、まんまと廓を脱け出しておりました。女子《おなご》にしてはかなり上背のあるほうだったから、着丈も間に合ったんでしょう。いやはや、とんだ吉原俄の茶番を二度も喰らわせてくれたあの妓は、正直そうに見えて、なかなかの役者だったんですよ。

小柄なお友だちは着替えもちゃんと用意して、あとから阿部様と一緒に外へ出られたんでしょうなあ。皆が寝静まるのを待ち、屋根伝いにでも裏にまわって舞鶴《うち》屋を脱けさえすれば、あとは男ふたり、大手を振って廓を出られますからねえ。

それにしても、いくら頼まれたからといって、ご身分あるお旗本がおふたりも、よくぞまあ手助けをなされたもんだ。露見すれば自身も火の粉をかぶる危ない橋を敢えて渡られたのは、阿部様の恋敵が札差だったせいかもしれません。お旗本はいずこも札差に借金をして頭があがらず、日ごろの恨みがある。ここでひと泡吹かせるのは痛快だとして加担なされたということも大いにありそうな話だ。

阿部様ご自身にしてからが、あながち胡蝶に未練があったばかりでなく、札差を相手に為負《しま》けるのは無念として、無謀な駆け落ちを企てられたようにもお見受けしたが、もし事が表沙汰になれば、むろんご成敗は免れません。へたをすればその身は切腹、御家断絶ともなりかねない。

片や駆け落ちした花魁も捕らえたら見せしめにさんざん責め折檻をして位を落とし、年季増しか鞍替えをさせて、死ぬまで廓に縛りつけるのがご定法《じょうほう》。酷い責め折檻で絶命する者も中にはいたりするが、それでは元も子もなくしてしまう道理。されば、わしは双方が傷つかぬよう、なんとか無事に納めたく存じました。それゆえ番所に届け出をせず、うちの者にもなるべく内緒にして、まずはその日のうちに自ら阿部様のお屋敷に足を運んだというわけで。

阿部様のお屋敷は桜田門外の永田馬場近くにあって、たどり着いたときはもう日がとっぷりと暮れておりました。急ぎ門番を呼びだして、とにかく用人に会わせてくれと頼んだら、向こうも主人が帰らぬことを心配してたんでしょう、案外すぐに対面が叶いました。

柴山某というその用人はもう頭がかなり白く見え、大柄で太り肉《じし》、鼻の先が丸って目尻の下がった、いわばとっつきやすい人相だったのが幸いでした。

わしは下手に出ながらも、こうまっすぐに訴えます。

「私どもの不調法は重々承知ではござりまするが、このままふたりを放っておけば、万が一の間違いを案じられてなりませぬ。行方にお心当たりがあらば、何とぞお聞かせ願いとう存じまする」

相手は話を聞いてもあまり動じた様子がないどころか、とぼけた顔で微笑いながら、

「ここの門を潜られたときに、大きな樫の木が目に留まらなんだか」

まるで見当ちがいのことをいいだすから、こっちは一瞬ぽかんとしてしまった。

「……ああ、はい、何の木かは存じませねど……」

たしかに門構えには不釣り合いなほどの大木があったようだが、わしが門を潜っ

たときは大きな黒い影にしか見えず、何やら不吉な気持ちにさせられたのは、今でもよく憶えております。

「殿様はお小さいころに、あの木に登られたことがある」

と柴山某は目を細めて語りはじめた。

「途中まで登って、下を見ると急に怖くなられたらしい」

それは実に暢気《のんき》な話しぶりで、初めは耄碌《もうろく》しておられるのかと疑うほどでした。

「下では皆が大騒ぎをした。落ちてけがでもされたら一大事だから、中間《ちゅうげん》や若党がわれがちに木に取りついて助けに行こうとするが、殿様は来るなというふうに、しきりに手を振られる。それがまた見ていて危なっかしいことこの上ない。とうとう大勢の家来が集まってわいわいと騒ぎ立てるから、癇癪《かんしゃく》を起こされたらしい。わあっと叫ぶなり手を放して、宙に舞われた」

そこまで聞いて、わしはやっとわかってきた。柴山某は殿様のきかん気で、かっとなりやすい性分をそれとなく説き明かすようだった。

「身どもはそばで黙って木を見あげるうちに、殿様が飛び降りようとなさるのを察して、ちょうど落ちてこられるあたりで身構えておった。ハハハ、こちらもまだ若かったから、尻餅をつきながらでも、しっかりと受け止められた。殿様はかすり傷ひとつ負われなんだ」

と柴山某はその笑い話をしめくくった。つまりは此度の駆け落ち騒動でも、殿様の落としどころを用意すべしと、わしはほのめかされたんですよ。

ふたりの行方はあらかた見当がついておった。わしはうちにあらわれた大柄な友だちの人相風体を柴山某に話して、家名と住まいを問い質した。そして翌日さっそく榊原某の屋敷に乗り込んでみた。柴山某の添状《そえじょう》を持参したのは申すまでもない。それが無ければすぐに門前払いを喰わされただろう。

わしは玄関の式台に両手をついたかっこうで、榊原某から怒鳴り声を浴びせられた。

「吉原の亡八《くつわ》ふぜいが当家に押しかけるとは言語道断。刀汚しとなる前にさっさと帰るがよい」

と頭から脅されてもこちらはいっかな怯《ひる》まず、こういい返したもんだ。

「今日は妓楼のあるじとしてでなく、阿部家のご用人、柴山様のお使いとしてご当家に参上つかまつりました。どうか殿様にお目通りを願いあげます」

　榊原家がふたりを匿《かくま》うとみたのは当てずっぽうだが、胡蝶が連れ込まれた先を理屈立てて考えれば、ほかに思い当たる場所はないから、ここぞとばかりに勇を振って大声で呼ばわった。

「阿部の殿様、この期《ご》に及んで逃げ隠れをなさるのは、ご卑怯でござりまするぞ」

　案のじょう物陰で様子を窺う負けん気の強い殿様が、これを聞き流しにできるわけがない。たちまち玄関の襖が開いて、ご当人が堂々と姿をあらわしました。

「柴山の使いと申すなら、その口上を聞こう」

　思ったより穏やかな物言いでも、顔面はこわばって目がすわっておる。こっちが少しでもへたなことをいえば、即刻お手討ちに遭ってもおかしくはなかった。抱えの遊女をさらわれた上に、命まで取られるのはなんとも間尺《ましゃく》に合わぬ、理不尽な話だが、町人が武家の屋敷に乗り込んだらさいご、それだけの覚悟をしなくてはなりません。

「ははあ、柴山様からお託《ことづ》かりした口上を申しあげます」

　わしはわざと大仰ないい方をした。次いで、

「樫の木からの降り時は、今を措《お》いて、ほかにござりませせぬ」

と噛んでふくめるようにいいつつ相手の顔色を窺った。阿部様は一瞬あっけにとられた様子で、そばに控えた榊原某もさかんに首をかしげるが、わしは構わず話を続けます。

「昔は殿様をお抱き止めして地面に落とさずに済んだが、今はもう年を取ってそれだけの力はないゆえ、何とぞご自分でお降りくださるように、とのこと」

阿部様はあからさまに顔色を変えるというふうではなかったが、口もとがかすかにほころんで見えました。

樫の木から飛び降りた話は、恐らく主従のあいだで何度も語られたに相違ない。柴山某は時につけ、折に触れて、その想い出話で殿様の短気を諫《いさ》めたのだろう。だからこそ、わしにその話を聞かせたのだと思われた。

そして阿部様がその話を想いだせば、自分を守り育ててくれた柴山某を筆頭に、多くの家臣を路頭に迷わせるような無分別はとてもできないはず、と、わしはにらんだ。かっとなったら何をしでかすかわからない御仁でも、頭を冷やせば少しは周りのことに想いがまわるもんですよ。

さりながら人には意地というものがあって、とりわけお侍の意地はなかなかに厄介なものでございます。その場の勢いで登ってしまった木から阿部様がなんとか巧く降りられるよう、こちらもそれなりの工夫をしなくてはなりません。

「あと十日もすれば九月の十三夜。廓にとりましては大紋日と相成ります。どうぞ殿様も木からお降りになって、その夜はご登楼をあそばしますように」

わしが思いきった言葉を口にすると、阿部様は首をかしげながらも、

「どういうつもりだ」

と、きつい目でにらまれた。

そもそも十三夜には上野屋さんが胡蝶の身請け金を座敷に積みあげるという話が耳に入ったからこそ、阿部様は無茶な真似をされたんでしょう。十三夜は禁句のはずで、それを敢えていいだすには、こちらも相当の覚悟が要りました。

「こんどの十三夜に、胡蝶がお迎えする客人は、殿様を措いてほかにござりませぬ」

わしはまたも嚙んでふくめるようにいいながら、阿部様の顔を静かに見守った。

「それでは十五夜の客が承知をすまい」

と向こうもこちらの目をじいっと見る。

「されば、あちら様には、片見月とお諦めを戴きます」

上野屋さんには、片見月ならぬ片想いとして諦めさせるといったわけだから、阿部様もさすがに驚きが隠せないようでした。

いやはや、わしもずいぶん思いきったことを口にしたものだと、自分でも呆れましたよ。ここに至って胡蝶の身請けを拒めば、舞鶴屋《うち》は大切な客人を喪うばかりでなく、廓中できっと悪い評判が立つ。計り知れない損が行くのは承知の上だが、それよりほかにふたりを助ける手だてはなかった……。

阿部様もここで木を降りなければ、あとは真っ逆さまに落ちて、木っ端みじんになるしかないと分別をなされたらしい。ようやく矛《ほこ》を収められた表情《かお》を見て、すかさずわしはこういいました。

「十三夜のしたくがございますので、胡蝶はひとまずお戻しくださいませ」

阿部様は黙ってうなずかれた。

「おお、そうじゃ。十三夜には、ぜひとも榊原様と、もうおひと方のお出ましを願いあげとう存じまする。どうぞ皆様ご一緒に、胡蝶の無事を祝うてやってくださりませ」

この申し出には相手方もさすがに度肝を抜かれたのだろう、しばし互いに顔を見合わせておられました。わしはお友だちのふたりにもかならず十三夜にご登楼くださるようくどいほど念を押して、胡蝶ともども無事に引き揚げました。表で待たせた駕籠にあの妓を乗せたときは心底ほっとしたが、まだまだ気をゆるめるわけにはいかなかった。

胡蝶は道々泣き通しだったらしい。そりゃ帰れば大変な折檻が待ち受けておると思い込んでおったんでしょうなあ。駕籠から出たときはまぶたが腫れあがって酷《ひど》いご面相だから、まずは自分の部屋に戻した上で、しばらく放っておくことにした。

その間にわしはまた自ら蔵前に足を運んで、上野屋さんと直にお目にかかった。なんともいいづらい話を切りだすと、向こうもそこは大人だから、血相を変えて怒りだしもせず、根掘り葉掘り理由《わけ》を訊くような野暮もなさらなかったが、胡蝶とはもうこんりんざい会うこともあるまいと冷たくいわれたときは、わしもこれで本当によかったのだろうかと少し後悔した。ともあれ、これで難所はひと通り切り崩したわけだから、あとは地ならしをするまでのこと。

胡蝶が足抜けをしたらしいという噂は舞鶴屋の内に留まらず、廓中に広まっておった。わしの一存でどう裁きをつけるかですが、ほかの妓楼の手前、そう手ぬるい真似はしにくかろうと、だれしも考えたらしい。

「どうか旦那、穏便に済ませてやっちゃ戴けやせんか」

と、イの一番にいいに来たのは胡蝶と親しい喜八で、真剣を通り越して引きつった顔をしておりました。

番新の千代菊はまるで自分が折檻を受けるように、怯えきった目でこちらを見ておりました。

感心だったのは小夜衣で、これはあとから千代菊に聞いた話だが、胡蝶が行方をくらましてから事がすべて落着するまでのあいだ、ひそかにお茶断ちをしておったとか。なにしろ共に育った朋輩だけにああすまして見えて、人一倍心配したんでしょう。

もとより胡蝶当人の悄《しお》れ方は甚だしく、部屋に籠もったきりで食絶ちをしておった。というよりも、わが身の行く末が案じられて、飯も喉を通らなかったにちがいない。

わしは番頭と連れだって二階に行きました。それを聞きつけた女郎衆や大勢の若い者が次から次へと押しかけて胡蝶部屋の前に群がります。あまりにも大人数がひとっ所にひしめき合うと床が抜けるのを案じたくらいだが、わしはわざと人払いをせずに放っておいた。こちらが部屋の中に入ったあと、障子の外や襖の陰に大勢の気配があるのを、敢えてよしとしました。

胡蝶付きの振新や禿は皆部屋の隅に固まって泣いておった。当人は両手を畳について突っ伏したまま身じろぎもしなかった。番頭は日ごろにないきつい剣幕でわしにいった。

「駆け落ちは大の御法度なれば、ほかの妓楼の手前もあり、いかに呼出しの花魁とて、やはり廓の法に定まる仕置きをいたさねばなりますまい」

これを聞いて振新や禿の泣き声が一段と高まるなかで、わしはとぼけたふうにいい返した。

「はて、だれが駆け落ちをしたのじゃな?」

これで障子や襖の外がざわざわする。

「胡蝶はとんだ拐《かどわ》かしに遭うてしばらく廓を留守にしたが、無事に戻って、まずはめでたい。これから先もここでしっかり勤めておくれ」

外に聞こえるような大きい声で、潮が引くようにぞろぞろと立ち去る気配がした。皆がほっとしたように「拐かしじゃ、拐かしじゃ」とつぶやくのが聞こえて、ハハハ、わしは愉快至極でした。

左様。胡蝶は阿部様と駆け落ちしたのではない。力ずくでむりやり連れ去られたのだと触れてまわれば、ほかの妓楼からいっさい文句の出ようがない。これから先いくらでも花を咲かせそうな名木を、廓の噂ごときで伐《き》り倒されてはつまらんから、番頭と示し合わせて噂の火消しをつとめました。

当の胡蝶はびくっとしたように顔を持ちあげて、うわ目づかいで一瞬ちらっとこちらを見たが、またすぐに顔を伏せてしまった。慚愧《ざんき》に堪えないといった様子だが、そうとばかりもかぎりません。むろん寛大な裁きを有り難いとする気持ちはあっただろう。したが、それればかりでもなさそうなのは、わしをちらっとにらんだ眸《め》の色にあらわれておりました。

そこにはさまざまに綾なす心模様が映しだされておった。ひょっとしたら、当初あの妓はわしを恨んでおったのかもしれん。それは逆恨みといったものとはまたちがう、実に込み入った気持ちだろうと存じます。

あの妓のかっとなりやすい気性からして、駆け落ちをしたときは、阿部様と相対死も辞さぬ覚悟を固めたはずだ。しかしながら男のほうが先に頭を冷やして腰砕けとなった。自分はよんどころなく元の廓に連れ帰られて、面目を失ったのもさることながら、男にがっかりする気持ちはいかばかりかと存じました。相手が男らしいと信じた阿部様だけに、まさしく徒夢《あだゆめ》を醒まされし心地だったでしょうなあ。

あまつさえ廓にもどれば酷い運命《さだめ》が待ち受けるとして、あの妓はふたたび悲壮な覚悟をしたにちがいない。ところがそれがまたまた拍子抜けとなり、自分は所詮わしの掌から抜けだせぬことを悟るしかなかった。そう悟ったところで、筋ちがいと知っても、やはり一時《いっとき》はわしを恨みたかったかもしれん……。

いえね、女子の気持ちは事ほど左様に難しいもんでして、それを知らずには済まされんのがこの商売。いくら可愛がっても女からは恨まれて当然、世間にはか弱い女の生き血を啜る人でなしと見られても結構と思わねばならん、フフフ、まことに因果な商売ですよ。

さて、おしまいに、例の十三夜の顚末をお話しせねばなりますまい。もちろん上野屋さんの訪れはなく、代わって阿部様にはかならずお越しいただくよう、ふたりのお友だち共々お招きしたいと、わし自ら書状をしたためて念を押しました。その夜のために俄仕立てで豪勢な衣裳まで誂えて、胡蝶に着せてやりました。

当夜は胡蝶のほかに座敷持ちの花魁ふたりをお友だちの敵娼に用意しております。にぎやかしに幇間や女芸者を大勢呼んだし、喜の字屋の料理や酒もどっさりと運ばせて、酒宴を大いに盛りあげました。

阿部様も初手は居心地の悪そうな面もちだったが、この妓楼《うち》の大切な花魁を取り敢えず無事に戻してやったのだから、これくらいの歓待はされても当然と思われたんでしょう、徐々に顔がほぐれて、途中からはすっかり羽根を伸ばされたご様子だった。お友だちを巻き込んだ手前、なんとかご自分の面目も立ったとして、欣快これに過ぐるはなしというお気持ちだったかもしれません。

片や胡蝶も当夜はうちで一番派手な宴を張って、呼出し花魁の面目をほどこしたかっこうで、悪い噂もこれで帳消しとなりそうでした。

駆け落ちのし損ないで、ふたりは共にずいぶんあと味の悪い思いをしたにせよ、宴のあとは何もかも水に流して久々にしっぽりと枕を交わし、お友だちも敵娼と朝までゆっくりと過ごされて、ご機嫌でお引き揚げになりました。月末を待って、わしはふたたび阿部様の屋敷をお訪ねした。当主が留守であることは見越した上で、用人の柴山某にお目にかかるつもりだった。

「本当に何もかも無事に収まりまして、かたじけのう存じました。これすべて柴山様のおかげでございます」

と、わしはまず礼を述べます。

「ハハハ、なんの、なんの、当方こそ礼をいわねばならん。よくぞ大事に至らなんだものじゃ」

柴山某のご機嫌な顔を見て、わしはさっそく用件を切りだした。

「殿様には此月《このつき》の十三夜にお友だちおふたりとご一緒にご登楼を願い、うちと致しましてもできるかぎりの贅を尽くして、存分にお楽しみ戴きました。当夜は廓の大紋日なれば、諸式が倍増しになるのは、いささか心苦しう存じますれど……」

と懐中から勘定書を取りだして差しだしたのはいうまでもない。

三人分の揚げ代から枕金、酒代、料理代、幇間や女芸者、若い者の祝儀やら何やら、新調した衣裳代もひっくるめてざっと五十両にはなったかもしれません。その高い勘定書を突きつけられて、柴山某は目を白黒させます。

「これを、当家に払えと申すのか……」

その声は少しふるえておりましたが、わしは容赦なくこう申しあげた。

「はい。ご当家の断絶が免れたと思えば、お安いもんでございましょうがな」

そりゃ阿部家には上野屋さんに借金をしてでも、それくらいのお金は払って戴かなくてはなりません。こっちは呼出しの花魁をさらわれたあげく、大切な客人まで喪ったんですからねえ。

殿様もまあこれに懲りて二度と無茶な真似はなさるまいし、廓からおのずと足が遠のいて、柴山某の心配も減るだろうと思われました。かくして阿部家は断絶を免れ、舞鶴屋も少しは損を取りもどせて八方まるく収まったというわけです。

柴山某はまさに苦虫を噛みつぶした顔つきでじっと腕組みをして、しばらくこちらをにらんでおられたが、さっと立ちあがって奥に消えると、速やかに五十両の金包みを手にしてもどられた。どこのお屋敷にも、いざというときのために、それくらいの用意はあると踏んで、こちらは見合った勘定書をこしらえておりました。

ハハハ、転んでもただは起きないのが、この商売の極意とでも申しましょうか。

神無月は亥《い》の子宝の恵み

ご承知の通り、世間では二度目の衣更えを神無月の初めにいたしますが、吉原では早くも九月の九日、重陽《ちょうよう》の節句に冬衣裳と変わります。そりゃ季節を先取りするが廓《さと》の習いで、ハハハ、何もここの女たちが寒がりだというわけじゃござんせんよ。どれほど寒かろうと、女郎衆は素人のように足袋を穿くというような野暮はいたしませんからねえ。

いえいえ、けっして足袋はだしで逃げださぬようにしておるわけでもございませんで。たとえばお武家様はご登城の折によほどのお年寄りしか足袋を召されぬものと伺いますし、むろん御白洲でも足袋は御法度なれば、ここで大切《だいじ》な勤めをする女郎衆が足袋を穿かぬは当たり前かと存じます。衣裳の裾から素足がちらついてこそ色気があれど、薄汚れた白足袋が覗いたりした日にゃ、艶消しもいいとこじゃありませんか。

神無月も半ばになれば足袋を穿いても足もとがひんやりとする。そこで亥《い》の日に定めて炉開きや炬燵《こたつ》開きをするのが世間の習わしだが、花魁の部屋でも亥の日から大火鉢を使うようにいたします。

ところでわざわざ亥の日を選ぶのは火除けのまじないだと申し、その日には無病息災を願ってぼた餅を喰う習わしもございますねえ。ありゃもともと宮中でイノシシのかたちに切った亥の子餅というお餅を召しあがるところから来たんだそうですが、イノシシの子だくさんにあやかるのだとか申して、ことに新妻にはせっせとぼた餅を喰わせますようで。

ここの女郎衆も世間同様ぼた餅を喰いますが、こちらはイノシシにあやかってもらうわけには参りません。そりゃ申すまでもなく、妊《はら》み女は断じて御法度の稼業ですからねえ。

それにしても、かほどに大勢の女がいて、毎日毎晩男と枕を交わせば、次々と子ができてもおかしくないが、幸いふしぎとそうはなりませんで。ひとつには年中足袋を穿かずにいて、身が冷えるからだと仰言った御医師もある。はてさて昔から女郎に足袋を穿かせぬ決まり事の所以《ゆえん》は案外そこらあたりにもあるんでしょうか。

　色里に勤めたら、瘡病《かさ》を患いやすいので、かりに子種が腹に宿っても、気づかぬうちに流れてしまうことも多いようでして。身ごもった場合は中条流の医者に診《み》せてすぐに子堕ろしをするが、そうなる前に日ごろから臍の下に灸をすえるなどして、用心をしております。

　ただ万が一気づかぬうちに子種が大きく育ち、始末がつかんようになったら、出《で》養生《ようじょう》させるかたちにして、ひそかに産ませるしかない。その昔、三浦屋の初代高尾という名高い花魁は、産んだわが子を禿に仕立てて道中に連れ歩いたなぞと申しますが、そりゃあまり賞められた話ではございませんなあ。

　子を産むのが女の手柄とされるのは素人にかぎった話で、女郎が子を身ごもれば、だらしがないと誹《そし》られるばかり。かりに産んだとしても、わが手で育てるわけにはいかず、里子にやるしか方途はない。それに高尾の昔はいざ知らず、だんだん周りの目が厳しくなって、腹がそこまで大きくふくれることはめったとないはずでした。

　ところが、そのめったとないことが舞鶴屋《うち》で起きてしまったから仰天しました。

まあ、これも順を追って話をしなければなりますまい。

その日は風がなく、わりあい穏やかな陽気だったから、わしは内所の長火鉢を前に帳面を繰りながら、わざと障子を開けて、初冬の日射しを楽しんでおりました。そうしたのどけさを打ち壊す慌ただしい足音が廊下に響くと、いささか不機嫌になったもんです。

「親方様、ちとよろしうござんすか」

と、おずおず入ってきたのは番新の千代菊で、そばに寄るなりそっと耳打ちをする。わしは思わずうーんと唸って、「そりゃ真実《まこと》か。まちがいないのだな」と、しつこく念を押すはめになった。

「わちきらがついていながら、ほんに相済まぬことでありんす。思えば以前から、どうもおかしいという気がしておりんしたが、まさかあの花魁にかぎって、左様な不始末をなされようとは夢にだに……」

千代菊はそう弁解し、わしはそれを聞きながらうろたえるばかりで、

「もう、どうにもならんのか」

と、つぶやくしかない。

「お腹はまださほど目立たねど、話を聞けば六月《むつき》はとうに過ぎたようで、そうなる

と中条でもてこに負えんかと存じんす」

きっぱりといいきられて万事休すと観念してからは、千代菊に固く口止めをし、人払いをした上で、取り敢えず不始末の張本人を内所に呼んでみた。

内所にあらわれたのは一体だれだとお思いで？　あの小夜衣だといえば、あなたもびっくりなされましょうがな。

千代菊のいう通り、腹はさほど目立たなかった。ただ話を聞かされたあとのせいか、顔が少しむくんで気怠《けだる》そうに見えなくもない。それがまた一段と臈長けた風情にも見えて、何やら男心をそそるものがございます。俗に妊み女は美しいという説を目の当たりにした心地で、わしは一瞬ぼうっと見とれましたが、さほど暢気な話ではありませんでした。

「そなたほどの妓が、よもや気づかなんだとは申すまい。一体どうしたことじゃ」

こっちが語気を荒らげて詰め寄っても、向こうは至ってすました顔つきで、

「申しわけもござんせん」

ふかぶかと頭を下げはするが、肚のうちはさっぱり読めなかった。

正直いって、小夜衣はもうわしの手に余るところがあった。胡蝶はたびたび手を

焼かしてくれたが、そのつどこちらがしっかり意見もできたし、一度はかっとのぼせあがっても、熱が冷めれば存外こちらの意見を素直に聞き入れたもんです。

片や小夜衣はもともと見た目よりもずっとしっかりして、知恵のよくまわる賢い妓《こ》で、禿や新造はもとより遣手や若い者までも巧く手玉に取って自分の味方につけておりました。

これぞという客人の心を靡かせる手練手管にかけては天下一品でして、舞鶴屋のお職を張るのみならず、当時は吉原一の稼ぎ頭とされたほどだから、こっちは扱いにもよほどの気を遣わねばなりません。

しかしながら、こちらがいくら大切にしてやったところで、所詮それは商売物の道具を磨き立てるのに過ぎんということを、当人は最初《はな》から見透かしておりました。こっちがいくら賞めても、口もとにうっすら笑みを浮かべて柳に風と受け流すばかりで、意見をするきっかけがないどころか、つけいる隙もございません。

ところがその妓がしでかした初めての大失敗《おおしくじり》は、それこそ取り返しがつかない過ちだったから恐れ入るじゃありませんか。

「父親《てておや》の知れぬ子を産めば、生まれた子は不幸になることくらい、利口なそなたなら考えなくともわかりそうなもんではないか」

今さらいっても詮無《せんな》い愚痴まじりの吐言《こごと》が出たところで、小夜衣の顔がなぜか薄笑いを浮かべたように見えたから、わしは思わず「何がおかしいっ」と怒鳴りつけた。向こうは動じる気配もなく、平然といい返します。

「父親は知れてござりんす」

わしは唖然として二の句が継げず、にっこり微笑いながらお腹を撫でさする小夜衣をにらみつけるばかりでした。

女郎があまり身ごもらない話はさっきもしたが、ほかにも妊まぬ工夫がいろいろあって、俗に込玉《こめだま》という詰め紙や挟み紙を用いて交われば、津液《しんえき》が奥の院に達せずして、まず子種を授かることがないと知るのは、いわば房術のイロハですよ。花魁はだれしも突出したその日からそれをよく心得ており、込玉をせずに交わるのはよほどの相手だから、腹の子の父親はあらかた見当がついてもおかしくはなかった。ただそうは申しても、相手をひとりに絞るには、多分に女子の勘を働かせ、またそうありたしとの願望が手伝ってもいましょう。

「お相手は、このことをご存じなのか」

と少し意地悪く訊いてみたら、打てば響くとばかりに、

「あい、ご存じでありんす」

と答えたのには恐れ入りました。こちらは、重ねてこう問わずにはおられません。

「ご承知の上なのか？」

「あい、産んでくれと仰言えした」

「そうか、そういうことだったのか……」

わしは大きくうなずきました。思えば小夜衣ともあろう妓が、子を宿して堕ろし損ねるという鈍な真似をするわけがなかった。相手が承知の上なら、それはそれでよしとせねばなりません。

当然ながら馴染みの客人が身重の小夜衣を請け出されるおつもりだと知って、わしはおかしなことに胡蝶のときと同様で、またしてもがっかりした。ふたりとも初めてわが手塩にかけて育てた妓だけに、実の娘を手放すようで、年季途中の身請けがどうにも残念でならなかった。

とはいえ商いは何事も売り時が肝腎で、折しも全盛を迎えた小夜衣は諸事をひっくるめて千両近い算盤玉《そろばんだま》がはじける勘定だから、舞鶴屋《まいづるや》としては万々歳でございま

す。果たしてそれだけの甲斐性がある客人となれば数はかなり絞られて、二、三の方のお名を口に出したら、案のじょう小夜衣の頭が大きく縦に振れました。

「おお、雑賀屋《さいかや》さんか。なるほど、あのお方ならすぐにも身請けをなされるであろう。この廓《さと》からそなたが根曳かれるはちと残念じゃが、あきらめるしかあるまいのう」

そういうと小夜衣がいやいやをするように首を振ったから、この妓もわしに恩義を感じて、名残惜しそうにしてくれるのかと思ったところが、

「身請けはなさりんせん」

と聞いて、あっけにとられた。

「……ならば、そなたは、何故に子を産むのじゃ……」

「市《いち》様が産んでくれと仰言えした」

小夜衣はにこにこして空とぼけたふうに答えるばかりで、一向に埒があかず、これはもう直に相手を問い質してみるほかなかった。腹の子の父親は本当に雑賀屋さんで、産んでくれと仰言ったこともまちがいないのだなと、わしが何度も念を押したのはもちろんでございます。

「親方様に、けっして嘘偽りは申しんせん」

小夜衣はしおらしくそういいながら、あのくろぐろした眸でじっとこちらを見つめておりました。わしは例によって深い井戸の底に吸い込まれそうな気分で、ふんふんとうなずいてしまいました。

身ごもって生まれ月が近づくと、花魁をもう妓楼に置いておくわけには参りません。箕輪の寮へ出養生させる手はずを整えるいっぽうで、わしはさっそく深川の木場に足を延ばしております。

左様。雑賀屋の名はあなたもご存じの通り、江戸指折りの材木問屋でして、屋号でも知れますように、初代はたしか紀伊国の出と伺ったが、小夜衣と契られたのは五代目当主の市郎兵衛《いちろべえ》様でございました。

木場の風景はここ久しく見ておりませんが、ありゃ大した眺めでございますねえ。堀に浮かんだ夥しい数の丸太に見とれ、印半纏《しるしばんてん》を着けた店の者ときびきびと立ち働く人足の多さに驚き、わしは少々気おくれをして、雑賀屋の暖簾がなかなかくぐれなかった。思いきって中へ足を踏み入れてからも、話を通すのに苦労しました。

廓の者が堅気のお宅を訪ねたら、まず追い返されても文句はいえないところだが、幸い離れの数寄屋《すきや》に通されて待つことしばし。こうしてかけ合いに押しかけたのはわれながら早計だった気もするし、相手に何からどう話せばよいかと迷うばかりで、ともすれば腰が浮いて逃げ帰りたくなる。なにしろ小夜衣は禿の時分から芝居の名人でして、わし自身、これまで何度もだまされたり、驚かされたりしたのを想いださずにはおられなかった。

ようやく姿をあらわされた雑賀屋さんは自ら茶の湯の道具を運び込むと、その場で点《た》てた薄茶を振る舞ってくだされた。わしは有り難くそれを頂戴しながら、じっと横顔を眺めておりました。鬢には白いものが混じって見えますが、肌つやは若々しく、品のいい、それでいて厳しく引き締まった面差しでありながら、時折こちらを振り向かれると意外なほどやさしそうな眼をしてらっしゃる。これなら正直に訴えたほうがよさそうに思われたところで、向こうが先に口を切られました。

「小夜衣のことで参られたのか？」

「ああ、はい、ご存じでございましょうか。あのお腹ではもう、うちに置いておけませず……」

とたんに雑賀屋さんの手にした柄杓がカタンと大きな音をたてた。

「左様か。本当だったのだな……」

というつぶやきだけでは、どこまでご承知なのか疑わしい。

「お怒りにならずに、まずはひと通り、こちらの話をお聞きくださりませ」

わしはあらかじめそう断って、小夜衣のいい分を話して聞かせた上で、

「本当に産めと仰言いましたのか？」

と重ねて念を押してみた。すると存外すんなりうなずかれたから、こっちはひとまずほっとして、こんどは相手のいい分を聞くかっこうでした。

雑賀屋さんはたしかに寝物語でよく「そなたにわしの子を産ませたい」と仰言っておられたそうです。とはいえ、ある晩、小夜衣が腹に手をやりながらにっこり笑って「ここに市様の赤子がおざんす」といったときは、さすがにびっくりなされたらしい。

それでも「産んでよろしうおざんすか？」とたずねられたら、即座の返事が口をついた。

「ああ、産んでくれ。すぐにも引き取って、うちの跡継ぎとして大切に育てよう」

たしかにそういったが、そのあといくら逢瀬を重ねても腹が目立つ様子はなかっ

たから、てっきり戯れ言だと思い込んでおられた。それが真実だと知れて、またしても驚きを隠せない表情ながら、存外うれしそうな声で「そうか、本当だったのか」と何度も繰り返されたので、わしは恐る恐る訊いてみた。

「お子が生まれたら、本当にお引き取りになるおつもりで？」

「ああ。わしが頼んで、約束をしたのだ。引き取らないで、どうするものか」

きっぱりとした仰言りように、こんどはこっちがびっくりさせられました。何かこうふしぎな夢でも見ておるような気分だったが、肝腎の話をし忘れてはなりません。

「赤子を産ませて引き取られるということは、つまり、小夜衣を身請けなさるものと考えてよろしいのでござりましょうなあ」

「いや、それはできん」

と間髪を入れずに仰言ったのもびっくりしたが、そうとなればこちらは正面きって話すしかない。

「小夜衣も身請けをなさらぬことは百も承知の上でお子を産みたいと申しますが、私には一円合点《いちえんがてん》が参りませぬ。抱え主として、とくと理由《わけ》をお聞かせ願いとう存じます」

雑賀屋さんはしばし黙然として手早く茶道具を片づけておられたが、建水《けんすい》を退《さ》げられたところで、ついに意を決したようにまっすぐこちらを向かれた。

「手前勝手な望みを叶えてくれた小夜衣に、まずは礼を申したい。舞鶴屋にも迷惑をかけて相済まんが、できるかぎりの埋め合わせはするつもりだ」

「どうか仔細をお聞かせくださりませ」

と、わしはあくまで喰いさがって、ようやく事のあらましを聞かせてもらいました。

雑賀屋は五代続いた材木商の老舗だが、当代の市郎兵衛様にはいまだ跡継ぎのお子がなかった。石女《うまずめ》の内儀を離縁して新たに妻《さい》を迎えることもせず、妾を囲う気にもならなかったのは、内儀のご実家に遠慮して、世間の目を憚る気持ちもあるからだといいます。だれか養子を迎えるにも、自身にご兄弟はなく、遠縁をたぐり寄せるのも気が乗らなかったそうです。

そんな折しも小夜衣と巡り会い、容姿のみならず才覚にすっかり惚れ込んで、この女にわが子を産ませてみたいという気持ちになられた。これまでほかの女子《おなご》とまるで無縁なわけでもなかったが、左様な気持ちになったのは初めてだったから、つい当人の前でそのことを口にした。

「ただし、残念ながらそなたの根曳きまではしてやれぬと、はっきり申したはずだ。身ごもったと聞いたときも、根曳きはしてやれぬが、それでも産んでくれる気があるかとたずねはしたものの、まさか……」

雑賀屋さんは話しながら考え込むふうにまぶたを閉じておられた。わしは首をひねってばかりだった。

小夜衣は果たしてどういうつもりで子を宿したのだろう。本当に子を身ごもれば、やっぱりわが身ともども請け出してもらえるように男を甘くみたのだろうか。片や雑賀屋さんはどこまで本気で口約束をなされたのだろうか。

「わが子ができたのは初めてのことだ。始末されずにすんで、本当にありがたい」

とつぶやかれたのは本音だろうが、それでは少々虫がよすぎるといわねばなりません。本来ならわが子を産ませた女に、知らん顔はできないはずじゃありませんか。

「やはり、身請けはどうしても叶いませぬか？」

と、わしはふたたび喰いさがったが、相手の首はすぐ横に振れた。

「わが子が無事に誕生するまで諸事の入り用はむろんこちらが持とう。どうか安らかに産ませてやってくれ。跡取りにするとまでは断言しかねるが、その子はきちんとわしの手元に引き取って、しかるべく身が立つよう計らうつもりだ。されば、なおさらもって、小夜衣を家に迎えるわけには参らんのだ」

なにせ内儀の実家に遠慮して、これまでも妾を置かなかったお人だから、吉原の花魁を身請けして、その子を跡継ぎにするというような世間体の悪い真似はなさるはずもなかった。子を引き取るなら、実母とは縁を切らせて世間の目を巧くかわし、後の障《さわ》りがないようにしたいとお考えになるのは当然かもしれん。利口な小夜衣もどうやらそれを承知の上で産む気になったらしいが、さあ、そうした女心は、いかなわしでも測りかねました。

それにしてもずいぶんな話じゃねえか。うちのお職の花魁を身請けもせずにボテレンにするたァ何事だっ、と、わしは怒鳴りつけたいくらいだった。

だが一方で、大勢の男と枕を交わした花魁に、わが種が宿ったと聞かされて、そうやすやすと信じられるのもふしぎでして。いやはや、あの艶やかな黒い眸にじっと見つめられると、わしでさえ逆らえないような気分になりますから、雑賀屋さんは小夜衣にまんまと誑《たぶら》かされて、ひょっとしたら別の男の種を押しつけられたのではないかと疑いたくもなりました。

ともあれ、この期に及んだら、こっちは取るものを取ってやらねば気が済みませんから、胸のうちでせっせと算盤をはじきます。産後の休みもふくめて小夜衣が妓《み》楼《せ》に出られぬ日にちを勘定した上で、その間の稼ぎがいくらになるかをまずはじきだし、さらに世話をさせる新造や禿の喰い扶持、産婆と雇い女の手当をひっくるめて相当な額をふっかけたが、そこはそれ江戸で名だたる材木問屋の大旦那だから、すんなりそれを呑まれた。

つまりはしようと思えば身請けもできる裕福なお大尽でありながら、雑賀屋さんは小夜衣をどうしても家に入れようとはなさらなかった。そりゃさっき申した通り、内儀の実家と世間体を憚るお気持ちも強かったのはたしかだろう。しかしながら、ただそれだけではあるまいと、わしは帰り際に思い直したもんですよ。

雑賀屋さんとは離れの数寄屋でお別れした。そこはわしが先に暖簾をくぐった店とはかなりの隔たりがあったから、手引きが付き添いました。あのあたりの材木問屋は大方そうなんでしょうが、お武家屋敷並みに広いもんで、うっかりしたら迷子になります。

庭には堀から水を引いて、大きな築山《つきやま》の麓《ふもと》に泉水《せんすい》をめぐらし、泉水には石橋が架かって、その向こうに風雅な茅葺きの四阿《あずまや》が設《しつら》えてあった。そこかしこに枝振りのいい立木が植わって、折しも紅葉の真っ盛りだったから、ついつい目を奪われて、「みごとなお庭でございますなあ」なぞと手引き役の男に世辞をいいながら、わしはゆっくりと足を運んでおりました。これだけ大きな家なら、小夜衣ひとり住まわせるくらい、なんでもなかろうに、と思ったもんです。

離れから少し歩いて母屋にかかるあたりで急にざわざわと人の気配がすると、すぐに女中が何人か連れ立ってにぎやかにおしゃべりしながらあらわれました。ひとりあきらかに身なりのちがう女人の姿が見えたので「あれは？」と思わず訊けば、案のじょう「お内儀様で」との返事でした。

その日も穏やかな小春日和だったから、庭に出てそぞろ歩きをなさるとこだったんでしょう、廓の者が鉢合わせをしたらまずかろうとみて、わしはその場に立ち止まってやり過ごしながらも、目はおのずと向こうの姿を追います。すると気配を察してか、お内儀が急にこちらを振り向かれた。

アッと出かかる声を抑えて、わしはふかぶかと一礼をした。向こうはにっこりと微笑って軽い会釈をすると、すぐに四阿のほうへ向かわれました。

いやはや、驚いたのなんの。むろんそれなりに歳は召されてたとはいえ、お内儀はいまだにこちらが見とれるほどの美人で、お若いころは頗《すこぶ》るつきの別嬪《べっぴん》だったろう。ただ驚いたわけはそれだけではありませんで。わしが一瞬ぞくっとするほど、あの小夜衣と顔立ちや佇《たたず》まいが似ておりました。

ウーンとわしが唸ったのを手引き役の男に気づかれなかったのは幸いで、どうかしたかと訊かれたら、返事のしようがなかった。ハハハ、雑賀屋さんのお気持ちが、今やっとわかったというわけにも参りませんからねえ。

雑賀屋さんがお内儀を離縁なさらなかったのは、実家を気づかい、世間体を憚られただけではなかった。実のところ、お内儀に惚れてらっしゃったからだと存じます。そのお内儀は、気の毒にも子が産めぬ躰だったというわけですよ。

いえね、男というものは浮気性で次から次へ目移りするようでいて、相手の女はどれもふしぎと似ておりまして。そりゃこの商売を長くやっておれば、おのずと知れることでござんすがね。

雑賀屋さんが小夜衣にぞっこん惚れたばかりか、初めてわが子を産ませたいとまでお思いになったのは、それなりの理由があったんですよ。互いに似ておる女子ふたりが鉢合わせをしてはまずかろう。だからこそ小夜衣は家人の目から断じて隠し通さねばならん。身請けして囲うなぞもってのほか、ということだったんでしょう。

お内儀の身代わりに子を産まされる小夜衣が、わしはいささか不憫《ふびん》になりました。不憫といえば、お内儀のほうはもっと不憫でございます。なにしろ見ず知らずの女、というよりも、わが夫を寝取った相手の子を、自らの子として育てさせられるわけですからねえ。そうまでしても、男が自らの血を引く跡取りがほしい気持ちは、まあ、わしも同じ男として、わからんではありませんがね。

せめては惚れた女房と似た子であってほしいという、ご本人が仰言った「手前勝手な望み」を、小夜衣が叶えて差しあげる気になったのは、内儀を知らないからこそだったのではないか。子を産めばひょっとしたら自らの身請けもしてもらえるかもしれんというような甘い思惑がもしあるとすれば、そのあてはまったくないことを、わしは小夜衣に話しておこうかどうしようかと迷いました。で、話すのはやっぱり止《よ》しにした。内儀と似ておるといわれて、それを歓ぶ妓があるとは思えませんからねえ。

とにかくお産はだれしも命がけだ。世間のお人とちがって、わしが無事な子の誕生を望むよりも、母親の五躰が無事で済むよう祈ったのは、至極当然のことでございますよ。


ところで箕輪あたりは田圃ばかりで冬はずいぶん殺風景ですが、時おり目をなごませてくれるのは大空を悠々と舞う鶴の姿でございましょうか。近くの三河島には将軍家の御鷹場《おたかば》があって、そこで狩られるのも多いんだとか。

大きいのが真鶴《まなづる》で、小さいのは鍋鶴《なべづる》。とりわけ立派で美しいのは丹頂《たんちょう》と申し、近在の百姓でさえ絵では見ても、実物を目にすることは稀だそうで。わしらは鷺《さぎ》と鶴のちがいもよくはわかりませんで、空に紅い足が舞うのを見たら、ありゃ鶴だと思うばかり。

俗に雀の千声、鶴のひと声と申して、鶴はめったに啼《な》かんような気がするが、あのあたりに行けば、そりゃ大まちがいだと知れましょう。いやもう、甲高い声でうるさいほどコウコウ、ギャアギャアと啼いておりますよ。

そうそう、尺八に「鶴の巣ごもり」という名曲があって、ありゃいいもんでなあ。鶴の呼び交う声が甲高い節まわしになり、フルフルとふるえる音色が羽ばたきを想わせて、その様子が目に浮かびます。と申しても、わしは見たわけではございません。ハハハ、そりゃ鶴も用心するから、人目のあるところで巣を作って卵を抱いたりはしますまい。

話によれば、鶴は夫婦が仲良ぅ一生連れ添う鳥で、卵も交互に抱き、子育ても共にするのだとか。大きな鳥ゆえに子育ても一年では片づかんらしい。たかが鳥類とは侮れず、人よりもはるかに夫婦親子の情愛が深いと申します。ご承知の通り、うちは屋号が舞鶴屋だから、子どもの時分にそうした鶴の話をよく聞かされたもんです。

さて、舞鶴屋で空の一番高いところを飛んでおった丹頂鶴ならぬ小夜衣も、箕輪でしばらく巣ごもりをいたしました。あのあたりはうちだけでなく、松葉屋さん、丁子屋さんといった大籬の寮がたくさんございましてねえ。

妓楼の寮は突出し前の新造が習い事の仕上げをするときに使ったりもするが、大概は患った花魁の出養生先となります。なにしろ花魁は瘡病患いが多いんで、だれかれとなくひっきりなしに出入りがある。幸いこれまで突出し前に一度使ったきりの小夜衣は、思わぬかたちで出養生するはめになったわけでして。小夜衣付きの振新と禿はむろん一緒にお供で、こっちは何かと心配だから番新の千代菊も付けてやりました。

寮はどこも板塀でぐるりと敷地を囲いまして、中には数寄屋普請の離れがいくつかちらばり、花魁がそれぞれ身内だけで気楽に過ごせるようにしてあります。小夜衣には風雅に洒落込んだ茅葺きの三間続きをあてがって、六人で暮らすにも広さは十分でした。

朝晩の食事は母屋の台所で賄い方が用意をし、好物を頼めばなんでも取り寄せてくれる。長閑《のどか》な眺めに見飽きれば、退屈しのぎに芸人を呼んで遊ぶもよし、師匠を招いて芸事に打ち込むもよし、夜は蒲団の上でひとり羽根を伸ばして寝めるのだから、花魁にとっちゃまさに極楽ですよ。

小夜衣は時に音曲の師匠を招いて連れ弾きを楽しんだりもしたそうだが、好きな書の稽古をしようにも、あの佐藤千蔭先生をお招きすることはさすがにできません。むろん先生には南町奉行所の吟味方与力という大切なお役目があって、廓でも月に一度か二度お目にかかれたらいいほうでしたし、それに何より小夜衣のほうが身重の躰を先生には見られたくなかったでしょうよ。

小夜衣がしばらく舞鶴屋から姿を消して書の稽古を休んでおったあいだは、先生もずいぶんお淋しそうで、理由を問われて、隠してもいずれどこからか耳に入ることだと存じ、わしはありのままをお話しした。そうしたら先生もたいそう意外な面もちで、あきらかに気落ちなさっておりました。

ふたりはむろん枕を交わすどころか、吸い付け煙草ひとつしたことのないような清い間柄でしたが、それゆえにかえって純な気持ちが高まり、下心のない情が深まっていったのかもしれません。片や絶えず多くの男と枕を交わす花魁で、片やそれと知って書や歌の道を熱心に教え導かれた先生なればこそ、そうした男女の仲があり得たんでしょう。互いに惚れて愛しく思い合う様子は、傍《はた》で見てよくわかりました。いえね、部屋にふたりが寄るとあたりに温気《うんき》のようなものがむっと立ちこめて、ハハハ、当人同士は知らず、わしはその場に居づらい思いがしたし、ちと妬ましい気持ちにもなりました。なにせ小夜衣に惚れ込んだのはこっちのほうが先なんですからねえ。

小夜衣の懐胎を知った先生が気落ちして見えたのは、これであの妓が廓からいなくなるのを惜しまれたばかりでなく、その男《ひと》の子を産む気にまでなった深間《ふかま》の相手があらわれたことに、いささかお心が傷ついたものとも思われます。

さて、その深間のお馴染みが貢いでくださるからこそ続く極楽暮らしだが、雑賀屋さんは金に糸目はつけぬと仰言ったので、わしもゆっくり休ませてやるつもりではおりました。

ただあんまり長く休ませておいたら、ほかのお馴染みが他所《よそ》に目移りされても文句はいえません。されば、長くとも産み月をふくめて前後ふた月くらいがせいぜいといったところなれど、もしも子を産んだという噂が広まれば、小夜衣の値打ちがいっきに下がりますから、腹が目立たぬうちにはやばやと向こうへやることにしました。

みんなまさかと思うのか、当座はっきりそれと気づいたのは舞鶴屋《うち》の中でもまだ千代菊しかいないようだったが、どんなに固く口止めしても、人の口には戸が閉《た》てられずで、いつかきっと洩らしてしまう。それも恐れて千代菊を一緒に向こうへやったんですよ。小夜衣が患ったと触れてまわれば、そりゃ何かと悪い噂が流れても、そうめずらしいこっちゃなし、またぞろ元気な姿をあらわせば、それで事は済みますからねえ。

千代菊は向こうとこちらをしょっちゅう往き来して、小夜衣が子を産む前のまことに優雅な暮らしぶりを、逐一わしに報せてくれました。若い振新なら往来の途中でどろんと消える恐れもあるが、千代菊のような古株はもう吉原をおいてほかに行き場もなく、そうした使いにはもってこいでした。

千代菊がこっちに帰ってくると、うちの者は皆しきりに小夜衣の様子を訊きたがる。胡蝶なんぞは内所まで押しかけてくるから、こっちも用心して話をせねばならん。

なんだかんだいっても、やっぱりあの妓はあの妓で、幼馴染みの容態が案じられたんでしょうなあ。それでいて小夜衣がいなくなったらたちまち自分の稼ぎが目立ち、めでたくお職を張れるようになったのがよほど嬉しかったと見えて、肩で風切る道中ぶりが評判になりましたが、はてさて真実を知ったら、どう思ったことやら。

ハハハ、また女として先を越されたと思い、大いに悔しがったんでしょうか。

廓で子を産む女郎は稀だが、子種を宿すのはめずらしからず、千代菊もかつて身に覚えがあったからこそ、小夜衣の様子がおかしいのにいち早く気づいたんじゃないか。それればかりでなく、まだ親父が楼主の時分に、ひょっとしたらうちで子を産んだ花魁がいたのかもしれんと思われたのは、何やら知ったふうな物言いをしたからですよ。

「あのお腹のかたちなら、きっと男の子が誕生しんしょう」

ハハハ、そう聞かされたら、そりゃどんな腹のかたちなのかと気になって、つい箕輪に足を延ばしました。

ちっと見ないあいだに小夜衣のお腹は大きくふくらんで、正直びっくりした。ゆるく結んだ前帯の下からせり出した腹に、振新や禿たちもわしと同様に恐れ入ったというか、怖じ気づいたふうに見えます。

「気分はどうだ？」

ありきたりな挨拶をしたら、向こうはこっちの心を見透かしたように腹へ手をやって、くすくす笑った。

「中でよう騒いでおりんす。三味線が鳴ると腹をよう蹴りんすのは、踊る気でもありんしょうか」

おかしなことをいうもんだと、わしはちっと笑いそうになりながら、妙に感じ入りもしました。妓楼のあるじとして大勢の女を抱えておっても、腹に子を抱える女の心まではわかりようがない。小夜衣はとうとうわしの手の届かぬところへ行ってしまったというような、ふしぎと淋しい気持ちがしたもんですよ。

ふくらんだのは腹ばかりではない。顔もふっくらとし、目鼻がゆったりと間をあけて、端整な美貌からは遠のいたが、なんともやさしげなおふくろ様の顔がいきいきとして見えました。口をきくとすぐに息があがってしまうようで、ときどき悩ましげな表情《かお》をするのがまた妙に男心をそそったと申さねばなりますまい。

千代菊の話だと、ちょうどそのころは何をするにも大儀そうで、朝晩の飯もあまり喰わなかったらしい。産み月の間際にはまた喰い気がもどったと聞いて、ほっとしましたよ。

産後の肥立ちが悪くて命を落とした話は世間でいくらも耳にするから、食が細るのは案じられた。赤子の分まで食べるのだから、欲しがるものはなんでも与えてくれと申しつけておいたら、時に奇妙なものを好んで食べたがったそうです。一時はなんにでも抹茶を振りかけて食べようとしたらしい。子を妊むとその手のことがままあるのだとか。千代菊はまるで自分も子を産んだことがあるような口ぶりなのが怪しくて、もしかしたら、という気もしました。ハハハ、女はだれしも男の窺い知れんところがあるもんですからねえ。

小夜衣が身ごもったことも実はもっと早くに気づいて、ふたりで示し合わせたのかもしれん。始末がつかなくなるまで気づかなかったほうがおかしいのではないかと、わしはだんだん疑うようになったほどで。

さほどに千代菊は小夜衣の様子を事細かに伝えてくれました。もうかなり寒くなった時分に、外へ出たがるので困るというような話もね。

鶴の啼き声が聞こえると、どうしても姿を見に行きたいとせがんで、あの妓らしくもない駄々をこねたそうだ。雪景色にぼんやり見とれてたかと思えば、急にぽろぽろと涙をこぼしはじめるから、気分でも悪いのかと若い振新や禿はしきりに心配するが、日ごろいかにしっかりした気性の女でも、腹に子を持つと妙に気弱になってしまうときがあるのだなぞと、千代菊はとくとくと話してくれました。

あれはたしか初午の時分だったかと存じます。太神楽の音が表でにぎやかに響いておりましたからねえ。その音に負けず劣らず、千代菊の話しぶりは熱心だった。もう産み月に入ったから、一度顔を見ておいたほうがいいという。たしかに悪くすれば生きた顔の見納めともなりかねんので、わしは取るものも取り敢えずふたたび箕輪へ足を向けました。

小夜衣は前に見たときよりも元気そうで、思いのほか落ち着いた顔つきだった。わしのほうがよほどうろたえておったかもしれん。なにせ腹が立派に見えすぎて、無事に産めるかどうか案じられてなりません。あんな大きな腹を抱えて子を産む気になれる女の勇ましさには、ただただ恐れ入るばかりでした。

あの妓の躰をそんなふうにしてくれた雑賀屋さんにも無性に腹が立ちました。もしものことがあったら、一体どうしてくれるのかといいたい気持ちですよ。小夜衣は当時まだあとゆうに四年は年季を残して、無事に勤めあげれば、それこそ千や二千ではきかぬ稼ぎをするだろう。それを殺されてはたまらんという、まあ、妓楼のあるじとしては欲得ずくの心配もないではないが、正直けっしてそれだけではございませんで。あの妓は胡蝶と同じく手塩にかけて育てたわが子も同然だけに、なんとしてもお産で命を落とさせたくはなかった。

あとで様子を聞いたら、案のじょう相当の難産だったらしい。今にも死にそうな悲鳴が何度もあがると、振新や禿たちは縮みあがってものの役に立たなくなり、千代菊だけが小夜衣の腰をせっせと揉んで、産婆を手伝ったという。オギャアと聞こえたとたん、その場にべったりと座り込んで、すぐには立ちあがれなかったそうです。

無事に生まれたと聞いて、わしはまた寮を訪ねました。文字通り玉のような男児を見届けて、思わず顔がほころびましたよ。

赤子の顔はどれも一緒だと決めつけておったが、よく見れば、煙ったような下がり眉は幼いころの小夜衣とそっくりで、赤子ながらに大きな福耳は父親と生き写し。ハハハ、おかしなもんで、わしはその子の顔を見て、それまで深く気にも留めなかった雑賀屋さんの耳のかたちを想いだしたんですよ。ご当人が見れば、どんなにうれしかろうかと存じました。

その日は春先のおだやかな陽気だったから、小夜衣は縁側に腰をおろして赤子に乳をふくませておった。お天道様の光をまともに浴びた産着と、きめ細かい肌が唐渡りの白磁ように まぶしく輝いて見えました。

産後の肥立ちはよさそうで、それにはひとまず安堵した。ただ赤子が乳を飲む姿は傍で見てさえ愛くるしうてたまらんから、ここにまた別の心配が生じます。

赤子が吸い続ければ乳はいつまでも出るという話だし、乳房のかたちが崩れる心配もありましたが、それにもましてどんどん赤子に情が移って別れづらくなる恐れもある。酷《むご》いようでも赤子を早く乳から離したほうが、結句あとの心残りは少なくてすむはずでした。

乳母を雇うなら、後々のことを考えて、雑賀屋さんとも相談の上で決めたほうがよいかもしれん。とはいえまだほんの水子なれば、無事に育つかどうかもわからず、はやばやと報せていいものかどうか迷いもします。ふつうは百日の祝いをすませて、やっと世間にお披露目するもんですからねえ。

わしがそんなふうにあれこれ思い悩んでおる最中に、気散じな禿どもは庭におりて遊んでおったが、急に空を見あげて「あれあれ」と大きな声をあげました。ふたりが指さす彼方には足の紅い鶴が二羽、ちょうど渡りの時節だったかして、天高く舞いながらみるみる遠ざかって参ります。

そのときふと、鶴の夫婦は一生連れ添い、共に子育てをするという話が想いだされて、わしは雑賀屋さんに書状をしたためる気になりました。

用心して詳しい話は何も書かなかったが、とにかく近いうちに仲之町の茶屋へ足をお運びくださるようお願いしたら、たぶんお気づきになったのだろう、次の日さっそくお越しになった。

いやはやもう、男児の誕生と聞いて大歓びだ。今すぐにも引き取りたいという表情に見えましたが、むろん事はそうやすやすと運びません。向こうは向こうで内儀を筆頭に話をつけねばならん相手が大勢あれば、また話すにもいろいろと段取りが要りましょう。

もし内儀が承知をなさらなかったらどうなるのか、とまでは訊けなかった。こっちは何とぞ内儀が寛大なお気持ちになられて、別腹の子を快くお育てくださるよう念じるしかない。

あの日、庭でばったり鉢合わせをして、拝見したお顔が小夜衣とよく似てたから、内儀も赤子をご覧になればきっと引き取りたいお気持ちになられましょうなぞとは、思ってもまさか口に出せるわけがありません。

それから半月ほどは、やきもきのし通しでした。音沙汰がなしのつぶてでも、こっちが催促をするわけにはいきません。雑賀屋さんが家人にどこまで打ち明けるおつもりか知れん以上、廓の者がたびたび顔を出したり、余計な手紙を出すのはまずかろうと思われました。かくしてひたすらじっと辛抱して待ち続けたせいで、約定《やくじょう》違《たが》わずその子を引き取りたい旨の書状が届いたときは、ほっと胸を撫でおろして小躍りいたしました。

廓の女が産んだ子は人知れず闇から闇へと葬られるか、よくても見ず知らずの他人へ里子に出されるのがお定まり。それがなんと天下晴れて父親の手元に引き取られ、しかも巧くいけば江戸で名だたる材木問屋の跡取りになれるかもしれんというのだから、これはまさに僥倖としか申せません。ああ、なんたる果報者だと、その子を産んだ母親の運の強さが想われて、ほうぼうに吹聴してまわりたいくらいだったが、さすがにそれはできず、うちの者にも内緒にして事は何もかも隠密裡に運ぶゆえ、箕輪で養生する当人に報せる役目もわし自ら果たしました。

寮に着いたときは、ちょうど小夜衣が白い胸に茶碗をあてがっておりまして、千代菊に訊けば、胸が痛むと赤子が吸わなくなった無駄な乳を搾りとって捨てるのだとか。それを聞いて、ああ、なんとも冥加《みょうが》の悪い、罪作りな話だと思いましたよ。

雑賀屋さんの話を聞かせると、

「もっとものことにおざんす」

と小夜衣は至極当然の顔つきで、もっと舞いあがるだろうとみておったこちらはいささか拍子抜けの塩梅でした。

約束が反古《ほご》にされたときは一体どんな顔をしたんだろうかと思われたが、案外それでも平気な顔だったのかもしれません。思えば小夜衣はいついかなるときも取り乱さずに、婉然と微笑っていそうだった。胡蝶と歳は変わらんくせに、禿の時分からずいぶんと大人びた子でしたからねえ。

ただし向こうが約束を守ってその子を引き取るについては、こっちにも守らねばならん約束があります。まず、このことを断じて外に洩らしてはならなかった。養子とはせずに、いずれ世間にはちゃんと内儀の腹に生まれた子として披露したいから、くれぐれも内密にするよう念を押された。

そりゃ当座はあれこれ悪い噂も立とうが、世間もそうそう他人事《ひとごと》に構ってはおれん。ほとぼりが冷めればあっさりそれで通ってしまう。世間とはまあそうしたもんで、こっちが尻尾をつかまえられさえしなければ、万事めでたく納まるという寸法でございます。

したが、そのためには小夜衣が、わが子と一生の縁切りをせねばなりません。酷いようでも、それが今の世の道理というもの。子別れをするならするで、一刻も早いほうがいい。なまじ少しでも長く手元に置けば、別れが辛くなるばかりだと思われました。

わしが話をするあいだは新造も禿も、乳母にも座を外させたから、赤子は母親のふところに抱かれて何も知らずに泣いておった。

文字通り顔を真っ赤にして、小さな握りこぶしをふるわせておる姿は、子心にも母との別れを察し、まるでそれに憤るかのごとく見え、わしは胸が締めつけられるようでした。

片や小夜衣は赤子の泣き声を涼しく聞き流すふうで、

「それもまた、もっともにおざんす」

と実に物静かな声でいいました。

自分の腹を痛めて産んだ子と縁切りするのは、もとより承知の上と悟った大人の顔つきだが、はてさて本当に得心が参ったのかどうかまではわかりませんよ。

小夜衣がなんの見返りもあてにせず、雑賀屋さんの子を産んだとはどうも思いにくい。身請けは叶わぬにしろ、実母という立場に心底こだわらないわけはなかろう。そうでないとまた死ぬほど辛い思いをして産んだ甲斐があるまいという気がしました。

あの妓なりの胸算用があったとはいわないまでも、小夜衣は雑賀屋さんの心が自分にあると信じて子どもを産んだはずだ。ところが実のところ、雑賀屋さんの心は内儀のほうを向いておった。小夜衣は内儀の身代わりで、産む道具として扱われただけなのかもしれん。わしがあの日、庭で内儀とすれちがったときに悟ったことを、まるで知らずにいる小夜衣の心根を思うと哀れでした。

泣き声が激しくなると、乳母の姿がそばに見あたらんから、小夜衣はやおらわしの前で胸元をくつろげて乳房をあらわにした。赤子はすかさず乳首を口にふくんで、小さな手でぎゅっと母親の胸をつかんでおる。白い肌にぴたりと貼りついた姿がまるで鶴の羽にくるまれたように見えました。

鶴の子なら飛び立てもしないうちに親から引き離されることもあるまいと思われた。それに、そもそも鶴なら一生連れ添う雌雄ひと組のつがいで子をなすはずではないか。ああ、人はつくづく身勝手で、情け知らずだという気がしました。

赤子に乳をやる小夜衣は実に穏やかで満ち足りた笑顔をしておった。もう二度とこのような笑顔を見せることはあるまいと思えば、不憫でならなかった。

乳母は赤子を先方に連れていって、そのまま向こうで雇われる手はずにしてありました。実母の切ない子別れを、わしは見なかったが、赤子が寮から連れ去られたあと、小夜衣はひと間に閉じこもってしばらく出てこなかったそうです。出てきたあとは別段泣き顔も見せずに、凍《い》て鶴のような無心の眸をして、もう赤子のことはいっさい口にしなかったらしい。見かけによらず芯が強い、あの妓らしい思い切りのよさでした。

赤子は百日の祝いが過ぎねばちゃんと目があかぬというから、美しい実母の顔はついに見ずじまいだったが、かえってそのほうがうしろ髪を引かれずによかったかもしれん。そう思うと、実母と養母が似ておったことはますます皮肉な話としかいいようがございません。

子別れしても乳房は張るし、悪露《おろ》が下りる躰で廓にもどすわけにはいかず、小夜衣はそれからまだ半月ばかりも箕輪におりました。ゆっくりと養生させた甲斐あって、産後の肥立ちもよく、さりとてそう太りもせず、ふたたび妓楼にあらわれたときは全盛の花魁の名に恥じぬ、すっきりとした姿かたちが披露できて、以前のお馴染みが待ってましたとばかりにどっと押し寄せて参ります。会えばまったく元通りどころか、しばらく休んだ分、前より肌つやがいいくらいだから、他所の妓に気を移した客人も、またすんなり元の鞘に収まりました。

女が子を産めばどうしても肝腎のあそこが甘口になるというが、廓の女はさすがにそれなりの心得があってさしたる遺漏もなく、むしろ留守にしたあいだの淋しさが客人の身にしみて、小夜衣の評判がいっそう高まったのは、これぞけがの功名とでも申しましょうか。とどのつまりは一年とたたずにみごと返り咲きして、ハハハ、ふたたびお職の座を明け渡すはめになった胡蝶はたいそう悔しがっておりましたよ。

もっとも小夜衣は馴染みの客人ほぼすべてのお方とよりがもどせたのに、雑賀屋さんだけは以来ご来駕《らいが》がなく、ずいぶん薄情な仕打ちとも思われたが、向こうにしてみれば小夜衣と会えば子どもの件をなかったことにはできないから、顔を合わせづらくなられたんでしょうなあ。それゆえご当人は姿を見せないまでも、紋日の大半は小夜衣を買い切りにして仕舞いをつけ、その日は丸一日ゆっくり躰を休ませてやるという、お大尽ならではの粋な計らいをなさっておいででしたよ。

それからまたちょうど一年ほどたったころ、ある日こんどはわしのほうが仲之町の茶屋に呼びだされて雑賀屋さんと対面した。座敷の隅には乳母の姿もあるのに、赤子が見えなかったから、たちまち悪い勘が働いた。案のじょう、亡くなったという報せでした。

流行《はや》り病で熱が下がらずに、あっけなくあの世へ旅立つ子は世間にごまんとあるが、運の強い果報者と思われただけに、わしはとても残念でならなかった。禍福はあざなえる縄のごとしとはいえ、過ぎた果報が逆さまに仇となってあの子の命を縮めたようで、なんとも切ない心持ちにございました。

いっぽう雑賀屋さんが、まことに相済まないと頭を下げられたのはちと驚きで、どだい赤子とは縁切りしたのだからこちらは報せを受けなくても当然なくらいでして、文句をいう筋合いは毛頭ございません。それなのに、わざわざご自分で伝えづらい話をしに来られたのは、子どもはけっして疎かに扱ったわけではないことを訴えたいお気持ちだったのかもしれません。

赤子は市太郎という幼名をつけてもらって、内儀にもずいぶん可愛がられたらしい。内儀は三晩も寝ずに介抱をし、赤子が息を引き取ったときはえらく取り乱して、あるにもあられぬ大泣きをなさったそうだ。

「ほんに見ていてお可哀想でございました」

と乳母が遠慮がちに声を添えます。

わしはまぶたのうちで内儀の泣き顔と小夜衣のそれを重ねました。内儀の身代わりに小夜衣が産んだ子を、こんどは内儀が実母の身代わりに看取られたのだと思えば、これもまた皮肉な因果としかいいようがございません。

さあ、そのことを当人に話したものかどうかは、大いに迷うところでした。雑賀屋さんも直には告げられないからこそ、こちらの口を通じて伝わるようになされたのだろうが、わしとてすぐにはいいだしかねた。次の日の昼を過ぎてもまだためらいがあり、夕闇が迫り来ると、いっそ話さずにすまそうかという気になりながら、いよいよ小夜衣が道中に出かけようとする姿を見て、思わず声をかけてしまった。

「小夜衣太夫、道中を前にした慌ただしいさなかにすまんが、ちと奥に来てくれぬか」

ほかの者は遠慮いたせと申しつけたので、小夜衣は重い道中の衣裳で介添えも付けずに、ゆったりとした足取りで内所にあらわれました。

なにしろ利口な妓だから、余人の前では聞かせられない話だとわかって当然だし、こちらの顔色であらかた見当がついておったのかもしれません。

「あの子のことだが……」

といいさしたところで、すべてを察したらしい。

「亡くなりんしたか」

と先を越され、こっちは黙ってうなずくばかりだった。

咄嗟に出た言葉で、小夜衣はわが腹を痛めた子どものことを忘れずにいたどころか、ずっと気にかけていた様子が窺えました。

しかしながら、その場では涙一滴こぼさなかった。これから晴れの道中をしようという花魁が、涙を流して化粧を崩すわけにはいかなかった。

されど実母に代わって養母が存分に流した涙で、死んだあの子はきっと浮かばれたにちがいなかろうと存じます。

霜月は火焚《ほたけ》のやきもき

この商売で一番厄介なのは、女郎同士の諍いでしょうか。毎日毎晩、ああして、すました顔で張見世《はりみせ》をするあいだでも、何やかやといざこざが起きます。そりゃ、格子の内にずらっと横並びでおれば、皆われがちに男の目を惹こうとして躍起になりますからねえ。

この先の長國寺《ちょうこくじ》では、毎年霜月《しもつき》に鷲妙見大菩薩《わしみょうけんだいぼさつ》様がご開帳となり、酉《とり》の日に酉の祭《まち》をしてたいそうにぎわいますが、その日は参詣がてらに吉原《ここ》を初めて訪れる客人が多いから、張見世では手ぐすねをひいております。境内で買った縁起物の熊手を担いでひやかしにまわる連中は、ハハハ、逆さまに女郎衆の熊手にひっかかってしまうという塩梅ですよ。

またここのご本尊である呼出しの花魁も、鷲妙見様に負けじと鳳凰柄の派手な裲襠《しかけ》で道中をいたしますから、その日はただの見物人でも大にぎわい。近ごろはいっそ長國寺に近い水道尻のほうに裏門をこしらえて、寺から直に来やすくしようか、という思案まで持ちあがっておりますよ。

酉の祭は二度ある年と三度ある年があって、三度あればここが大いに繁盛するが、その分、火事が多くなるという縁起でもない話がございます。廓に火事は大敵で、なにしろここは町火消しもいないから、いったん火が出たら廓中が丸焼けにもなりかねない。したがって日ごろの火の用心が怠りないのは当然ながら、霜月の八日には鍛冶屋連中の鞴《ふいご》祭りにあやかって、火焚《ほたけ》という火除けのまじないをいたしております。

まじないといっても二階から中庭に蜜柑をばら撒くだけのことで、昔は皆が一斉に拾ったものを、今は花魁が撒いて、拾うのはもっぱら禿の役まわり。やたらとたくさん拾い集める敏捷《はしつこ》い子もいれば、目の前に落ちてきた蜜柑さえ取り損なう鈍な子もいて、拾い方ひとつを見ても、その子の将来を占うちょっとした目安にはなりましょうか。

左様、お察しの通り、あの胡蝶が禿の時分は、手に持ちきれない分を袂に突っ込みながら、庭中あちこち走りまわって、袖がちぎれそうになってもまだ拾おうとするような子でしたねえ。そりゃあの妓が欲張りだというよりも負けず嫌いだからで、とにかく禿の中で一番数多く拾わないと気がすまない性分でした。

片や小夜衣はあまり動かずにぼうっとしておるかに見えながら、ちょうど巧い具合に落ちてくる場所に居合わせて、いつの間にか結構な数の蜜柑を手に入れております。ハハハ、何をするにも人それぞれの持ち味が出るもんですなあ。

ご存じの通り、妓楼《みせ》で一番上《かみ》の位に立つ花魁はお職といって、行事や何かで真っ先に進み出るのはお職と決まっております。当時は胡蝶と小夜衣をわざと同格にいたしおいて、お職は前年の稼ぎ頭と定めました。むろんそうしておけば、ふたりがおのずと稼ぎ高を競うようになると踏んだわけで、去年のお職が小夜衣なら今年は胡蝶、今年が胡蝶なら来年は小夜衣というふうに、追いつ追われつ抜きつ抜かれつで、毎年お職がころころと入れ替わります。それゆえ今年の道中で先頭に立つのはどちらかというのが五丁町の噂にもなり、さあ、どちらかといえば小夜衣に軍配の揚がる年のほうが多かったから、負けず嫌いの胡蝶はえらく修羅を燃やしました。

呼出しの花魁ともなれば、張見世で客人の目を奪い合うようなはしたない真似はしたくともできませんが、稼ぎ高を競い合えば当然それが諍いの種にもなる。なにしろ部屋が背中合わせだと座敷の様子がお互いに知れるし、片方が豪勢に遊んでおれば、こちらはもっと派手に振る舞いたくなるのが人情でして、ふたりとも客人をせっせとおだてて金を遣わせておりました。

いっぽうで、これぞと惚れ込んだ馴染みには、仲が長続きするよう、相手の懐にあまり無理をさせないことは前にも話しましたが、十人の馴染みがあれば九人までは大抵だしに使われて、中のひとりくらいが本気のお相手と見なくてはならん。こういう馴染みは稼ぎにならなくとも、たいがいの花魁にかならずひとりはいるもんでして、それを自慢したがるのは女心というやつでしょうなあ。

そうした相惚れの馴染みと逢瀬のときは、お付きの振新や禿にさえ邪魔をされたくないもんだが、ふたりはふしぎと互いにそれをよく嗅ぎつけて、わざわざ相手の顔を見に行ったりします。

花魁が朋輩の部屋を訪ねるのはよくある習いで、仲の良い花魁同士なら相手の恋人を見たくなるのも当然とはいえ、はてさて小夜衣と胡蝶は仲良しと申してよいのかどうか。幼なじみだし、部屋が背中合わせでも、ふだんはあまり親しい口をきかんくせに、ここぞという逢瀬にはかならず押しかけるから、来られたほうはあきらかに迷惑そうな顔をします。

「おやおや、居続けの客人と聞きんしたから、てっきり前にお会いした方と存じてご挨拶に伺ったら、また別のお方でありんしたか。小夜衣さんはほんにお相手がころころと変わるゆえ、こちらはお名を覚える隙もありんせんなあ」

なぞと胡蝶は嫌がらせをいうから始末に悪い。廓を訪れる客人は花魁が大勢の男を相手にするのはむろん承知の上だが、それをあからさまにいわれたら興ざめもいいところで、しっぽりとした仲もたちまち冷えてしまいます。

ただし小夜衣のほうも負けてはおりません。相惚れの客人が訪れると胡蝶は大はしゃぎだからすぐにわかる。そこで翌日、廊下ですれちがった折に、物静かな声でこうささやきます。

「昨夜《ゆうべ》はそちらの座敷の声がこちらにまで通りんしたゆえ、うちの新造が覗きに参ったら、見るからに野暮で無粋な客人のお相手をなされて、実にお気の毒だったとか。それなら声が大きいのも致し方あるまいと存じて、胡蝶さんのご苦労をお察し申しんした」

いくら惚れた相手でも、他人《ひと》から野暮だの無粋だのといわれた日には、百年の恋も一時《いっとき》に冷めるのがまた女心で、ハハハ、負けず嫌いの胡蝶はとりわけそうでした。小夜衣はそこを巧く見抜いて、恋路の邪魔をするわけですよ。

つまりは双方が足の引っ張り合いをして、馴染みをころころ変えてくれるのは、こっちにとっちゃ願ったり叶ったり。いかなお大尽でも、廓で思う存分に金が遣えるのはせいぜい半年か一年がいいところ、あまり長く続けば家人が黙ってはおりません。だから花魁のほうも金の切れ目が縁の切れ目と割り切って、次から次に新たなお馴染みをこしらえてくれたほうが、こっちは儲かるという仕組みです。ああ、左様、この商売はわれながら阿漕《あこぎ》だと思わずにはおれませんねえ。

こちらの思惑《おもわく》通り、ふたりはせっせと競い合って稼いでくれたし、途中でさっさと根曳きをされずに済んだのもありがたかった。

それにしても、ふたりに良い身請けの縁がなかったのは、ちとふしぎなくらいでした。

思えばふたりがちょうど全盛のころ、胡蝶には阿部様と駆け落ち騒動があったし、小夜衣はひそかに子を産んでおります。素人の女子でも年ごろにそうした不始末があったら良縁から遠ざかるように、ふたりもそのあと何度か身請け話が持ちあがったが、若い時分の話に比べてだんだん見劣りがしてきたというわけか、なかなか色よい返事は聞かせてくれなかった。

ああ、そうとも、わしが身請け話にあまり乗り気じゃなかったのもたしかですよ。身請けをせっついて無理強いをする楼主も多いなかで、わしがそれをまるでしなかったのもまた、ふしぎといえばふしぎでしょうなあ。結句あのふたりには思い入れが強すぎて、わしが手放しかねたというのが本当のところかもしれません。

花魁の全盛はだれしも二十二から三、四までで、如何せん五を過ぎれば下り坂に向かいます。二十四を過ぎて稼ぎ頭になることはめったにないといわれながらも、小夜衣と胡蝶は相変わらずお職の座を張り合った。それはふたりのあとに続く花魁がなかなか出なかったということでもあるから、けっして舞鶴屋《うち》が褒められた話ではございませんがねえ。

ふたりを姉女郎と慕う振新もどんどん代替わりして次から次へと花魁になり、そちらにもまた振新と禿が付くから、胡蝶も小夜衣もそうした連中には「大きな花魁」なぞと呼ばれだしております。

妹女郎は自らが花魁になっても姉女郎との絆は切れず、いつしか若い花魁連中が小夜衣連と胡蝶連に分かれて、これまた互いに張り合うようになったのは思案のほかの成りゆきでした。張り合ってくれるのは一向に構わんが、それに巻き込まれるほうはたまったもんじゃない。座敷へ台の物を運ぶにも、どちらを先にするかいちいち気を遣わねばなりません。若い者はどちらのひいきか色分けされてもまだ構わんとはいえ、番頭となれば双方に片身恨《かたみうら》みがないようにひどく気を遣って、それでもしょっちゅう文句をいわれ通しだったとか。

ハハハ、わしは、まあ、敢えて知らぬ存ぜぬで、高みの見物を決め込んでおりました。楼主たる者、些細な揉め事にまでいちいち首を突っ込んではおれんし、途中でへたな口出しはせず、どうにも収まりがつかなくなったときに乗りだしたほうが、皆も納得しやすいからですよ。

何事によらず、人の上に立つ者はなまじ腰が軽いよりも重たいほうがいいというのは、親父に教わった第一の心得でして、日々何やかやと起きる騒ぎは見ても見ぬふりで、気にかかることだけあとで番頭に訊くようにいたしております。

したが内所にいても手に取るように騒ぎが知れるのは大掃除のときでしょうなあ。

世間では寒くも暑くもない春秋にする大掃除だが、廓はちょうど稼ぎ時に当たって見世を休むわけにもいかず、年の瀬の煤払《すすはら》いと一緒にまとめてやっております。その日は朝早くから出入りの鳶の連中も手伝いに来てくれて、連中には花魁が定紋入りの手ぬぐいを祝儀に配り、新造や女郎衆は皆その手ぬぐいを姉様かぶりにして二階を大掃除いたします。埃除けの浴衣を重ね着して姉様かぶりをした姿はちと艶消しながら、柄にもなく皆がけなげに箒や雑巾を使うのは賞めてやらねばなりますまい。禿どもは埃除けに紙袋《かんぶくろ》を頭にかぶって、ハハハ、猫よりましな手伝いくらいはするようですよ。

幼い禿は障子を張り替える前に穴を開けたがるのが困ったもんで、それをされると紙を剝がすのが面倒になるから姉女郎は厳しくたしなめております。いつぞやは胡蝶連の禿が小夜衣連の花魁の部屋で障子に穴を開けたというような、実にくだらんきっかけでひと騒動が起きました。禿同士がハタキの刀で打ち合い、振新が箒の槍で加勢するのはまだしも、突出して日の浅い花魁までがおとなげなく喧嘩に乗りだしたからたまりません。

「その子らは躾の悪さも性根の悪さもおまはんによう似て、いけ好かねえも夥しい。

遣手にいいつけて折檻をさせんすゆえ、覚悟しんなまし」

と一方が罵れば、片方も負けてはおりません。

「底意地の悪さはおまはんに似て、そちらの子らがうわ手でおざんす。いずれおまはんとひとしく、この廓《さと》のすれからしとなりんしょう」

てな具合の口喧嘩だけでは収まらず、ドシンバタンと大きな家鳴りがするのに驚いて、わしが二階へあがったときは、十人ばかりの若い花魁が髷をぐしゃぐしゃにしてつかみ合いする真っ最中。ハハハ、雑巾を手にした若い者はこれに割って入る勇気もなく、ただ呆然と突っ立って見ておるばかりでした。

総大将の胡蝶と小夜衣はさすがにその場にはおりません。昼三の花魁ともなれば自ら箒や雑巾を手にすることはまずなくて、せいぜい自分の箪笥を整えたあとは手持ちぶさたになり、畳をあげられたら二階に居場所もなくなるから、下へぞろぞろ降りて参ります。下も下で板の間を磨き立てる最中に邪魔をするわけにもいかず、皆うろうろとして落ち着きどころがございません。

ふだんわしがいる内所も掃除をするが、帳面さえ片づけておけば人任せで大丈夫だから、畳を敷き直したあとは火鉢のそばで煙草をふかしながら、だれかが拭き掃除に来るのを待っております。

その日は断りもなしに入って来た者がおりまして、姉様かぶりをした手ぬぐいは揚羽蝶の定紋入りで、顔を見たらびっくりした。

「お前は胡蝶じゃねえか。その形《なり》は一体どうしたことだ」

思わず声が大きくなったが、相手はしゃあしゃあとした顔つきです。

「二階にいても手持ちぶさたゆえ、いっそここの掃除をしんしょうと存じて参りんした」

「馬鹿も大概《てえげえ》にしろ。呼出しの花魁に、内所の掃除をさせる妓楼がどこにあるものか……」

わしがぶつぶついうあいだにも、胡蝶は素早く浴衣に襷《たすき》がけをして床の間の壺を磨きはじめておりました。禿の時分に内所の掃除をさせたから、どこに何が置いてあるかはもとより承知の上で、調度の品を懐かしそうに取りあげてしげしげと見たりする。

すっかり面喰らったわしはしばらく黙ってしたいようにさせておいた。そこへたまたま番新の千代菊が入ってくると、

「親方、お手伝いに……」

といいかけて大げさに目を丸くした。

「胡蝶花魁としたことが……何故にまた？」

こんどはわしの顔をじろじろ見るから参りました。

「胡蝶、悪ふざけはもういい加減によさねえか。これがへたに知れたら、そなたばかりか舞鶴屋の名折れにもなることだ」

と厳しく叱れば、子《こ》どものようなふくれっ面をしてやっと出ていってくれた。なんともおかしな妓で、どうやらわしのご機嫌を取ろうとしたらしいが、ハハハ、土台やることが変わっておりますよ。

なにせ廓の者は女郎衆に飯を喰わせてもらってるわけだから、稼ぎがいい妓は下にも置かれません。呼出しの花魁には、主でさえ様付けで呼ぶ妓楼もあるほどでして、いかに手持ちぶさたでも、やるにこと欠いて世話女房じみた真似は言語道断で、気さくなところはあの妓の取り柄だが、いくらなんでもかるがるしい振る舞いでした。

そこへ行くと小夜衣はちがいました。大掃除のときはいつもまるで隠れ蓑でも使ったようにふいといなくなって、人に気を遣わせることもなく、ちょうど片づいたころに悠々と姿をあらわします。それでこそお職の花魁と賞めなくてはならん。思えば、そういうちょっと謎めいたところがあの妓のよさでした。

長年連れ添う女房なら気さくな女に越したことはないが、廓で多くの金銀を費やして会う相手には、どこか浮世離れした上﨟の風情が欲しいもの。小夜衣の謎めいたところはそれによく適《かな》いました。

わしでさえあの妓が肚で何を思うのか窺い知れんくらいだから、客人はなおさら心が見抜けず、つい深入りをしてしまう。うちの若い者や引手茶屋の連中もあの妓には何かと遠慮をして、朋輩には一目も二目も置かれた。ハハハ、それで胡蝶はますます修羅を燃やすが、小夜衣の座はいっかな揺るぎません。

揺るがぬといえば、あの妓は心のほうも揺るがなかった。身請けの話が幾度もちあがっても、のらりくらりと返事を先延ばしにして、ついには相手があきらめてしまう。年季明けが近づけば、身の落ち着きどころを探して皆自分のほうから身請けをせがむくらいなのに、相手のどこに不足があるのか、あの妓は色よい返事を聞かせた例《ためし》がない。それでいて悪い情夫《まぶ》に入れあげて、抜き差しならん仲になっておるというような話もまるで聞こえません。

はい、左様。お察しの通り、あの妓には佐藤千蔭先生という、互いに心深く思い合うたお方がございました。もっともいまだに相手と枕を交わす折とてなければ、先々にあてがあるわけでもなく、ただ月に一、二度顔を見て、書や歌を教わるだけの間柄ですが、それだけにかえって心残りがして、なかなかこの廓を去る気にはなれなんだのでしょう。

見かけはおっとりとしながら意外にしたたかな面があり、そのくせ妙に清らかな真情《まごころ》を持ち合わせたりもするという、まるで幾重にも割れる入れ子細工のように、やすやすと心をつかみきれないところは遊女として一番の取り柄かもしれません。今にして、あの妓はまさに花魁の中の花魁だったと申してもよさそうに存じます。

ともあれ花魁の年季はおよそ十年あって、それを一年十二月にたとえるなら、霜月になる時分でも、小夜衣が立派にお職を張っておりましたのは、みごとというしかございません。

片や胡蝶はというと、お職を張るどころか二繭職の座も明け渡すかどうかの瀬際に立たされておりまして、思えばあの大掃除の日にわしのご機嫌を取ろうとしたのも、ひょっとしたらそのせいだったかもしれません。

胡蝶の座をがぜん脅かしたのは、唐琴《からこと》という突出して間もない花魁で、胡蝶とも小夜衣ともわりあい縁の薄い妓でした。ただし昔いた、ふたりの姉女郎にあたる唐橋に縁のつながる花魁の下で育った妓だから、まるで無縁とはいいがたいが、そこまでほじくり返せば一軒の妓楼《うち》でだれとも縁のない妓を見つけるほうが難しうございます。

唐琴に道中突出しをさせて、一軒で三人もの呼出し昼三を抱えるようになったのは、小夜衣と胡蝶が思いのほか長続きしたせいもあるが、当時舞鶴屋《うち》が全盛を迎えた証拠で、とにかくふたりに続く妓があらわれて、わしもようやくひと息つけたかっこうです。

唐琴はなんといってもまだ若いから肌も髪もつやつやとしております。目鼻立ちもふたりに負けず派手やかに整って、にっこり笑うと口もとにこぼれんばかりの愛敬が漂います。ただし、どことといって非の打ちどころがない顔のためか、きれいな作り物に見えるのが気になったのは、わしがまだあの妓の性根をつかみきれてなかったせいかもしれません。

花魁の愛敬はだれしも作り物で、難ずるには及ばず、胡蝶のように天性の愛敬が備わる妓なぞめったにおりません。またつかみどころがないのは小夜衣も同じでした。もっとも唐琴がつかめんのは、小夜衣のように謎めいておるというよりも、取っかかりがなくてするりと手から滑り落ちてしまうというふうでしたがね。

うちの若い者や茶屋の連中には、しおらしくて可愛らしいという評判で、ハハハ、そりゃ突出したばかりの若ぃ妓なら評判がよくて当たり前。とかく女は素人でも年季が入れば入るほど図々しくなりますし、まわりもまた嫌なところが目につきやすいもんですよ。

茶屋の評判が上々なら、客人にも恵まれて、突出した年の売上げが、小夜衣には及ばずとも胡蝶を凌ぎそうな勢いでした。当人らもそれを十分に気づいておりましたでしょう。

年季にずいぶんと開きがあるから、むろん唐琴はふたりの先輩にきちんと礼を尽くします。廊下で会えば自分のほうから立ち止まって頭を下げるし、道中でもふたりのあとからしずしずと歩んでおります。

ところがそれでも起こるべくして悶着は起きる。案のじょう、胡蝶が文句をつけました。

「待合いの辻にかかるあたりで、いつも押されるようで、歩きにくうてなりんせん。気をつけなんし」

と、まずは道中傘を差しかける見世番の若い者を叱りました。

「へい、花魁、そりゃあとに続く道中の見世番に仰言って下さいやし。わっちらも連中に押されて困りますんで」

文句をいわれた若い者も、よしゃァいいのに、唐琴付きの見世番に話を振って、わざと揉めさすような真似をする。若い者が花魁同士の競い合いを半ば面白がって肩を持つのは、どこの妓楼でもある話ですがね。とどのつまりは、道中でうしろに続く唐琴が自ら胡蝶の部屋へ謝りにゆくはめと相成ります。

「気のつかぬことでありんした。向後は改め申しんすゆえ、どうぞ水に流してくんなまし」

なぞと実にしおらしい挨拶をして、お詫びのしるしに竹村伊勢の「最中の月」を差しだされたら、胡蝶も文句のつけようがない。それで余計にむしゃくしゃとするのはあの妓らしいところです。ハハハ、自分は取っかかりがあり過ぎるような妓だけに、いかにもそつがない相手は気に喰わないんでしょうなあ。

　唐琴のほうも、きっちり挨拶をしたらそれでいいだろうというふうな、これまたあまり感心しないそぶりに見受けられたと、たまたまその場に居合わせた千代菊から聞きましたが、ハハハ、得てして年増の女郎は妬《や》っかみ半分で何かと若い妓にけちをつけたがるもんですよ。まあ、道中をめぐって、胡蝶と唐琴のあいだにちょっとした角突き合いがあったのは、わしも存じておりました。

　道中の先頭に立つのは定紋入りの箱提灯を提げた見世番の若い者、次に振新がふたり並んで、そのあとにご本尊と脇《わき》侍《じ》の二人禿が続き、うしろから道中傘を差しかける見世番と遣手や番新がついて行くのはご承知の通り。この一行が三組連なって練り歩くわけですが、二番手をゆく胡蝶は前の小夜衣とあとから来る唐琴の一行に挟まれていささか窮屈な思いをしなくちゃならん。日ごろからその不満が積もっておったらしい。

　何事も先頭に立てば見通しがよくて己が意のままに動けるし、殿《しんがり》はのんびりと構えてあとについておればいいが、二番手は先頭を行きたいと気も逸《はや》れば、あとに追い抜かされる心配もして、なかなか苦しい立場だと申します。

胡蝶には何かと焦りがあった。それがわしは手に取るようにわかりました。霜月といえば、火焚の行事で、蜜柑の数を競った禿の時分の胡蝶が想いだされます。根っから負けず嫌いのあの妓には辛い季節が到来しておりました。

さて、年の瀬には大掃除が済むと、いよいよ正月用の餅つきをうちでもいたします。その日は箕輪の寮に出入りする近在の百姓が大きな臼を担いで来て、台所でついてくれます。大釜に載せた蒸籠で餅米を三升、いや、五升ばかりも蒸しますでしょうか。嘉例によって、始めはわしがかたちだけ杵を持ってつき、あとは百姓と若い者らに任せておく。つきあがった餅はいくつか大きな鏡餅にして、あらかた冷ましてから座敷に運び入れるのを新造らが手伝います。

わしが杵を取るときは、お職の小夜衣と胡蝶が付き合いで、これもかたちばかりこねる真似をいたしますが、その年はあとで胡蝶を内所に呼びました。

「来年の道中は、そなたに殿をつとめてもらおうと思うが、異存はあるまいな」

そう申したとたん、胡蝶の顔色が変わったのは、ついに稼ぎが唐琴に追い抜かれたとわかったからでしょう。本当はさほどのちがいがなく、今まで通りにしておいてもよかったのだけれど、窮屈な二番手に留まるより、いっそ殿で道中をしたほうが気楽でよかろうという、こちらの親心でもありました。

「餅つきは、来年もそなたにお願いする」

と、いい添えるのも忘れなかったつもりだが、当人はあきらかに気落ちしたのが手に取るようにわかりました。

さあ、翌年の正月は道中の二番手が唐琴に替わって、それが五丁町中の噂にもなり、当初は唐琴も意気揚々として見えました。したが日を追うにつれて、道中に出かける顔がしだいに曇りがちとなり、あるとき喜八が思いがけず内所に押しかけてこう申します。

「へえ、親方、道中のことにまでわっちが口を出すのは憚りながら、見世番の若い者がたいそう愚痴をこぼしますんで、ちとお報せに参りやした」

話を聞けば、唐琴に付き添う見世番がえらく困っておるのだという。

「胡蝶花魁の歩みが速くて追い立てられるわ、それでいて小夜衣花魁はゆっくりと歩きなさるもんで、身動きが取れぬと申します」

喜八はそう話しながら自分でも笑っておりました。ハハハ、いかにもありそうなことでした。ただ胡蝶のほうはともかくも、

「小夜衣花魁は以前にもまして悠長に歩いてらっしゃるように見えると、皆が噂をいたしておりまして」

と聞いたのはやや意外でした。

フフフ、どこ吹く風に見えながら、小夜衣もどうやら唐琴に意地悪をしておったのかもしれません。いやはや、女同士は怖いもんですねえ。

胡蝶ばかりでなく、小夜衣も唐琴をあまりよく思わないらしいのは、その話でわかりました。ゆえに、起こるべくして、ああいうこともあったのだろうと存じますが、それにしてもあれは今想いだしても実に恐ろしい一件で、胡蝶と小夜衣両人の命運を大いに左右したと申してもようございました。

師走は年忘れの横着《おうちゃく》振舞《ぶるま》い

あの一件が起きた当時は田沼様が全盛のころとて、廓が大いに繁盛をいたしておりました。ああ、今から思うとまるで嘘のよう、夢まぼろしのごとくとでもいいましょうか、あれぞまさしく、「宝積む船の行方や蜃気楼」と申すべきありさまでした。

当時と今が何より大きくちがうのは、お武家様の客人がめっきりと減ったことでございます。それは始めに申した通り、田沼様に替わって将軍の補佐役となられた白河侯松平定信様が、天下を厳しく引き締めにかかられたからでして。いや、ここだけの話、生真面目も度が過ぎればまわりが迷惑するというか、「孫の手の痒《かゆ》いところへ届き過ぎ、足の裏まで掻き探すなり」と、さる方がお詠《よ》みになった狂歌の通りで、ああも細かいところまでお指図をされたら、お武家様も息が詰まろうかと存じまする。

月額を大きく剃って、後ろ髪を鼠の尻尾くらいに細くした本多髷に結い、羽二重ずくめの着物に南蛮渡来のビロードや金モウルの帯を巻きつけ、八丈八端《はちじょうはったん》の長羽織をぞべらぞべらと着て歩くのがあのころお武家に流行りの風俗でした。それが今や羽織も短くなって、絹でなく黒い木綿が当世風とされるんですから、世の中は変わればば変わるもんですよ。呉服屋のお困りは推して知るべしで、吉原《ここ》によくお越しなされた旦那方の姿もとんと見かけなくなりました。

当時はお武家町人ともに遊びもそりゃ派手なもんでした。梅の実を紫蘇《しそ》の葉に包《くる》んで砂糖漬けにした甘露梅《かんろばい》はこの廓《さと》の名物ですが、当時はあれが一粒銀一匁で売れるというくらい、諸式万端が高直につき、皆様それでも平気でお買い求めになられておりましたからねえ。

節分になれば、枡に金銀の小粒をどっさり入れて、「福はー内、鬼はー外」と唱えながら畳にばらまくお遊びを、かならず誰方《どなた》かなさっておられたが、あの金銀は一体どうなったのか、すっかり消えてなくなったわけでもなかろうに、ふしぎと近ごろは目にしません。

金は天下の湧きものとも、まわりものともいうが、遣《つか》ってこその値打ちで、人の懐から出なければ、あってもないのと同然です。近ごろはかりに金があっても、へたに遣えば悪人のようにいわれますから、勢い皆様方の懐が堅くなり、金のめぐりは悪くなるいっぽうで、不景気風が吹きまくり、先がまるで見えないのは困ったもんですよ。

さりとて田沼様の世が万事よかったとするわけにも参りませんで。今から思えば、あのころはたしかに世の中の人すべてが常道を外れておりました。うちの花魁もお金だけを目当てに客人を迎える妓《こ》が増えて、めっきりと情が薄くなり、こういう商売をしておりますと、それはそれで何やら殺伐として淋しい気持ちになって参ります。

当時、舞鶴屋《うち》ではまだ小夜衣がお職を張っておりましたが、さすがに全盛は過ぎ、代わってめきめきと売りだしてきたのが先ほど話に出た唐琴でした。そう、道中で胡蝶の突きあげを喰らった、あの妓です。

唐琴はもう胡蝶や小夜衣のように客人の選り好みはあまり致しません。若いだけに世間の風向きに流される気味があったのか、お金持ちで、たくさん貢いでくださる方に越したことはないという、勘定高いところがはっきり見えて、ハハハ、そうした当世風も胡蝶は嫌ったんでしょう。

唐琴の一番のお馴染みは米問屋の……ああ、これはかりに越後屋五兵衛《えちごやごへえ》さんとでもしておきましょうか。もう済んだことでも、本名を明かすのはやはり気が引けますんでねえ。

越五さんは名字帯刀はおろか熨斗目《のしめ》の礼服を賜るほどに、お上のお覚えがめでたい商人でした。フフフ、早い話、それだけの賄賂《まいない》をしておられたんですよ。田沼様のころは、その手の名字帯刀が当たり前のようにございましたそうで。

腹に蒲団を巻いたようにでっぷりとしたお方で、てらてらと脂ぎった顔はあまり女好きのしない人相ながら、うなるほどの金銀を景気よくお遣いになるから、廓で人気がないといえば嘘になります。うちにかぎらず松葉屋でも扇屋でも大いに歓待をして、それぞれにお馴染みの妓があったようですが、中で一番若い唐琴がごひいきにあずかって、うちに足繁くお通いになりました。唐琴の売り上げが胡蝶を抜いて小夜衣にも迫る勢いを見せたのは、越五様のおかげといってよろしかろうと存じます。

前にもお話しした通り、廓には惣仕舞いと申して、一軒の妓楼を丸ごと買い切りにする豪勢な遊びがあり、並のお金持ちではなまなかできる遊びではございませんが、越五さんはうちで何度かそれをなさいました。

惣仕舞いでは、それをなさる方が取り巻きを大勢お連れになりますんで、広間に集められた花魁はわれがちに取り巻きの客人の気を惹こうとして、酌をしながらさかんに話しかけ、客人のちょっとした冗談にも一斉にきゃらきゃらと笑いころげますから、その姦《かしま》しさはたとえようがございません。

小夜衣と胡蝶は別格とはいえ、惣仕舞いとなれば嫌でも同じ広間に集められて、唐琴の風下に立たされるかたちとなり、面白くないのはたしかだが、露骨に嫌な顔も見せられないのが勤めの身の憂き辛さといったところでしょうか。

ああ、そういえば、小夜衣はむろん嫌な顔ひとつせず、いたって神妙に振る舞いながら、惣仕舞いではふしぎと不人気というか、あまり相手にされませんでした。それは思うに、他人にたかって遊ぶようなお人は、おのずと小夜衣に位負けをして、近寄りがたい気がしたせいかもしれません。

ことに越五さんの惣仕舞いは当時よくお役人のご接待に使われたふしがございま

す。たとえ五百石取りのお武家様でも内証は百両くらいですから、多くのお役人はご自分の懐で呼出し昼三の花魁をやすやすと買えるわけもなく、つまりは越五さんが揚げ代や祝儀を肩代わりされるわけでして、早い話、これも賄賂の一種にほかなりません。賄賂にされる花魁こそいい面の皮とはいえ、当時はその手の話がしょっちゅうございました。

越五さんがお連れになったお武家様のおひとりに……これもかりに槌田《つちだ》宗次郎《そうじろう》様と申しておきましょう。勘定組頭のお方といえば、ああ、例のあの、とお気づきにもなりましょうか。

ともあれ始まりはいつだったかよく憶えておりませんが、あるとき越五さんの惣仕舞いで、槌田様の敵娼を胡蝶がつとめ、胡蝶はもともとお武家に好かれやすいたちでしたから、初会ですっかり見そめられた。胡蝶のほうはいつもなら自身もお武家を好くはずなのに、槌田様にかぎってあんまりいい顔を見せなかったのは、たぶん唐琴の惣仕舞いでお会いしたことを潔しとしなかったせいでしょう。

槌田様は秀でた額に鼻すじがしっかり通り、眼は細く切れ長で、唇《ひと》の薄い、いかにも切れ者といった人相で、見かけはけっして女に疎まれるような男ではございま

せん。ただ難をいえば、廓の者を人間《ひと》とも思わぬ尊大なところが見受けられました
が、お役人は得てしてそんなもんだから、だれも気にしてはおりませんでした。
　惣仕舞いから三日目に、槌田様は金主とご同道で裏を返しにあらわれた。そのと
きわしは越五さんに懇々と頼まれました。槌田様がいたくご執心だから、くれぐれ
も胡蝶がふらないように説得してくれとね。ハハハ、そりゃもちろん、見るからに
ふりそうな勢いだったんでしょうなあ。
　賄賂代わりの人身御供《ひとみごくう》なのだと真実を打ち明けられたら、吉原の花魁は、胡蝶な
らずとも、槌田様をふってしまうにちがいない。そこでわしは一計を案じてこうい
いました。
　惣仕舞いで小夜衣を押し退けて、白羽の矢が立ったお前の手柄をふいにしてもよ
いのか、とね。ハハハ、そうしたら案のじょう承知してくれた。当時、胡蝶はもう
落ち目で沈みがちでもあったから、ここで小夜衣に勝てたと思わせれば、負けん気
の強いあの妓の心がくすぐられるだろうと読んだんですよ。胡蝶はまだまだ小夜衣
と張り合う気持ちが強かった。それなのに一体なぜ……いや、そう先を急がずに話
しましょう。

小夜衣は立派にお職を張りつづけながらも、その心は相変わらず千蔭先生に靡《なび》いておったようでございます。千蔭先生はそもそも佐藤又左衛門という通り名で知られた、ご本職が町方の与力ですから、月に一、二度ご用向きで吉原へお越しになり、ついでにお立ち寄りを願って、わしと小夜衣が書や歌を教わっておったというわけでして。

これもご承知の通り、大門口を入ってすぐ右手には四郎兵衛会所があって、ここには五丁町から人手を出して、十人ばかりが昼夜交替で廓の出入りを見張っております。片やその向かい側に建つ門番所では、町方の同心が小者や岡っ引きを引き連れて、お尋ね者が廓へ逃げ込んだりしないよう、格子の陰でそっと見張っておいででして。千蔭先生ならぬ吟味方与力の佐藤又左衛門様はときどきそこを訪れて、同心から何かとお聞きになるようでした。

さて、ここからひとつ想いだすのも嫌なことをお話しせねばならん。舞鶴屋では幸い後にも先にもなかったから、あの朝の驚きは今でも忘れませんよ。

「親方ちょいと」

いつものセリフで内所にあらわれた喜八の顔色が、いつもとはまるでちがって見えるから、何かよほどの大事が起きたにちがいないとは思ったが、耳打ちされてたちまちこっちの顔も青ざめました。

相対死の仏を見たのは後にも先にもあの一度きりで、二度とはご免をこうむりたい。三ツ重ねの蒲団の上できれいに頭を並べたふたりはすでに事切れて冷え冷えとしておりました。顔はまぶたを閉じておっても唇や頬の歪みで苦痛に悶えた様子がありありと窺え、首から腹にかけては血汐に染まって、その血は早や黒みがかっておりますす。緋縮緬の蒲団もぐっしょりと濡れて黒くなり、あたりの畳もかなり血に汚れておりました。

女が先に手にかけられて、息を引き取ってから男が身を整えてやったんでしょうが、鳩尾《みぞおち》の少し上あたりに九寸五分を突き立てた男のほうは、覚悟の上とはいえ、凄まじい断末魔にあまり騒ぎもせず、さほどの尋常な姿を保って最期を迎えたのは実にみごととしかいいようがない。

そばにいる禿や振新は肩をふるわせて泣いており、ともかくその連中をなんとかなだめて静かにはさせたもんの、何を訊いても啜り泣きを止めず、なかなか返事をしてくれません。そこで少し気をしゃんとさせようとして、同じ部屋にいながらふ

たりの様子に気づかなかったのかと叱りつければ、ようやくひとりの振新がしゃくりあげながら、

「わちきらは階下《した》で寝みんした。朝起きて、ここへ来たら、このありさまで、すぐに喜八どんを呼びんした」

と弁解にもならんことを申します。

男のほうは蒲原屋治右衛門《かんばらやじえもん》さんという、米問屋の若旦那でして、九寸五分の柄をつかんだ右手はどす黒い血に染まり、左は女の手首をしっかり握っております。ただ、亀菊《かめぎく》とはまだ馴染みになって日が浅く、「こんなことになるまで、お前も気づかなかったのかい」と喜八を叱りつけても、黙って首を横に振るばかり。

「ここにいるほかに、だれかこれを知る者はないか」と訊いたら、すぐにまた首が横に振られたので少しほっとしてから、わしはしばし考え込んでしまった。

なにせ初めてのことだけにうろたえなかったといえば嘘になるが、御法度の相対死が表沙汰となれば、うちもそうだが、蒲原屋の暖簾に傷が付くし、治右衛門さんが第一まともに葬ってもらえるのかどうかもわかりません。あれこれと思案するうちに、外の物音にまったく気づかなかったのはうかつでした。

「亀菊さん、おいでかえ」

声と共にいきなり障子が開いて、見ればなんと、そこには小夜衣があっけに取られた顔で突っ立っております。わしは大いにあわてて、とにかく障子を閉めるよう手で合図をした。

「どうなさんした？」といいながら蒲団のほうへ近づいて、小夜衣はアッと叫びそうになる口を押さえます。亀菊は何代か前に小夜衣付きの振新だった妹女郎だが、まだ朝寝をしておるような時分に訪れたのは意外だし、よりにもよってという気がしたもんで、

「お前はなぜここへ来た？」

と思わず詰問するような調子になりました。

小夜衣はその場にへたへたと座り込み、まず蒲団のほうに向かって掌を合わせ、それからようやくこちらを見ます。

「こうなると、われながら虫の知らせのように思われんすが、ここへ来たのは、これを渡そうばっかりに……」

といいさして、ウッとこみあげるものを押さえるようにまた口を押さえ、はらは

らと眼から涙をこぼしながらうつむいております。

袖口から取りだしてこちらに手渡したのは鼈甲《べっこう》の簪《かんざし》で、一見なんのへんてつもない松葉簪だが、髪掻きと耳掻きの間に凝った彫物がございました。

「昨夕《ゆうべ》、これと同様の品を、馴染みにねだるつもりで、見せたいから、貸してほしいと申しんしたゆえ、後朝の別れに間に合えばと存じて、持って参りんしたに……」

途切れがちな泣き声を聞いて、わしは実に妙な気がした。小夜衣も同じことに気づいたらしく、ハッと顔を振りあげる。

「簪をねだるつもりだった妓が、なぜ心中を……」

わしのつぶやきに、こんどはゆっくりとうなずいております。

すぐに無理心中が疑われて、そうなると男のせっぱ詰まった様子にまるで気づかずにいた亀菊も亀菊だが、馴染んでまだ日が浅い花魁を道連れにした男のほうがもっとどうかしておると申さねばなりません。

折しも師走で、年の瀬は金に詰まって心中する者が多いと聞くから、うちもそれなりの用心はしておりました。とはいえ蒲原屋さんは人も知ったる大店で、もしも店が左前だとか、勘当されそうな口でしたら、もっと早くに噂が聞こえてきそうなもんでした。

　もっとも今どきの若い者は何をしでかすかわからんようなとこがあるから、かっとなった勢いで、芝居もどきの心中を企てたのかもしれん。親の嘆きも他人様の迷惑も顧みず、こうした身勝手な無茶は困りもんだと、胸のうちでひとしきりぼやきながら、わしはどうもまだ腑に落ちない心持ちでした。

　相対死の死骸は戸板で外に運びだして門番所へ届けねばならんが、もし無理心中ならそうした晒しものにするのは亀菊が哀れでなりません。また蒲原屋さんの親御もお気の毒で、この不始末をなんとか伏せておく手だてはないものかと思案するうち、幸いその日は師走の五日だと気づきました。

　月の五日は千蔭先生こと吟味方与力の佐藤又左衛門様がよく門番所をお訪ねになる日だから、先生のおいでを待って、ひとまずご相談をしてみようと思い立ち、さあ、それまではなんとか騒ぎを抑えなくてはならない。断じて中に人をいれぬよう、新造や禿は障子と襖の前に座らせて、取り敢えず亀菊は急病だと伝えさせることにした。喜八には番頭に客人が居続けすると報せたあと、大門で見張りをし、千蔭先生が番所へお入りになるまでにつかまえて、すぐにここへご案内するよういいつけました。

あとひとり部屋にいる者が小夜衣だったのは助かりました。これがほかの花魁なら、あっという間に大騒ぎだろうが、小夜衣はとても賢い妓だから、わしがいわなくても自分がどうすればよいかをちゃんと心得ております。

速やかに立ちあがって障子を出しなに、あたりへ聞こえよがしにこう申しました。

「お大切《だいじ》に養生なさんし。わたしは秘伝の薬湯を煎じて、また来んしょうが、風に当たるは毒でもあり、万が一にも流行り病の恐れがありんすゆえ、ここの障子はけっして開けんすまい」

この声を聞きつけてやってきた遣手とは廊下で立ち話をして、医者はまだ呼ばなくても大丈夫とかなんとか、巧くいいくるめておりました。

寒い時節なのがまだしも幸いとはいえ、血なまぐさい部屋にずっとこもっておるのは相当な辛抱が要ります。障子がすっかり明るくなるころに、小夜衣が本当に薬湯を持ってふたたびあらわれると、振新や禿は一様にほっとした顔を見せ、わしの顔も同様だったかもしれません。

小夜衣はささやくような声で故人の想い出話を咲かせ、またすすり泣きやら、軽い笑い声や何かも聞こえるなかで、小半刻ばかりが過ぎると、今か今かと待ちかねた先生がようやっと姿をあらわします。

そのとたんに小夜衣は眼をきらりと輝かせ、そこからぽろぽろと大粒の涙をこぼしました。張りつめたものがいっきにゆるんで、ふだんめったに見せない弱々しい表情《かお》をしたのがなんともいえず可愛らしうございました。

先生のほうはこれまたふだんと打って変わって厳しい顔つきで、黙ってつかつかと屍体《ほとけ》のほうへ歩み寄られます。蒲団のそばに腰をおろしてまず合掌し、両人の頭から足までしばらくじっくりと眺めたあと、平気で血みどろの屍《しかばね》に手を触れられるので、さすがに町奉行所のお役人だと感じ入りました。

それにしても死骸を裏返したりしてずいぶんと念入りに見られるもんで、ひょっとしたら同心に代わって検使のお役目をお引き受けになったつもりかもしれんと、こっちはいいように解釈し、そこで恐る恐る先ほど思案した件をご相談いたします。先生のお力で、なんとか表沙汰にしなくても済むようにできないかという、いささかずうずうしいお願いでございましたが、

「なるほど。たしかに晒し者にするのは忍びないというのも、わからんではない」

存外あっさりと承知してくださったから、さすがに風流の道に長けた先生はちがったもんだと、百人力を得たような気でおります。

しかしながら死骸は表へ運び出さんわけにもいかぬし、廓の内に駕籠は入れぬ定めだから、はて一体どうしようか、また思案投げ首したところで、

「あれがよかろう」

と先生が指で示されたのは部屋の隅に置いてあった長持です。

「どうぞ、うちのもお使いなんし」

小夜衣がふたたび機転のきくところを見せ、これでどうやら死んだふたりを廓の外へ出す手だてはつきました。

次に喜八を蒲原屋に走らせて、先方の者をだれかここに呼んでこなくてはならなかった。いっぽうで、うちの者にはもう隠しておけず、家人一同にしっかりと口止めをした上で、若い者に部屋を片づけさせ、死骸の運び出しを手伝わせました。

蒲原屋の番頭は日本橋の伊勢町河岸からすぐに猪牙舟《ちょき》で駆けつけて、信じられないという面もちで主人の亡骸《なきがら》と対面をいたしました。そのあと千蔭先生に何かと訊

かれておりましたが、わしは今さら聞いても詮無いことだから、途中で席をはずしました。

亀菊は無理心中をさせられたのではないかという疑いを、すでに先生には話してあります。つまりこちらに文句をいわれる筋合いはないどころか、むしろ償《まど》ってほしいくらいだと訴えてもおりましたので、あとは黙って先生にお任せするのみでした。

階下へ降りかけたところで、喜八がドタドタと駆け昇ってくるのと入れちがいになり、思わず「どうした？」と訊けば、手にした帳面を先生に見せるのだという。蒲原屋さんの支払い書きかと思いきや、日々の勘定を記した大福帳だからちと妙な気がして、それでまちがいあるまいなと念を押した覚えはございますが、なにしろこっちもあわてて深く気には留めませんで。

かくして千蔭先生のおかげで相対死の一件はなんとか内済《ないさい》となり、多少の噂は流れても、舞鶴屋《うち》があんまり傷つくこともなかったのは幸いでした。ただしこの一件がそれで落着したのかといえば然《さ》にあらず、事はさらに大きくなりますが、折しも師走で年忘れの宴がしょっちゅうあって、こちらはその忙しさに取りまぎれて当座は何もわからずじまいでした。

　年忘れの宴といえば、例の越五さんもうちで何度か催され、年がかなり押し詰まってから例の槌田様をお連れになりました。そこへはもちろん胡蝶が敵娼で召《よ》ばれたが、小夜衣までが自ら顔を出したので座敷の一同がびっくりしたといいます。

　お職の花魁が座敷に花を添えてくれるのだから、越五さんとしてもこれを歓ばぬわけには参りません。小夜衣は禿に銚子杯を携えさせて、客人のみならず、敵娼の胡蝶や唐琴にまで自ら酌をしながら丁寧に年の瀬の挨拶をしてまわります。

「小夜衣さんとしたことが、どうした風の吹きまわしか、何やら怖いようでありんすなあ」

　といいつつも、胡蝶とてそう嫌な顔はできなかったでしょう。

　酌をしながら小夜衣が胡蝶の耳もとで何やらひそひそとささやいたのを、喜八は目ざとく見ておりましたが、はてさて何を話したものかは一向に知れませんで。また小夜衣が挨拶を終えて座敷を出たあと、胡蝶はそっと席をはずしてしばらくもどらなかったといいます。

　ただそれもこれも、あの一件がすべて明るみに出てから想いだしたことのようで、当座は喜八もわし同様、仔細は何も存じなかったはずでございます。

　高き天から見れば、われら人間とて地に湧く蛆虫《うじむし》同然。一寸先は闇の世の中を、なんだかわかったような顔をして、日々ぞわぞわと蠢《うごめ》いておるばかりでして。いかなる知恵者も天の采配を見抜くことはできず、この世に生きる者は皆、天から垂れ下がった糸に引かれる操り人形のように振りまわされてしまう。

　わしがそんなふうに思うのは、あの当時が文字通りお天道様のご機嫌に振りまわされた毎日だったことに、あるときふと気づいたせいかもしれません。

　夏炉《かろ》冬扇《とうせん》とは無用なものの喩《たと》えだが、当時は真冬でも革足袋を穿かずに済む日があるかと思えば、夏が妙に肌寒くて火鉢を出したくなるという、まったくもっておかしな天気でございました。四季二十四節気があってなきがごときありさまなれば、所々方々《しょしょほうぼう》で難儀をいたし、そうしたこともあの一件の騒ぎに大きく関わっていたかと存じます。

　ともかくおかしな天気といえば、年明け早々うちでもちょっとおかしなことがございました。なんとあの胡蝶に身請け話が降って湧いて、しかもお相手はだれあろう、越五さんだから驚くじゃありませんか。

左様、越五さんの敵娼は唐琴のはずで、本来なら唐琴のほうに身請け話があってしかるべきだから、わしも大いに驚いて、まずその話を取り持った桔梗屋の亭主に仔細をたずねました。

「引手茶屋は身請け話を取り持つが習いとはいえ、いくらなんでも廓の法に適《かな》わぬ仕方かと存じ、私としても舞鶴屋さんにお話しするのは気が引けましたが、先方がたっての望みと仰言るので申しあげたばかりでして……」

なぞと桔梗屋は煮え切らぬ返事で逃げを打ち、わけが一向に知れませんから、いっそ直にご本人のお気持ちを伺ってみることにしました。が、越五さんは布袋腹《ほていばら》を突きだして、何を訊いても、えびす顔で聞き流されます。こっちは業《ごう》を煮やしたとはいい過ぎだが、理由をお知らせ願えないようならお断りだと、はっきり申しあげた。

されば向こうは唐琴も身請けするなら文句はなかろうと、これまた実に横着な仰言りようでした。

「からかっておいでか。いかに廓の女郎とて、そう安くは見てもらいますまい。こっちは欲得ずくで申しておるわけではござらん。おひとりでふたりを身請けなさるとあれば、胡蝶にしろ、唐琴にしろ、いずれもうちの可愛い娘なれば、行く末が案じられてなりません」

わしがつい向きになると、越五さんはいなすように軽く笑ってから、ようやくこちらの目をまともに見られた。

「ハハハ、この歳で若い女をふたりも相手にするほどの元気はない。胡蝶のことは槌田様がいたくご執心でなあ」

本音を聞かされると、やはりそうかとの思いもあるが、それにしてもお役人の接待に花魁の身請けまでするとはただごとでなく、こちらはすっかり呆れて言葉もございません。

「されば、胡蝶の身請けを急ぎたい。勘定書を早くよこしてくれ」

といわれたら「はい、左様で」と、すんなり呑み込めるわけもなく、

「お待ちくださりませ。廓に長年おりましても、こうした話は聞いた例《ためし》がございません。よろしうございますか。身請けには証文が要りまして、そこには妻に致したき旨の誓文《せいもん》が書いてございます。もし離別するときは、手切れ金に家屋敷を添えて

渡すこともきっちりと記した証文に印判を捺して戴きます。囲い者となるにもせよ、花魁がここを出るときは、人妻としての振る舞いを堂々とさせるのが廓の法。さあ、その証文に判を捺されるのは、越後屋様か、槌田様か、一体どちら様でございますか」

ずっけりいって、わしは一歩も退かぬ構えをみせました。

左様、妓楼は花魁の実家《さと》代わりだから、その将来《ゆくすえ》にもきちんと目を配ります。うちのような大楼に勤めれば、なまじな素人の娘よりも請け合いがよろしうございます。

「それに身請けは当人の意向が何よりで」

と、こっちはさらに釘を刺したつもりだが、向こうは存外にんまり笑《えま》わって、こう仰言る。

「ならば当人に訊いてみたがよい。嫌だというものを、無理強いはできん」

ああ、これでわしもひと安心でした。胡蝶はもともと槌田様を好いてはおらん。それにあの妓の気性では、接待に身請けされると知れば我慢がならんはずだから、改めて気持ちを問うまでもないと思いつつ、一応は話をしました。

ところがどうだ。あの妓はなんと身請けを承知するというではないか。わしはそれを聞いたときほど気落ちしたことは、後にも先にもなかったように存じます。

「そなた、本心で承知なのか。本気で身請けをされるつもりか」

と何度もしつこく念を押したが、胡蝶はすました顔でうなずくばかりだった。

「向島に越五さんの別荘があって、わたしにはそこに住まいせえと仰言えした。槌田様は大切なお役目でご用繁多なお方ゆえ、そこへは月に一度もお通いにはなれば いいほうであろう。あとはのんびりと、気楽に暮らしておればよかろうという、願ってもないお話でありんした」

けろりとした口ぶりで、わしはかっと頭に血がのぼった。

「もう知らん。勝手にせいっ」

と自ら席を蹴立てるありさまは、まあ、われながらおとなげない取り乱しようだったかと存じます。

考えてみれば、胡蝶の申す通り、長年の廓勤めで毎日毎晩男と枕を交わした女にとっては、願ってもない身の振り方でした。年季明けが近づけば、花魁だれしも次の行き場を探すのに躍起ですから、胡蝶がその都合のいい身請け話に飛びついたのは無理もございません。

にもかかわらず、わしは心底がっかりした。これが唐琴ならさもありなんという気がするが、胡蝶はたくさんあった身請け話をさんざん袖にしてきた妓だけに、こんどばかりは見損なったという思いだし、またわしに相談もせず、越五さんとの話で勝手に決めてしまったのが、実に淋しかった。

もっとも、こちらがそんなふうに思い入れたのもまた勝手な話で、本来なら身の落ち着きどころが決まったのを慶《よろこ》んでやってしかるべきでした。ハハハ、胡蝶のこととなると妙に向きになるのは、わしのいけない癖ですよ。

身請け話がまとまると、私どもに頂戴した金包みを州浜台《すはまだい》に載せて花魁の部屋に飾ったりもしますが、さすがに胡蝶のときはそうはなりませんで。なにしろ越五さんは唐琴の手前、胡蝶だけを根曳きしてはならず、さりとていくらお大尽でも、全盛なら千両はくだらぬ呼出しの花魁を一時《いっとき》にふたりも身請けするのは大変な物入りでございます。年季明け間近い胡蝶はそこまでの高値ではなけれど、やはりそれなりの大枚を他人様のためにポンとはたくのはよほどのことでした。

喜八の話によると、どうやら身請けの件は槌田様のほうから越五さんに望まれたらしいとのこと。また槌田様には、ひょっとしたら胡蝶のほうからねだったのかもしれんと聞かされたら、こっちは驚くばかり。左様な馬鹿な話があってたまるものかと打ち消せば、喜八は向きになってこう申します。

「当初はともかく、近ごろの座敷を見ておりますと、胡蝶花魁は槌田様とずいぶん仲良うなられたようでして。相手はお上のお覚えもめでたいお役人で、見るからに切れ者といった御仁だし、そりゃ女が見れば、その気にならないほうがふしぎなくらいですぜ」

　そう聞いて、わしはまた何やら妙にむしゃくしゃしたが、当人が承知の身請けを邪魔立てするわけにもいかず、舞鶴屋の楼主としては大枚の身請け金が入るのをただ歓んで待つしかございません。

　したが当然ながら、この身請け話であからさまに気を悪くした者がおります。はい、左様、唐琴は何も様子を知らされないまま越五さんが胡蝶を身請けすると聞いては驚きもするし、憤激は甚だしい。これはどうやら胡蝶の口から洩れたというよりも、ハハハ、面と向かってばらしたらしい。

「わしがお先に越五さんのもとへ参りんすゆえ、唐琴さんも安心して後に続きなんし」

と何かの折にいったから、たまたま聞いた番新の千代菊が仰天してすぐさまわしに訴えましたが、こちらは本当のことを話すわけにもいかず、あやふやにごまかしてしまった。

かくして噂ばかりが広がって、唐琴はすっかり面目を失ったかっこうです。いやはやなんとも胡蝶は唐琴の面目をつぶしたいがために、身請けを承知したのではないかと疑われるほどでして、あるいはひょっとしたらその気味も多少はあったのかもしれません。

唐琴は身請けの件で越五さんをきつく問い詰めたにちがいない。越五さんは成りゆきで唐琴を身請けしてやるつもりでも、真実を明かすわけにはいかず、あんまりうるさくいわれたら、そりゃ鬱陶《うっとう》しくもなりましょう。ご登楼の折はいつしか胡蝶の座敷に入り浸っておいでました。

一軒の妓楼で馴染みを取り替えるのは御法度ながら、胡蝶は槌田様の敵娼で、ご一緒の座敷だと、こちらは文句もいえません。そもそも文句をいうなら、胡蝶の身請けを越五さんが肩代わりなさるのが土台おかしな話だが、当時はそれに文句をつけるのも野暮だと思われるくらい、世の中すべてがどうもおかしうございました。お役人に賄賂《まいない》をするのは当たり前というふうで、こちらはだんだんそれに馴らされてきておりますし、お役人のほうも当たり前のこととして図々しくお求めになる。

　こうして世の中がくるいだすと、ああ、あの胡蝶でさえも不正直になって、ただ安楽な余生を望むつもりか……。

　それを思うと、わしは本当に何もかもが嫌になりました。

　もし立場を入れ替えたら、胡蝶は唐琴の座敷に乗り込んでさんざん嫌みをいうだろうが、若い唐琴にはそこまでの度胸がないし、かといって顔を出してにこにこしておるわけにも参りません。そこで胡蝶は自身が槌田様のお相手をし、越五さんのお相手は若い振新に任せてあった。そこに思いがけない助っ人が飛び入りをいたします。

　驚くなかれ、あの小夜衣がときどき胡蝶の部屋を訪れて、越五さんに酌をしたりするのだという。その話を喜八や千代菊から聞いたときは、何やら天変地異の前触れかと恐ろしく思われたほどでして。もちろん小夜衣のほうにも客人があるので、そうしょっちゅう訪れるわけではないが、これまで背中合わせの座敷にいながら、廊下であまり立ち話もしなかったふたりですから、これまたどういう風の吹きまわしかと疑われました。

「越五さんがお淋しいかと存じて参りんした」と、お職の花魁に入って来られたら、越五さんは「ハハハ、こりゃ、あとの勘定書が怖いのう」といいながらも、うれしくないわけがございません。小夜衣ひとりが加わるだけで、座敷はこうも変わるかといった、なんとも品よく華やいだ趣きと相成ります。それぞ胡蝶が足もとにも及ばぬ、小夜衣ならではの持ち味でした。

ただ、それがかえって煙たくなることもないとはいえず、小夜衣はどうにも位があり過ぎて、ふつうのお相手は気軽に話もできんような憾《うら》みがございました。されば、お馴染みは釣り合いのとれたよほどの粋人か、逆さまに屈託のない田舎のお大尽が多くて、ハハハ、こう申すのもなんだが、その手の少々鈍《とろ》い方々からは存分に金銀を巻きあげておったようですがね。

片や胡蝶は小夜衣ほどの格がなく、客人がすぐに気を許して打ち解けられるのが何よりでした。そのせいでしょうか、幇間や若い者や遣手や新造といった取り巻きが姿を消したあとも、胡蝶と禿だけは座敷に残って越五さんと槌田様のお相手をすることが多かったといいます。

さあ、ここで忘れないうちに、例の心中にふたたび話をもどしましょう。

亀菊と無理心中をなされた蒲原屋治右衛門さんは、長持でここから無事に運びだされて、立派に葬儀もなされたし、こっちは礼をいわれこそすれ、文句をいわれる筋合いはまるでなかった。ところが遺骸を引き取りに来た番頭は当初、治右衛門さんに相対死をするような理由はまったく思い当たらず、大切な主人の命を亀菊に奪《と》られたのだと息巻いておりました。

あいだに割って入られた佐藤千蔭先生が、取り敢えず桔梗屋の亭主をここに呼べと仰言ったのは、喜八が見せた帳面で、治右衛門さんが桔梗屋を通して登楼なされたのをご存じだったからでしょう。たしかに花魁と客人の仔細は、妓楼のあるじよりも取り持つ茶屋の亭主のほうがよく存じておりまして、当然それをお訊きになるものと思われました。しかしながらおたずねになったのは、ふたりのことではなく、桔梗屋が当夜に迎えた客人についてでございました。

「ああ、はい。仰せの通り、昨夕《ゆうべ》はうちで寄合がございまして、蒲原屋さんもそのあとほかの皆様とご一緒にご登楼をあそばしました」

亭主がおずおず答えますと、先生はさりげない調子でまたこうおたずねになります。

「その寄合で何かおかしな様子はなかったか？」

「さあ、むろん談合の最中は、うちの者が座敷に入れませんから様子は知れませねど、そういわれると、何やら少しいい争うような声が襖の外に響いておりました。談合が済んで、座敷から真っ先に飛びだしてこられたのが蒲原屋さんでした。上気した赤いお顔であらわれたんで、よく憶えております」

それを聞いて、わしは、ああ、やっぱり、という気がしました。治右衛門さんはその寄合で何か揉め事があって、かあっと頭に血がのぼり、若い者にありがちな無分別に駆り立てられたのではないか。そうだとすれば、巻き添えにされた亀菊はいい迷惑どころの騒ぎではないから、思わず先方の番頭をじっとにらみつけてしまいます。

「うちの若旦那にかぎってとは、どこの家でも申しましょうが、私もたって申さねばなりません。若旦那とはいえ、大旦那が病で臥せられた今は本《ほん》の旦那同然で、寄合にも顔を出しておられたが、奉公人にもめったに声を荒らげぬお方が、どうしてお仲間と口争いなぞ……」

　といいさして、番頭は少し考え込むふうだった。

「ああ、そういえば、あの日は寄合の前に回状が参って、それを読んだ若旦那はたしかにちょっと苦々しい顔つきをされましたが……」

「その回状に何が書いてあったか存じておるか？」

「さあ、そこまでは……」

「回状はどこから来て、どこへ回した？」

「たしか小舟町の加賀屋さんから使いが参り、うちはそのあと小網町の栄屋さんに」

「なるほど、あのあたりは河岸八町と申して昔から米問屋がひしめいておるが、回状の出どころは知れんか？」

　なぞと千蔭先生は番頭にまだ何かとたずねられますんで、わしはそれを幸いに、うちへ文句をつけようとする番頭のそばから離れられたというわけでした。先生が巧くいいふくめてくださったのか、その後は先方から苦情らしきものも出ず、相対死の一件はひとまず年内に片づいたかにみえたものの、年明けに降って湧いた胡蝶の身請け話はすぐに落着とはいかないまま、しばしの月日が流れました。

　身請け話が持ちあがったのは春先で、それからだんだん暖かくなるかと思いきや、急に寒のもどりがあって、袷をふたたび綿入れに仕立て直したくなるような日が続きました。春の長雨がいつまでもしょぼしょぼと降り止まずにいて、花魁道中がえらく難儀をするし、台所では青物が払底《ふってい》して献立に苦労するというような愚痴をよく聞かされたもんです。

　春の長雨はさらにそのまま梅雨になだれ込む勢いで、山谷堀の水かさが怖いほどに増して、猪牙舟の船頭らも「ゆめゆめ油断はならねえ」なぞと申しております。

「またぞろ去年の二の舞にならなきゃようござんすがねえ」

　と申したのはうちの番頭で、わしはそう聞いてやっと前年も雨が降り過ぎたのを想いだしたんだから暢気なもんですよ。日々金銭の出入りに与る番頭は、さすがに早くもこれはまずいと気づいておりましたようで。

　昔より、貧しい家の娘は毎日白いおまんまが喰えるというので吉原に来た者が数知れず、苦界の勤めをさせるこっちも、その約束だけはきっちり果たしてやろうと存じております。とはいえ百人からの奉公人を抱えれば、ひとり二合の米でも二斗からの物入りとなり、飯の一杯も無駄には喰わせられんと番頭は申します。

　米の値は年によって変わり、月によっても上がり下がりがあって、番頭は常々それを気にいたしております。米が不作の翌年はむろん値上がりし、また穫り入れ前の夏も米が不足しがちだから高値になるのは当然だが、それにしてもあの年は驚きました。

「銭百文も出せば一升から買えたのに、今は五合も買えるかどうかで、本当に参ります。例年なら夏を越せば新米が出まわる前にぐっと値が下がりますが、今年はこの分だと去年に続いてまた不作となりそうで、米屋が売り控えをして値もあまり下がりますまい」

　と番頭が渋い顔でこぼしたのをよく憶えております。

　米は諸式の基《もとい》ながら、麦や大豆も不足するせいか味噌や醤油が値上がりしたのはもとより、灯油までもが一合につき十五文の高値となったのが、うちのような商売には一番こたえたかもしれません。幸い当時は毎晩お客が大勢あったからこそよけれ、客がないからといって、引け四ツ前に廓の灯を消すわけにはいきませんからねえ。

思えば当時は諸式が騰《あ》がって、世間大方の暮らし向きが苦しくなるいっぽうで、吉原《ここ》は相変わらず繁盛しております。諸式がいくら騰がろうと、それで儲ける方々もちゃんとおいでになるわけでして、ハハハ、そういうことではわしらも同じ穴のむじなでございました。

なかでも越五さんにはよく稼がせてもらった。さっき申したように、唐琴と気まずくなられて以来、越五さんは胡蝶の座敷でお遊びになり、そこへしばしば顔を出す小夜衣がまるで新たな敵娼にでもなったようでした。こちらもその分をしっかりと上乗せいたしておりますし、琴、三味線、唄、浄瑠璃、書画、茶の湯、囲碁に将棋に双六にと、諸芸百般なんでもござれの小夜衣もむろん何かと過分な祝儀に与っております。

座敷がちょうど中だるみする頃合いを巧く見計らって小夜衣が顔を出せば、ぱあっとその場が華やいで、気分もがらっと変わります。

「さあさあ、宝の山入りをいたしんしょう」

と唱えれば、何事が始まるかと皆わくわくいたします。

小夜衣が帳場からどっさり持ってきた一分金を座敷の隅々に隠し、それを皆で見つけだすというお遊びに過ぎませんが、幇間も禿も客人も一緒になって夢中で探しまわるから面白い。帳場で用足しをした分は、ハハハ、倍にして越五さんの勘定書に加えられるという寸法でした。

小夜衣はまた座敷にいるひとりひとりに、「何かお好きなものをいいなんし」と告げて、皆それぞれたとえば「煙草」とか「酒」とか「饅頭」とか勝手なことを申します。するとこんどは三味線を手に取りまして、「つれなき男《ひと》に見せたやー煙草のけむりー、心もとなくゆらゆらとー、あちらこちらへ誘うは酒の酔《えい》ならめー。酔が醒めればー、饅頭《まんじ》りともせずー、キセル片手にまたゆらゆらとー」というような具合に即興で一曲の小唄に仕立てて弾き語りができるのも、さすがに小夜衣ならではでした。

それもまた実にいい声で、夏場は障子を開け放つから、ほかの座敷にもその唄声が響いてやんややんやの喝采が沸き起こります。即興の唄は次から次にできて面白く、ついつい座敷に長居をさせられるといった調子で、当時は粋《すい》を好む客人の多くが芸達者な小夜衣のひいきでした。

片や胡蝶のほうはどうかといえば、槌田様のそばにぴたりとくっついて、何かと親密なおしゃべりをする様子だったとか。

「あれを見ますと、胡蝶花魁はどうやら本気で惚れてなさるし、槌田様もすっかりお心を許してらっしゃるようだから、ご安心なさいまし。身請けも追っつけ本決まりとなりましょう」

と喜八はうれしそうに申しましたが、妓楼のあるじとしてはもっと歓んでもいいはずなのに、わしは正直ちっともうれしくなかった。

そりゃなぜかと訊かれたら、さまざまな懸念があったからでして、そうはいっても夏が終わるころには、越五さんのほうでもやっと段取りがついたらしく、七夕の紋日には惣仕舞いをして、座敷に金箱を積みあげるとの申し越しがございました。

ああ、これでとうとう胡蝶も身請けされるとなれば淋しさは限りなく、ハハハ、やるせない気持ちにすらなったんだからおかしなもんですよ。

わが手塩にかけた妓だけに、もうちっときれいな身の片づきようを望みたいところだが、欲をいえばきりがなく、当人が得心したなら、まあそれでよしとしなくてはなりません。

ところがいよいよあと三晩で七夕を迎えようかという日になって、吉原で久々にめずらしい大捕物がございました。

門番所の同心や小者、岡っ引きはもとよりに四郎兵衛会所の若い者も総出で捕り手にまわって、下手人を追いつめた先は、うちとは少し離れた丁子屋の大屋根で、わしもわざわざ見に出かけたほどの大きな騒ぎでございました。

屋根の上で暴れておるときはわからなかったが、下に落ちてひっくくられた男の顔には見覚えがありました。だれしも一度見たら忘れない、あくの強い人相をした、御堂《みどう》の三次《さんじ》という、ここらに巣くう地廻りのひとりで、どうせまた強請《ゆすり》か脅しか何かして取っ捕まったんだろう。よくあることで、何もこんな大騒ぎをするには及ぶまいと存じました。

ただ捕物はそれだけでは済みませんで、御堂の三次の口が割れたところから、次の日は横山某という浪人者がお召し捕りになりました。横山某は扇屋に雇われた用心棒でして、わしもその無精髭を生やした貧相な面《つら》を存じてはおりましたが、これまた他人事でしかございません。

しかしながらふたりが召し捕られた理由《わけ》は、うちと深い関わりがあったとあとで知って腰を抜かしましたよ。

さて、話がちと後前《あとさき》になりますが、胡蝶の身請け話が流れたときは、正直ほっといたしました。そりゃ唐琴と併せて二千両近い大金がふいになったんだから、舞鶴屋のあるじとしては手放しで歓んでもおられなかったが、そこにはいろいろと仔細がございまして、さあ、何から話せばよいか迷いますねえ。

とにもかくにもこの騒動は、前年の師走に、うちの亀菊と蒲原屋治右衛門さんが相対死した一件から改めて説き起こすことになりましょうか。

うちで相対死があったのは後にも先にも一度きりで、わしは当初ただうろたえて、死骸をまともに見ることもできなんだが、それでも小夜衣の話を聞いてちと妙な気がしたから、千蔭先生こと佐藤又左衛門様をお呼びしたのは先にお話しした通りでございます。

南町奉行所吟味方与力の先生はさすがに落ち着き払って、死骸をじっくりと検分なさっておられた。ずいぶん念の入ったお調べをなさるので感心したが、それには理由がございました。

先生は鼻すじが通って、切れ長の眼をしたいかにもお武家らしい人相だが、やや八の字ぎみに開いた下がり眉がご愛敬で、気さくなお人柄にお見受けし、こちらも何かとおたずねしやすかったのはたしかですよ。それに先生といっても、わしより年若のお方でしたしねえ。

ふたりの死骸は蒲団の上で実にきちんと並んでおったから、千蔭先生は当初わしら妓楼の者がお節介で整えてやったのだろうと思われたらしい。そうではないと知って怪しまれ、検分を念入りになさった。すると九寸五分を腹に突き立てた男のほうの傷は、あきらかに背中のほうから刺し通したもので、これは相対死を装った人殺しだとすぐに見破られたそうにございます。暗闇で背後からいっきに刀で刺し通して、あっという間にふたりの命を奪ったがゆえに、たいした騒ぎにもならずじまいで、だれにも気づかれなんだのだろう、とのことでした。

「あの場でそれを申さば騒ぎが増すばかりだとみた。ゆえに、敢えてそちには知らせなんだ。ハハハ、許せ、許せ」

と、あとで鷹揚に笑って何もかも打ち明けてくださいました。

相対死を装って蒲原屋治右衛門さんと亀菊を殺《あや》めた下手人は、もういわなくてもおわかりでしょう。丁子屋の屋根で召し捕られた御堂の三次と、扇屋で用心棒をしておった浪人者の横山某ですよ。

あの手の、いわば廓内の破落戸《ごろつき》が存外やすやすとうちに忍び込めたのは、日ごろ彼奴《きやつ》らに何かと世話になる者がいたからでして。酔漢にからまれたり、無法な客人の迷惑をこうむる折は、毒をもって毒を攻むの類で、ついつい連中の手を借りるはめになります。それもまた、廓の悪しき習いと思《おぼ》し召せ。

妓楼はどこも似たような造りだから、連中は身をひそめる場所を知り、事を成し遂げたあかつきは闇にまぎれて立ち去る心得もあったんでしょう。そこまではわかっても、ふたりがなぜ連中に殺されたのかは、千蔭先生の話を聞くまで見当もつきませなんだ。

話を聞いて何より哀れに思われたのは亀菊で、結句あの妓は相対死に仕立てるための巻き添えに過ぎませんでした。横山某と三次の狙いは治右衛門さんのお命ひとつで、狙われた理由はやはり桔梗屋の亭主が洩れ聞いたという寄合での口論や、それに先立って蒲原屋へ舞い込んだという回状と大いに関わりがございました。

果たしてその回状に何が書いてあったものか、千蔭先生も当初はまるで見当がつかなかったとか。さあ、それで一体どうなされたのかが、この話の肝腎かなめでございます。

ここに舞鶴屋でただひとり、あるじのわしを差し置いて、先生から直に事を打ち明けられた者がいたことを申さねばなりません。それはもうお察しの通り、あの小夜衣でございました。

そもそも小夜衣は相対死に当初から不審を抱き、妹女郎のことでもあるので死骸の検分をしっかりと窺って、不審の念をいっそう強めたらしい。

「女子の勘は侮れぬ。しつこく問い詰められて、身どもはとうとう白状してしまった」

と先生は弁解がましく仰言ったが、男のわしにさえ聞かせなかった話を打ち明けられたのはよくよくのことですよ。

小夜衣が嫋々《じょうじょう》たる見かけによらぬ沈着な女丈夫で、男顔負けの才覚があると信ずればこそでしょうなあ。さほどに信じ合える男女の仲にはちと妬ましさのようなものすら覚えます。

千蔭先生は小夜衣に事を打ち明けたついでに、当夜うちに登楼した客人についても少々おたずねになられた。小夜衣は訊かれるままにお答えしたのみならず、その後もここで何かと見聞きした話を先生にお報せした。速やかに手紙で書き送った場合もあれば、月に二度ばかりお訪ねになる先生と直に対面してお話しすることもあったといいます。

ところで、いっぽう胡蝶にはこういう話がございました。あの妓は結句、三会目も槌田様とは本当の馴染みにならなかったと申します。つまり床入りはしても、帯紐を解かなかったというんだが、こりゃ当人の口だからどこまで信用するかは別として、呼出し花魁ともなれば、そうしたこともまんざらない話ではございません。

ふつうなら縁はそれぎりとなるはずが、どうしたわけか槌田様は敵娼を替えようとはなさらなかった。もともと廓の者を人とも思わぬ、尊大にして横柄を絵に描いたような御仁でしたから、自負する気味が人一倍あって、たぶん花魁に袖にされたとわかるのがお嫌だったのかもしれません。あるいは負けじ魂に火がついて、何がなんでもわが手でねじ伏せんものと思い立ち、余計に執着なされたんでしょうか。

そうなると胡蝶も胡蝶で、是が非にでも帯紐を解かせたいのなら、いっそ身請けをなされればよろしかろうと啖呵を切ったそうで、ハハハ、そこらは実にあの妓らしいともいえますなあ。

売り言葉に買い言葉よろしく、槌田様はならば本当に身請けをしてやろうという気になられた。ただ自らの懐ではとうてい無理な話だから、それとなく越五さんにねだられた。越五さんがあっさりと承知をして、肩代わりの身請け話を持ちかけられると、胡蝶はもちろん初手は戯れ言と聞き流しておった。

越五さんがその話をされたときに、そばにいたのは振新と禿ばかりだったが、あんまり意外な身請け話だったから、つい寄ると触るとその話が出てしまう。廊下でそれをたまたま聞きつけた小夜衣が、さっそく千蔭先生にお報せした。

「なんともおかしな話で、廓にはめったに聞かぬ例かと存じんす」

と、いささか憤慨した口調で訴えたらしい。

千蔭先生はすぐにそれがどうやら賄賂の類らしいと見抜かれた。とはいえ呼出し昼三の身請け金となれば賄賂としても尋常な額ではないから、全体何を見返りにした貢ぎ物か頗《すこぶ》る怪しい。

先生はもともと越五さんに目をつけておられました。それは越五さんが本船町に店を構える下り米問屋の頭取で、例の蒲原屋に来た回状の出どころとみられたことによります。ひょっとしたら槌田様への賄賂と治右衛門さん殺しの一件はなんらかのかたちで結びつくのではないかと推量され、そこで小夜衣にもっと探りを入れるよう頼まれたというわけですよ。

小夜衣は自ら胡蝶の元に出向いてふたりきりで対面し、越五さんの身請け話を承知するようさまざまに説得を試みた。始めはまったく取り合わなかった胡蝶も、

「蒲治《かんじ》さんと亀菊さんは心中しんしたのじゃのうて、殺されんしたと聞いて、まさかとは思えども、小夜衣さんがあんまり真剣にいわんすゆえ、あながち嘘とも決めつけられず、なんとしても亀菊さんの敵を取ってやりたいとのことゆえ、こちらも手を貸す気になりんした」

と後に申しております。

小夜衣は千蔭先生に聞いた内密の話を胡蝶に存外あっさりと打ち明けたらしい。いやもう口さがないのは女の常で、これだから女はやっぱり信用ならんとは思えども、ふたりはいっぽうで女にしかできぬ、男顔負けの大きな働きをいたしました。

胡蝶は張り合ってばかりいた小夜衣の頼みをよくぞ聞き入れたもんですが、それはまあ廓育ちならではの心意気に感じたというわけでしょう。姉女郎と妹女郎は血を分けた実の姉妹にもまさる深い縁《えにし》で結ばれた間柄ですから、小夜衣が亀菊の敵を取ってやりたいと思うのは当然で、胡蝶は小夜衣と常に張り合い、鎬《しのぎ》を削る仲なればこそ、そうした気持ちが痛いほどにわかったはずでございます。

廓育ちならだれしも、なんとか無事に生きながらえて、命あるうちにこの苦界を抜けだしたいと念じぬ者はおりません。病死なら仕方がないとあきらめもつくし、相対死ならそれはそれでよしとせねばならん。ところが亀菊は人手によって無惨に命を絶たれ、しかも下手人すらわからんというのでは、とうてい浮かばれまい。そうと知った胡蝶はあの妓らしい俠気を出して、日ごろけっして仲のよくない小夜衣に手を貸す気になったんですよ。

もっとも同じ朋輩でも唐琴に対してはずいぶんな仕打ちをしたわけだから、ハハハ、やはり小夜衣にもまして癇に障る相手だったんでしょうなあ。

いや、よく考えてみれば、小夜衣と胡蝶はなんだかんだいっても幼なじみだし、互いにさまざまな憂き艱難《かんなん》を経て、酸いも甘いも嚙み分けた年ごろになれば、いっそだれよりも気心が通じ、固い絆で結ばれた真《ほん》の友だち同士だったとみてもふしぎはございません。

そうでないと、わしに隠してふたりが手を取り合ったことは腑に落ちません。胡蝶が身請けを承知したと信じ込んで、わしが大いにうろたえたのを、ふたりは腹の中で笑っておったのかと思えば、ええ、実に口惜しいかぎりですよ。

身請けを承知したとなれば身内も同然とみなされて、胡蝶は密談にも同席が叶います。そこであれこれ洩れ聞く話はどんな些細なことでも告げ口するよう求められ、とてもいちいち憶えてはおれんというので、小夜衣が自ら座敷に出向いてひそかに聞き取りをするようなこともあったとか。小夜衣はそれをまた千蔭先生に逐一お報せするという寸法です。

越五さんと槌田様の話は符帳を使ったやりとりが多いんで、胡蝶は聞いてもほとんど意味がわからなかったらしい。唯一わかったのは諸国の天気の話がよく出ることで、しかも悪天候を歓ぶふうであるのが解せないから、それを小夜衣にきちんと伝えたといいます。

小夜衣に話を聞いた千蔭先生はさまざまな推量を重ねて、あらかた悪事の見当がついたところで、御堂の三次と横山某を召し捕られた。御堂の三次は座敷にちょくちょく顔を出して、越五さんに小遣いをせびっておったらしい。ああいう手合いは、かりにまとまった金を渡したところで、無くなればまたすぐせびりに来るので、それが胡蝶の目に止まったというわけです。

かくして蒲治さんと亀菊殺しの下手人が先に捕まって、厳しい責め問いでふたりの口が割れたところから、越五さんは敢えなく御用と相成り、やがてとんでもない悪事がことごとく露見いたしました。

江戸には諸国諸藩の米が出まわって、建米《たてまい》となる仙台様のお払い米はもとより、武蔵や常陸、上州の近郷や遠く奥州からはるばる陸路をたどる地廻り米が多いとはいえ、大坂から海路で運ばれてくる下り米もけっして少なくはございません。越五さんと殺された蒲治さんはその下り米の中でも主に越後米を扱う問屋仲間でした。

前年は奥州一帯が凶作で、仙台様のお払い米も滞りそうだという噂のもと、ただでさえ越後米の値上がりはまちがいないとみられた年に、越五さんは仲間内で買い占めを申し合わせて大儲けを企んだのだとか。

いやはや、どういうわけか、得てして使い道にも困るほどの金銀をお持ちの方は、さらにまだもっと儲けたい欲が湧くものらしうございますなあ。さほど強欲になれる人の心を、あなたはおわかりになれますか。世間では仁義礼智忠信孝悌の八つの徳を欠く忘八だとまでいわれる稼業のわしらでさえ、そこまで欲深にはなれませんがねえ。

ましてわしらの稼業とちがい、米は人の生き死ににも関わる大切な品で、あんまり値上がりしたら、貧乏人はたちまち餓《かつ》えてしまいます。下り米問屋の仲間内で一番若く、やさしいお人柄でもあったという治右衛門さんは、その談合でただひとり異を唱え、越五さんに楯を突かれた。ひとりでも欠けたら米の値崩れがするとみて、越五さんは治右衛門さんの始末を思い立った。ああ、なんという恐ろしい、人の道に外れた話でございましょうか。

さっきも申したように、越五さんは唐琴と馴染みになる以前は扇屋の客人でもあったから、横山某をよくご存じで、横山某を通じて御堂の三次にも渡りをつけたらしい。下手人がひとりでは心もとないとみたんでしょうが、三次のおかげであっさり足がつくはめになったのは大きな算用ちがいで、それもまさか胡蝶に訴人されるとは思いも寄らなんだはずですよ。

胡蝶の身請けを望まれた勘定組頭の槌田宗次郎様は、ご公儀の金銀を使って越後米の買い占めに加担されておったらしい。諸国の悪天候で案のじょう春先から米はどんどん値上がりし、去年に続いてまた奥州が大凶作と知れた夏ごろには天井知らずの値がつきました。ご公儀の金を注ぎ込んで儲けた分は槌田様の懐へ納める代わりに、胡蝶が貢ぎ物にされたというわけですよ。

ただでさえ米が不足しがちな当時、買い占めでさらに値が吊りあがって、いかに多くの民が難儀をしたか。貧乏人はそれこそ塗炭の苦しみで、施粥《せがゆ》に並ぶ行列は文字通り餓鬼道に堕ちたごとくみな肋骨《あばら》が浮いて見えました。それを思えば、お役人が買い占めの片棒を担ぐなぞ断じて許しがたき所行でございましょう。

しかしながら越後屋さんは御用になっても、町方の手はお武家の槌田様にまでは及びません。町方がいくら御目付に訴えたところで、勘定組頭の筆頭として御奉行のご信任厚き槌田様を罪に落とすことは叶わなかった。されば治右衛門さん殺しはともかく越後米買い占めの件は当初うやむやのうちに片づいてしまい、とかく賄賂はもらい得とした世の流れにあって、胡蝶を請けだし損ねた槌田様は、むしろ自分なぞは運が悪いほうだと思し召したのかもしれません。

斯様《かよう》に乱れた人の世にはさすがに天が憤ったものか、四季二十四節気をわきまえぬ悪天候はその後も長く続いて、哀しいかな吉原十二月の年中行事も何やらしっくりとこぬ日ばかりとなりました。

もっとも左様に暢気な話もできないくらい、諸国は毎年のような凶作続きで、おまけにあの浅間山の噴火が重なって、今にいう天明の大飢饉と相成ります。かくしてついに民の堪忍袋が破裂し、江戸の町々や諸国津々浦々で米屋の打ち壊し騒ぎが起きた当座は、お上もしばし手が付けられんありさまでした。あなたもご存じの通り、それがきっかけで白河様の世直しが始まったというわけですよ。

白河侯松平定信様のご治世になると、打って変わって槌田様はすぐに糾問《きゅうもん》せられ、なんと死罪が下されたという報せを聞いて多少驚きはしたが、民の上に立つお役人にはそれくらいの厳しいお裁きがあって当然かとも存じました。

勘定奉行の松本伊豆守《まつもといずのかみ》様や赤井豊前守《あかいぶぜんのかみ》様も、配下の不行跡を責められて、知行を大きく削られた上に逼塞《ひっそく》となられたる由を聞き及びます。

これぞまさしく天道誠を照らすと申すべきか、人心が邪《よこしま》に過ぎれば、かならず天が乱れて人に罰を下しましょうから、この後共にわれらも気を引き締めてかからねばなりますまい。

いやなに、つまるところ、人間そうそう悪いことはできんという話でございますよ。

ただ如何せん、田沼様のころにあれだけ栄えた吉原も急に淋しくなりまして、よく接待に使われた大楼や引手茶屋の身代がいっきに傾くなかで、うちが今でもなんとか持ちこたえておりますのはまだ幸いとしなくてはなりますまい。

店仕舞いした家《うち》が沢山ございますからねえ。ことに引手茶屋はお武家にお立て替えした分を踏み倒されて、泣き寝入りしたあげくに茶屋株を手放すはめになった店がいくらもございました。

大門口にある山口巴《やまぐちどもえ》から江戸町一丁目の角まで並んだ七軒の引手茶屋はいずれも名代の老舗《しにせ》ながら、内の一軒、千切屋《ちぎりや》がそれででして、店主が代替わりをいたしました。

茶屋株を得て新たな店主となったのはだれあろう、あの小夜衣だと聞けば、ハハハ、そりゃ驚かれますでしょうなあ。わしも聞いたときはびっくりして、わが耳を疑ったもんですよ。

小夜衣は年季明けを前にして、一向に落ち着き先が知れぬゆえ、心配してたずねたら、算段が整って、千切屋の先代と話がついたとのこと。仲之町の茶屋株を得るには安く見積もっても三百両からの物入りだし、いくら小夜衣とて花魁の稼業ではそこまでの大金を貯め込めるわけもないから、さらに詳しい様子を訊きだしました。

フフフ、そしたら例の底光りした黒い眸でじっとこちらの顔を見つめて、うっすらと笑いながら答えたもんです。

「わたしが廓を離れたら淋しうなると仰言えすお馴染みがござんしたゆえ、されば離れぬ工夫をいたすゆえ、その分を貢いでくんなましと申しんした」

小夜衣は諸芸に秀でて座持ちがよかったので、廓からいなくなるのを惜しむ客人が多かった。当人はそれらの客人から三十両、五十両といった具合に年季明けの祝い金を貢がせて、それで茶屋株と当座の支度金を整えたんだといいます。

ただし女子の身では株を持つことが叶わんから、株の名義人はそのままにしておき、自らは先代の養女になるという形を取って、店の切り盛りをすることにしたんだとか。話を聞けば実に賢いやり方で、わしも長く廓におりまして、花魁がそういった身の振り方をした例は後にも先にも存じません。

三浦屋の高尾にしろ、松葉屋の瀬川にしろ、目の玉の飛び出るような大金で身請けをされたという話はよく聞きますが、小夜衣は一風変わった身の振り方をして、五丁町中をアッといわせました。

年季が明ければ一刻も早く吉原《ここ》を出たいと願う妓がほとんどで、行き場がなくてやむなく番新や遣手に雇われる者はあるとしても、まさか自らが主人となってこの廓に残る道を選ぶ花魁があらわれようとは、だれも想い及ばなかった。

左様なわけで、小夜衣はちと変わり種ではあるが、やはり稀代《きたい》の名妓と申してよかろうかと存じます。呼出し昼三の花魁ともなれば、相手を好こうが嫌おうが、大金持ちに身請けをされるしかないはずなのに、あの妓は自ら稼ぐ道を見つけた上で、好きな男と結ばれたんですからねえ。女としては、まあ、あっぱれな身の立て方としかいいようがございません。

ハハハ、お忘れですかい？　小夜衣にはこの廓を離れたくない理由《ひと》がございました。あの妓が店主となってから、八の字に開いた下がり眉の男が目尻まで下げて、千切屋の暖簾をくぐる姿がちょくちょく見られるようになったと申せばおわかりでしょう。

肌で知った男は数知れず、大金持ちも、粋人も、あの妓は見飽きるほど見て、それなりに憂い目辛い目にも遭わされております。以前、さる大金持ちの御子を産んだという話もしましたよねえ。

吉原《ここ》でさまざまな殿方の相手をして、その間少しも変わらなかったのは、つまるところ幼少のころより自らの才覚を愛で、それを存分に伸ばしてくれた相手を慕う気持ちだったというわけですよ。客人にも情夫《いろ》にもできなかった男だからこそ、かえって夢が醒めずに思い続けられたんでしょうなあ。

つまり小夜衣はああ見えて、愚者《こけ》の一念岩をも徹《とお》すではないが、自らの心に正直な道をまっすぐ歩んだのかもしれません。思えば先生の教えに従って、あの妓は天賦の才で、あの妓にしか書けない字を最後まで書き通しました。

あの妓の才覚は商いにも存分に振るわれて、千切屋は七軒茶屋の中でも今に大いに繁盛をしております。そりゃ呼出し昼三でいたころの大勢のお馴染みや、そのご子息までを茶屋の客にしておりますから繁盛するのは当然ですが、身持ちは至って堅く、かつての馴染みといえど、今は手も握らせなくなったとか。まあ、そうでないと、妓楼のほうで苦情が出て、茶屋の女あるじはつとまりませんからねえ。

かつてのお馴染みもそのことは十分に承知をして、それでもあの妓と話をしたさにせっせと茶屋通いをなさるようで。時には千切屋で愉快に過ごすあまり、肝腎のご登楼が遅くなって、中にはうっかりお忘れになるというような困ったことも起こります。

うちの女房なんぞはそのことで千切屋にしょっちゅう文句をつけにいったりもしておりますが、毎度小夜衣にはぐらかされて愚痴をこぼす始末でして。

「あの人は昔からずるくて、ほとほと嫌になりんす」とね。

ハハハ、もう大方お察しかとは思うが、何を隠そう、今のわが女房は胡蝶でございます。

左様、先妻を早くに亡くして独り身を長く通したわしは、年季明けした花魁を後妻に迎えたというわけです。先妻を亡くしたのはちょうど二十五の厄年でしたから、まわりは早く後添《のちぞ》いをもらうよう勧めたが、小夜衣と胡蝶を育てるのに夢中で歳月が流れてしまい、気がつけば四十を目前にしておりました。

年季明けが間近に迫ったある日、わしはあの妓をひそかに内所に呼んで厳しく問い詰めました。一体この先どうするつもりなのかとね。

「ここにおいてくんなまし。番新でもなんでも致しんしょうほどに」

胡蝶がうつむき加減に悄《しお》れた顔で申しますと、すぐにわしの口からこうした言葉が出た。

「そりゃいかん。呼出し昼三が番新に身を落とした例はあるまい。左様な真似をさせては、そなたばかりか、舞鶴屋の名折れとなる」

胡蝶はふてくされた顔でこちらをにらみつけました。

「なら路頭に迷えと仰言えすのか」

「いっそ、わが女房になれ」

とっさの返事で、あの妓の顔は奇妙に歪んで、大きく見開いた眼から小さな水晶玉のような涙がぽろぽろと噴きこぼれました。

妓楼のあるじがいわば商売物に手をつけるのはまるでない話でもないが、夜ごとに交わした枕の数を知りながら、妻にまでした男はめずらしかろうと存じます。ハハハ、わしは跳ねっ返りのあの妓にさんざん手を焼いて、何度も心配をさせられたもんで、だんだん放っておけない気持ちになったんでしょうかねえ。

あの妓も初手は娘が父親を慕うような気持ちでいて、なにしろ惚れっぽい妓だから若いうちは色んな客人とそのつど違う恋をしたでしょうし、まさか最後にわしとこうした仲になるとは夢にも思わなかったはずですよ。

自分で申すのは恥ずかしながら、あの妓がわしを男らしいと見たのは、例の駆落ちの一件に、わしが単身武家屋敷に乗り込んで、阿部伊織様と渡り合ったときだそうです。以来、何かにつけてこちらの気を惹こうとするのはとうからわかっておりました。阿部様とは共に死ぬことを覚悟したにもかかわらず、肩すかしを喰らわされて心底がっかりし、余計にこっちが引き立って見えたというところかもしれません。ハハハ、そうだとしたら、結びの神の阿部様にはお礼を申さねばなりますまい。

今から思うと、わしもあのときは無我夢中で、胡蝶のためなら死んでもいい覚悟だった。女を一度でもそんなふうに見たら、もうただの楼主と奉公人の縁だとは思えなくなる。左様、わしもあれがきっかけで、胡蝶に本気で惚れるようになったのかもしれませんなあ。

わしは小夜衣のあっぱれな花魁ぶりにもぞっこん惚れ込んでおった。ただその惚れると、胡蝶への気持ちはまるでちがうのを、小夜衣は当人よりも早々と見抜いておったらしい。越五さんの身請け話では、「承知したふりをして、親方がどのような顔をしなますものか、ご覧なんし。きつう妬いてお怒りのはずじゃ」と笑いながら焚きつけたと申します。ハハハ、まったく、とんでもない女たちじゃありませんか。

胡蝶が何かにつけて小夜衣と張り合ったのは、わしの心が向こうへ傾くのを嫌ったためで、小夜衣には別に深く想う相手があると知ってからは争う気にもならなくなったといいます。わしという男を間に挟まなければ、ふたりは幼なじみの友だち同士で、本来は仲良しなのだと当人は申しまするが、そりゃ果たして本当なんでしょうか。

たしかに例の一件でも、ふたりは結束して事に当たったし、幼なじみの仲良しだというのもあながち嘘ではなかろうが、いっぽうで女同士の競い合いはまだまだ続いておりますからねえ。

今やふたりとも豪奢で伊達な裲襠姿は見せられず、黒繻子をかけた縞物や藍地か黒の江戸褄《えどづま》といった地味な装いでございます。髪を高く盛りあげて、後光のような簪で飾り立てた勝山や竪兵庫《たてひょうご》でなく、小さくまとめたしの字髷《まげ》に結って、長い銀ギセルを短い算盤に持ち替えた日々の勤めをしておりますが、いまだにどうも互いの姿や様子が気になるらしい。ふたりで会うときはかならず鏡に向かって髪をきれいに梳かすし、化粧もふだんより念入りにいたしております。

中着の襟に凝って、互いに見せ合いっこもすれば、相手が脱いだ履き物の鼻緒を気に留めてみたり、目ざとく足袋の汚れを見つけて鬼の首でも取ったように話すのは、ありゃどうしたわけなんでしょう。

そうしたつまらんことでいちいち張り合うような気の狭いとこがあるかとみれば、ここぞのときはしっかりと手を組んで、大の男をさんざんやり込めるんですから、ハハハ、女子というもんはゆめゆめ油断がなりませんよ。

わしは長年この商いを通してさまざまな女たちを見てきたが、まだ真実《ほんとう》のところがわかったとはとても申せません。それゆえにこそ、女には心を惹かれるのだと存じます。

この世に男と女があるからには、互いに避けて通るよりも、気に入った相手とめぐり会うほうが人の一生は楽しいに決まっております。

されば、どうぞあなた様も勇を振るって廓の水にざんぶりと飛び込んでご覧なさいまし。

溺れたら溺れたで、それもまたきっと楽しうございますよ。

解　説

杉江松恋

傾城《けいせい》の恋は誠の恋ならず。金もって来いが誠の「こい」。

そんな戯れ歌がある。言うまでもなく傾城とは、吉原廓《くるわ》の娼妓のことだ。いわば嘘が誠、誠と申すはすべて嘘。そんな嘘を描いた文学が「花柳小説」としてかつての日本では一ジャンルを築いたことがある。その系譜はすでに廃《すた》れたが、それをさらに美しい形で蘇らせた作家がいる。「嘘は誠」の魅力を、これほどよく知る人はいないだろう。

松井今朝子の作品世界をこれよりご紹介申し上げます。しばらくお付き合いのほどを。

『吉原十二月』は松井今朝子にとっては二十一冊目にあたる小説の著書で、雑誌「星星峡」に二〇〇九年一月号から二〇一〇年七月号まで連載され、二〇一一年一月十五日に単行本として刊行された。今回が初の文庫化である。その魅力を語る前に、少し寄り道を許していただきたい。

二〇〇七年、松井は『吉原手引草』（幻冬舎→二〇〇九年。幻冬舎文庫）で第百三十七回直木賞を獲得した。同書は吉原で一世を風靡《ふうび》しながら忽然《こつぜん》と姿を消してしまった伝説の花魁《おいらん》・葛城についての物語である。葛城自身はずっと不在で、幇間《たいこもち》や女衒《ぜげん》など廓に関わる職業に就く者たちが彼女について語るという形式をとっている。複数の語り手がそれぞれの立場から話すと、中心にいる人物の像が次第に立体的になり、肉の厚みが増し、最終的には血の通った熱い身体《からだ》として完成する。読者の代わりに聞き手を務める人物が名無しのままで通される点など、ミステリー的なプロットの興趣もある作品である。

これは余談になるが、松井にはミステリー読書の素養もあり、それが効果的に用いられた形だ。ダフネ・デュ・モーリア『レベッカ』（新潮文庫）を代表格とするゴシック・スリラーは豪壮で人間を威圧する屋敷に囚われた弱い存在（多くは女性）の不安や恐怖を描くものだが、松井は『家、家にあらず』（二〇〇五年。集英社↓二〇〇七年。集英社文庫）で、そのゴシック・スリラーの興趣を日本の大名屋敷を舞台とした小説に置き換えるという荒業に挑戦し見事に成功している。そうしたプロットの換骨奪胎の芸は、歌舞伎台本作者として活躍した経歴と無縁ではないだろう。

『吉原手引草』にはさらに、近世社会へと読者を誘《いざな》うガイドの機能も備わっている。江戸時代には「吉原細見」という文字通りのガイドブックが製作され、当時のベストセラーともなっていた。茶屋のお内儀から指切り屋（遊女には小指を切って誓いを立てた男に渡すという風習があったが、糁粉《しんこ》細工の偽の指売りがいたのである）まで、吉原に関わる職業を余すところなく語り手として登場させる「趣向」は、中世の「尽し」ものの絵巻を思わせる楽しさであり、十分に細見の役割を果たしている。また、江戸中期には「評判記」というものが刊行された。これは一種の人物ルポルタージュで、著名・無名のひとに取材した読み物である。当然吉原でも「遊女評判記」が作られたが、『吉原手引草』もまた「遊女葛城評判記」として読めるものなのである。

話題を『吉原十二月』に戻そう。題名に「吉原」とつく共通点があり、読者の中には前作の続篇を期待する向きもあるだろうが、これは完全に別個の作品である。舞台となっているのは前作と同じ吉原の名楼・舞鶴屋。しかし『吉原手引草』が十九世紀初頭の文化・文政年間の話であるのに対し、こちらは作中に「安永、天明にかけ、世間がそこそこに落ち着いて、今のように世知辛くはなかったあの頃」とある通り、十八世紀後半の物語である。「今のように世知辛く」とあるのはもちろん、世の中が奢侈《しゃし》に流れた田沼意次老中時代の跡を受け継ぎ、松平定信が政治の実権を握った寛政年間から当時を振り返っているからである（その時代には倹約が是とされたため、吉原の人士にとってはさぞかし生きにくかったはずである）。興味のある方は両作を読み比べて、微妙な時代の違いを探してみるのもおもしろいだろう。

複数の人物を登場させた前作と異なり、こちらで語り手を務めるのは一人だ。二十そこそこで先代が急死し、四代目舞鶴屋庄右衛門を襲名することになった妓楼の主がふた昔前の思い出を語るという内容なのである。

若い庄右衛門はあかねとみどりという対称的な性格の禿《かむろ》に目をかけ、舞鶴屋の将来を二人に賭けようと決める。吉原のおんなたちの中にはまだ幼いうちに売られてくる者もおり、店に出る前は行儀見習いや走り使いのようなことをしながら、廓の生き方を学んでいく。そんな時期の少女二人に、すべてを賭したわけである。後々のためと金を積んで生家の者には縁を切らせ、庄右衛門はじっくりと二人を育て始める。

内所で基礎的な修養を済ませた二人はそれぞれ初桜《はつはな》、初菊を与えられ、先輩花魁である唐橋の下で振袖新造としての見習い期間を務める。やがてそれぞれに客がつき、名前も小夜衣《さよぎぬ》、胡蝶《こちよう》と改めた。その二人が本格的におんなとしての華を開かせたのちに、物語としての醍醐味がある。冒頭の「細見」では小夜衣は「白磁の肌、黒々とした眼、まさに﨟長けた風情で婉然と微笑み、一世を風靡している」、胡蝶は「はっきりした目鼻立ちとさっぱりした気性で、特にお武家に多くの贔屓を得ている」と紹介されている。小夜衣には肚《はら》の内を容易に覗かせないような謎めいたところがあり、その奥の知れなさが客の心を騒がせることになる。胡蝶は逆に思ったことを胸の中に留めておけず、口に出してしまうような気性の激しさがある。それもまた女性としての可愛らしさにつながるのである。このように気性がまったく違う二人は、お職（その月の売上げ首位の花魁）の座を争いながら、舞鶴屋にて大輪の花を咲かせ続ける。

　題名に「十二月」とあるとおり、正月から師走まで、それぞれの季節にちなんだ行事や風物が織り込まれているところに本書の特徴がある。たとえば庄右衛門が禿であった二人を見初めたのは正月の花魁道中のときである。普段は道中をする花魁の左右に控えた禿は、一人が市松人形、一人が守り刀を手にするはずなのだが、正月だけは屋号にちなんで舞鶴を描いた大きな羽子板を抱え持つ。その持ち方にあかね、みどりそれぞれの性格が表れており、庄右衛門の目を引くことになったのだ。以降如月には初午、弥生には佐保彦神と、その月にちなんだものごとが描かれる。佐保彦とは、本来は女性である春の神、佐保姫の吉原バージョンである。「ここ吉原は、正月の門松も世間とは逆さまに家側《うち》に向けて立てる習いなれば、春になれば佐保姫でのうて、佐保彦様という男神があらわれんす」とはその説明の謂《いい》である。このように通常の歳時記ではなく、吉原独自のものが語られるというおもしろさもある。

もちろん『吉原手引草』で発揮された作者の「語り」芸は健在である。語り手が複数から単独になったゆえ、読み手を眩惑《げんわく》する綾織の如《ごと》き書きぶりは影を潜めたかといえばそうではなく、より錬度を増した形で読者の遊び心をくすぐってくる。たとえば前段に触れたとおり本文中には十二ヶ月の風物が詠《うた》いこまれているが、話自体は一年間のものではない。その時間の流れに気づくと、物語の後半ではそれまでになかった興趣が立ち上がってくるはずだ。時間感覚を味方につけたうえで、作者はキャラクターの心の成長を描いている。

広くさまざまな小説を読む方は、本書を一種の双子（ツインズ）譚として受け止められるかもしれない。幼いころから共に育ち、時には諍《いさか》い、時には仲良く笑いあう存在であった小夜衣と胡蝶は、精神的には一対の双子と言ってもいいだろう。二人の間にはお互いにしか理解できない感応のようなものがある。そこを描いた「皐月は菖蒲の果たし合い」のエピソードは、秘めやかな心の内奥を覗くようで実に美しく、本書の中でも忘れられない印象を残してくれるものである。

さらに続ければ、楼の屋号になっている「舞鶴」のことはずっと胸に留めてページを繰っていただきたい。鶴は夫婦が仲良く一生連れ添う鳥で、卵も交互に抱くほどであるという。そうした男女の情愛の深さを示す鳥であるがゆえに、偽りの恋を売りものにする妓楼の屋号として用いられているのである。そのことがさりげなく文中で触れられ、読者の心に寸鉄の痛みを残す瞬間がある。それが本書で効を奏している最大の作者の技巧だ。裲襠《うちかけ》に施す刺繍の「柄」は、いくらでも華美なものを選ぶことができる。見たものを即座に納得させられるわかりやすさもあるだろう。しかしその「織」は、近寄ってよく眺め、じかにその手触りを確かめてみなければ良さが伝わらないものだ。『吉原手引草』から約三年（単行本の刊行時期でいえば四年）経って発表された本書には、前作をはるかに超える技倆《ぎりょう》が発揮されている。

前作が直木賞を受賞した際、選考委員からはおおむね絶賛をもって作品が迎えられたものの、一人宮城谷昌光からは「読者に有無をいわせぬ語りの連続に、私は辟易した」「作品と読者の距離がありすぎる」との苦言が呈されている。他の選考委員からは、それまでの作品の弱点として「類い稀なる古典的教養が小説としてうまく機能しない憾みがあった」が「謙虚かつ冷静な自己分析の成果」それを克服したことが受賞につながった（浅田次郎）との声もあった。宮城谷はそれを踏まえてさらに、読者に対する胸襟《きょうきん》の開き方への姿勢を一言したわけである。もちろんこれは見方の一つであり、読者よりも視座を高い位置に置き、文芸の力をもってそれを翻《ほん》弄《ろう》しようという姿勢を逆に賞賛する選考委員もあった。井上ひさしの「読者はやがて、『遊里は一から十までウソの拵えものだが、その拵えものが、自分を拵え上げた現実に一矢むくいる』という、その現場に立ち合うことになる。ウソで世界の筋目を正すというのだから、痛快である」という評価は、松井の戯作者的な資質に対する絶賛であり、『吉原手引草』の最良の読解でもある。私の思うに『吉原十二月』は、宮城谷の危惧《きぐ》した読者との距離を埋め、かつ井上が賞賛した「嘘の文学」の美点を保持した、最良の戯作なのではないか。

　また、平岩弓枝は『吉原手引草』に、吉原に不案内な人間を語り手に立てることにより、「吉原についてのノウハウがごく自然に描き出され」るような効果がある、と評価したが、『吉原十二月』は別のやり方でその知識の断絶を乗り切っている。

　前述したようなツインズのプロットがそれである。幼なじみがいずれライバルとして、また最高の親友としても互いに意識するようになるという物語は、吉原に限定されないものだ。そうした普遍性のあるプロットが核にあるため、読者は不慣れな舞台であっても決して道筋を見失わず、魅力的な二人のヒロインについて最後まで物語の瀬を渡りきることができるのである。

小説について触れるのが楽しく、いささか走りすぎてしまった。本書を読んで魅力にとりつかれたという方は、ぜひ『吉原手引草』にもお目通し願いたい。また、本書と近い時代を題材とした作品としては十返舎一九の若き日を描いた『そろそろ旅に』（二〇〇八年。講談社→二〇一一年。講談社文庫）、世間で女傑と呼ばれ強い女性と思われた人物の中に秘められた優しい心の存在を見出す初期作品『奴の小万と呼ばれた女』（二〇〇〇年。講談社→二〇〇三年。講談社文庫）、吉原とは異なる舞台だが大奥という閉鎖空間を題材とした前出の『家、家にあらず』などもお薦めとして挙げておきたい。

魅力的な物語、必ずやお気に召すものと確信しつつ退場仕る。これにて御免。

——書評家

この作品は二〇一一年一月小社より刊行されたものです。

幻冬舎時代小説文庫

●好評既刊
吉原手引草
松井今朝子

十年に一度、五丁町一を謳われ全盛を誇った花魁葛城が、忽然と消えた。一体何が起こったのか？吉原を鮮やかに描き選考委員をうならせた第一三七回直木賞受賞作、待望の文庫化。

●好評既刊
東洲しゃらくさし
松井今朝子

並木五兵衛に頼まれて江戸の劇界を探りに来た彦三は、蔦屋重三郎のもとに身を寄せる。彦三の絵に圧倒される蔦屋。一方、彦三からの報せがないまま江戸へ向かった五兵衛を思わぬ試練が襲う——。

●好評既刊
幕末あどれさん
松井今朝子

幕末の激動期、旗本の二男坊、宗八郎と源之介の人生も激変する。芝居に生きる決心をする宗八郎。一方、源之介は陸軍に志願するが……。名もなき若者＝あどれさんの青春と鬱屈を活写した傑作！

●最新刊
船手奉行さざなみ日記(二)
海光る
井川香四郎

船手奉行所筆頭同心の早乙女薙左は「金しか食わぬ鬼」と評される両替商の主の警護を任されていた。しかも、ある幕閣がその男の悪事に加担し私腹を肥やしていたと知り……。新シリーズ第二弾。

●最新刊
女だてら　麻布わけあり酒場9
星の河
風野真知雄

南町奉行・鳥居耀蔵を店から追い返して以来、落ち着かない小鈴。日之助が盗人・紅蜘蛛小僧だという鳥居の指摘が胸をざわつかせる。そんな小鈴にさらなる悲劇が——。大人気シリーズ第九弾！

幻冬舎時代小説文庫

●最新刊
加藤清正　虎の夢見し
津本　陽

この武将が生き永らえていれば、豊臣家の運命は変わった――。稀代の猛将にして篤実の国主。徳川家康がもっとも怖れた男の、激動の生涯を描く傑作歴史小説。津本版人物評伝の集大成！

●最新刊
剣客春秋　縁《えにし》の剣
鳥羽　亮

残虐な強盗「梟党」が世上を騒がす中、彦四郎の生家である料理屋・華村を買収しようとする謎の武家が出現。千坂一家はいまだかつてない窮地に立たされる。人気シリーズ、感動の第一部・完！

●最新刊
甘味屋十兵衛子守り剣3
桜夜《さくらよ》の金つば
牧　秀彦

十兵衛は家茂公の婚礼祝いに菓子を作ることになった。遥香と智音を守る助けになればと引き受けたが、和泉屋も名乗りを上げ、家茂公と和宮が優劣を判じることに……。大人気シリーズ第三弾！

●好評既刊
あやかし三國志、たたん
唐傘小風の幽霊事件帖
高橋由太

閻魔大王の力で、生きながらにしてあの世へ送られた伸吉は、地獄の阿修羅たちの戦いに巻き込まれてしまう。果たして伸吉は現世に戻れるのか？大人気幽霊活劇シリーズ、堂々完結！

●好評既刊
公事師　卍屋甲太夫三代目
幡　大介

公事師として名高い二代目卍屋甲太夫の一人娘・お甲は、女だてらに公事を取り仕切る切れ者。だが、女が家業を継ぐことは許されず、婿をとりたくないお甲は驚愕の作戦に出る――痛快時代劇！

吉《よし》原《わら》十《じゅう》二《に》月《つき》

松《まつ》井《い》今朝《けさ》子《こ》

平成25年6月15日　初版発行

発行人――石原正康
編集人――永島賞二
発行所――株式会社幻冬舎
〒151-0051東京都渋谷区千駄ヶ谷4-9-7
電話　03(5411)6222(営業)
　　　03(5411)6211(編集)
　　　振替00120-8-767643
印刷・製本―中央精版印刷株式会社
装丁者――高橋雅之

検印廃止
万一、落丁乱丁のある場合は送料小社負担で
お取替致します。小社宛にお送り下さい。
本書の一部あるいは全部を無断で複写複製することは、
法律で認められた場合を除き、著作権の侵害となります。
定価はカバーに表示してあります。
Printed in Japan © Kesako Matsui 2013

幻冬舎時代小説文庫

ISBN978-4-344-42038-0　C0193　ま-13-4

幻冬舎ホームページアドレス　http://www.gentosha.co.jp/
この本に関するご意見・ご感想をメールでお寄せいただく場合は、
comment@gentosha.co.jpまで。